Julya Rabinowich
Dazwischen: Ich

Wo Madina herkommt? Das ist egal. Sie kommt von überall und nirgendwo. Sie musste fliehen. Und ist nun endlich angekommen in einem Land, das Sicherheit verspricht. Für sie fühlt es sich hier nach Zukunft an. Doch nicht allen in ihrer Familie fällt es leicht, Fuß zu fassen. Ihr Vater zieht sich zurück, ihre Mutter schweigt. Und so ist es an Madina, tätig zu werden. Zerrissen zwischen ihren Eltern, die sie nicht loslassen wollen, und dem Wunsch, ein ganz normaler Teenager zu sein, nimmt Madina das Schicksal ihrer Familie in die Hand. Und findet in Laura eine Freundin, die für sie in der Fremde Heimat bedeutet.

Julya Rabinowich, geboren 1970 in St. Petersburg, emigrierte 1977 mit ihrer Familie nach Wien, wo sie auch ihr Studium absolvierte. Sie ist als Schriftstellerin, Kolumnistin und Malerin tätig sowie als Dolmetscherin. Viele Jahre unterstützte sie in dieser Funktion den Diakonie-Flüchtlingsdienst und Hemayat, ein Betreuungszentrum für Kriegsüberlebende. Julya Rabinowich wurde mit zahlreichen Preisen ausgezeichnet. ›Dazwischen: Ich‹ ist ihr erstes Jugendbuch.

Julya Rabinowich

DAZWISCHEN: ICH

Roman

dtv

Unterrichtsmaterial zu ›Dazwischen: Ich‹
zum kostenlosen Download unter
www.dtv.de

Julya Rabinowich in der Reihe Hanser:
Dazwischen: Ich
Hinter Glas
Dazwischen: Wir

8. Auflage 2024
2018 dtv Verlagsgesellschaft mbH & Co. KG, München
Lizenzausgabe mit freundlicher Genehmigung der
Carl Hanser Verlag GmbH & Co. KG, München
© 2016 Carl Hanser Verlag GmbH & Co. KG, München
Umschlaggestaltung: dtv nach einem Entwurf
von Marion Blomeyer/Lowlypaper, München,
unter Verwendung einer Illustration von Shout
Kapitelvignetten: Shout
Gesamtherstellung: Druckerei C.H.Beck, Nördlingen
Printed in Germany · ISBN 978-3-423-62685-9

Für alle Kinder und Jugendlichen,
die mir begegnet sind und Heimat suchten.

Und für Naima.

Wo ich herkomme? Das ist egal. Es könnte überall sein. Es gibt viele Menschen, die in vielen Ländern das erleben, was ich erlebt habe. Ich komme von Überall. Ich komme von Nirgendwo. Hinter den sieben Bergen. Und noch viel weiter. Dort, wo Ali Babas Räuber nicht hätten leben wollen. Jetzt nicht mehr. Zu gefährlich.

Ich habe langes Haar. Bis zur Hüfte. Ich habe früher viel gelacht. Ich habe einen kleinen Bruder und keine Angst vor wilden Hunden. Und ich habe schon Menschen sterben sehen. So. Wer das weiß, weiß mehr von mir als die meisten hier.

Ich fange einfach damit an, was ich mag. Was ich nicht mag, kann ich immer noch später aufzählen.

Also was ich mag: Ich mag es, wenn ich Laura umarme und sie vertraut riecht. Ich mag es, wenn ich Dinge schaffe, die ich mir vorgenommen habe. Und wenn mir jemand blöd kommt, dass ich dem übers Maul fahren kann. Weil ich die Sprache endlich beherrsche. Wer dann nämlich schweigt, hat schon verloren. So schnell geht das.

Ich mag es, wenn die Sonne scheint. Der Himmel

ist dann von einem strahlenden Blau, und wenn man die Geräusche der Autobahn wegdenkt, kann man die Vögel singen hören.

Neben unserem Haus steht ein Baum. Ein großer Baum mit verzweigten Ästen, in dem schlafen sie. Ich stelle mir vor, dass sie in den Astlöchern Nester gebaut haben. Solche Nester können nicht so leicht bei Sturm hinunterfallen. Das mag ich lieber. Diese Vorstellung, dass die Vögel auch bei heftigem Wind sicher sind. Außerdem regnet es da auch nicht rein. Jedenfalls nicht sehr.

Eigentlich ist es gut, dass der Baum nicht direkt vor meinem Fenster steht, ich würde zu viel Zeit damit verbringen, den Vögeln zuzusehen. Oder sie zu füttern. Ich habe die Brötchen vom Frühstück oft in Servietten eingewickelt und heimlich mitgenommen, damit ich die hellen Krümel später auf unser Fensterbrett legen kann. Man darf kein Essen aufs Zimmer mitnehmen.

Mama hält sich eisern daran. Ich finde das blöd.

Die Köchin hält sich auch nicht an die Vorschriften, sie räumt schon ab, während wir noch essen. Deswegen schlingen wir alle so. Manchmal kann ich kaum etwas essen, manchmal habe ich abends einfach keinen Hunger. Wer hat schon täglich zur gleichen Zeit Hunger? Ich nicht. Nachholen darf man sich auch nichts. Am besten, man häuft sich gleich so viel auf den Teller, wie man kann. Manchmal schimpft sie, dann muss ich Brot oder Wurst oder Käse zurückgeben. Sogar die, die ich schon angefasst habe.

»So viel isst du gar nicht«, sagt sie dann. »Und Wurst isst du ganz bestimmt nicht. Weiß ich doch.«

Ich sage dann nichts. Natürlich kann ich nicht so viel essen. Ich will trotzdem selbst entscheiden, wann ich was esse und wer mitessen darf. Die Vögel dürfen zum Beispiel immer mitessen. Und die Wurst gebe ich der Katze im Hof. Bevor ich in die Schule gehe oder am Abend vor dem Schlafengehen.

Ich habe der Köchin oft zugesehen, wie sie mit präzisen, geschickten Handgriffen unser Brot einpackt, unsere Wurst, unseren Käse. In eine Plastiktüte vom Supermarkt hinein und dann in ihre große Plastiktasche, mit der sie immer kommt. Die Tasche ist manchmal so schwer, dass sie, wenn sie von der Pension mit dem Fahrrad und der Tasche am Lenkrad wegfährt, auf der schmalen Landstraße hin und her schlenkert. Rami ist so dumm, der hat ihr auch noch seinen kleinen bunten Rucksack angeboten. Papa hat gelacht. Rami ist überhaupt ein Schleimer, wenn man ihn lässt. Seitdem mag ihn die Köchin natürlich, sogar Kaugummi hat sie ihm schon mal zugesteckt, weil er so artig schauen kann mit seinen Kulleraugen, auf die Mama auch so leicht reinfällt. Überhaupt jeder. Kleine Brüder sind die Pest in Menschengestalt. Pest mit Locken.

»Die beklaut uns«, habe ich ihm gesagt. »Und du willst ihr auch noch dabei helfen?«

»Aber die ist doch lieb«, hat er gesagt.

Und ich habe dann natürlich »Blödmann« gesagt.

Und er hat gelacht. Alle findet er lieb, alle.

Den Grobian aus dem zweiten Stock auch, der ihm

schon Kopfnüsse verpasst hat und mir öfter das Bein stellt, in der Früh, wenn ich die Treppe hinunterrenne, um den Schulbus noch zu erwischen.

Nein, ich stehe immer rechtzeitig auf. Im Sommer machen die Vögel einen solchen Radau, dass ich schon um fünf wach bin. Aber bis das Bad frei ist, kann es bis zu einer Stunde dauern. Und bis meine Tante draußen ist, sogar noch länger. Stunden bleibt sie drin. Stunden. Bis Papa brüllt.

Ich bin schon ein paarmal einfach ungeduscht in die Schule gefahren und habe mich dann den ganzen Tag geniert, vor allem, weil Mona laut »Die stinkt« gesagt hat, als ich an ihr vorbeigegangen bin. Aber vielleicht hat sie das auch nur so gesagt, sie sagt es ja fast täglich zu mir. Glück gehabt, es haben nicht alle darüber gelacht, und Laura sowieso nicht.

Wir haben jetzt ein Seifenversteck im Klo gemacht, damit das nie wieder passiert. In der dritten Kabine vom Mädchenklo ist eine Kachel in der Wand locker. Dahinter hat sie eine kleine, in rosa Papier verpackte Seifenkugel versteckt, und ich schleiche in der ersten Stunde auf die Toilette und wasche mich mit dieser kleinen Seife, die so toll nach Rosen duftet, als würde ich in einer Wanne voller Blumen baden.

Rosen haben wir früher viele gehabt, in unserem Garten. Und eine Katze hatte ich damals auch. Und auf dem Heimweg kam ich an einer Ziegenherde vorbei. Ziegen mag ich. Manche Bauern hier haben auch Ziegen. So wie meine Oma.

Habe zu Hause niemandem etwas davon gesagt. Also nicht von den Ziegen, sondern von den blöden

Sprüchen der blöden Mona. Auch nicht vom Nichtwaschen noch von der Rosenseife im Versteck auf dem Mädchenklo, damit Papa sich nicht schon wieder wegen der besetzten Dusche aufregt und Mama ihn beruhigen und ihre Schwester Amina verteidigen muss. Und dann kriegt sie Krach mit Amina, weil meine Tante überhaupt gerne streitet. Mit jedem, aber immer noch am liebsten mit Mama, weil die immer so freundlich bleibt oder gleich weint, und dann hat die Tante gewonnen. Ich gehe ihr aus dem Weg, wenn ich kann.

Wenn ich Laura nicht hätte, wäre es wirklich schlimm. Aber Glück gehabt, ich habe sie. Ich habe überhaupt viel Glück gehabt, finde ich.

Irgendwann erzähle ich vielleicht einmal von denen, die weniger Glück gehabt haben.

Aber das möchte ich noch nicht.

Einige hier sind auf Mama böse, weil sie sich oft mit ihnen wegen meiner Tante, die stundenlang das Bad blockiert, in die Haare kriegt.

»Frau Lema«, sagen sie zuerst vorwurfsvoll. »So geht es nicht.«

Mama beruhigt und hält Vorträge, bittet um Nachsicht und geht damit allen, die kaum noch Nerven haben – und das sind hier recht viele –, auf die wenigen verbliebenen Nerven. Wenn Amina das Bad endlich verlässt, gibt es meistens schon Streit auf dem Gang. Mit mehreren Personen. Amina geht an ihnen vorbei, ohne zu grüßen, und die Haut an ihren Händen, Un terarmen, am Halsansatz glüht dunkelrot, weil sie sich so fest geschrubbt hat. Manchmal denke ich, sie zieht die Haut irgendwann in Fetzen ab. Sie bedankt sich nie bei Mama. Und Mama sieht sie so traurig an, dass ich sie am liebsten trösten würde. Keiner sagt dann mehr etwas. Alle tun so, als ob es ganz normal wäre, wenn sich jemand die Haut vom Körper reißen will. Ich sage dann auch nichts, weil ich nicht weiß, was ich sonst tun soll.

Habe die Katze heute heimlich ins Zimmer gelassen. Sie hat sich in meinem Bett zusammengerollt und geschnurrt. Ich habe meinen Kopf neben sie gelegt, damit ich das leise Beben ihres Körpers wahrnehmen kann. Das ist so angenehm wie die sanfteste Massage. Nur ohne Hände.

Amina sagt, sie verpetzt mich beim Pensionsbesitzer, den hier alle Chef nennen, wenn sie das »Dreckvieh« noch einmal in ihrem Zimmer erwischt, so wie gestern. In *ihrem* Zimmer. Sehr witzig.

Habe Papa gefragt, ob wir Amina nicht in ein eigenes Zimmer abschieben können. Nein, können wir nicht. Wir hätten schon ein großes Zimmer, sagt der Chef. Die kleinen brauchen sie für Paare mit Babys. Einzelzimmer gibt es hier keine. Das lohnt sich nicht. Papa hat das fast noch mehr bedauert als ich.

Ich will jetzt nicht total miese Laune haben. Herr Bast, unser Biolehrer, hat mal in einem philosophischen Anfall ein Glas mit Wasser auf das Lehrerpult gestellt. »Halb voll oder halb leer?«, hat er gefragt. Das komme nur drauf an, wie man es betrachte. Kurz vor der Pause hat er es leider umgeworfen, weil er immer, wenn er in Fahrt ist, mit seinen Armen ausholt wie eine Windmühle.

Ich sehe es so: Das Glas ist immer halb voll, auch wenn es in Wirklichkeit fast leer ist. Ich versuche es. Eigentlich ist noch gar nichts wirklich gelöst bei uns. Wir sind noch nicht wirklich hier, aber ich arbeite daran. Stimmt, den Bescheid haben wir nicht. Aber ich kann mich ja trotzdem anstrengen! Zum Beispiel wenn ich merke, dass ich schon bei fast allen Unterrichtsfächern mitkomme und keine Angst mehr haben muss, dass ich durchfalle und Laura weiterkommt und ich wieder allein bin. Zugegeben, wenn Laura mir nicht helfen würde, hätte ich sicher schon ein paar Klassenarbeiten in den Sand gesetzt. Vor allem in Deutsch. Mathe ist leichter. Ich glaube, die Deutschlehrerin – King heißt sie – weiß das. Ich glaube, sie sieht manchmal einfach weg. Das ist sehr lieb von ihr. Hoffentlich merkt das keiner außer mir.

Mama hat wieder einmal mit Tante Amina gestritten. Die kann einen bis aufs Blut reizen. Papa hat sich wie immer eingemischt, hat Mama rausgeschickt und dann mich. Rami hat sich hinter dem Schrank versteckt, den hat er nicht gesehen. Oder nicht sehen wollen.

Mama ist in den Hof gegangen, hat sich draußen auf die Bank gesetzt, in die Sonne, und hat sich das Taschentuch an die Augen gehalten und so getan, als ob sie Schnupfen hätte. Was hätte sie auch sonst tun sollen – auf dem Gang stehen, wo alle vorbeigehen? Die Küche ist am Nachmittag verschlossen. Im ganzen Haus gehen immer wieder Frauen herum, die leise weinen. Und Männer streiten lautstark. Manchmal streiten auch die Frauen laut und die Männer weinen, aber das passiert meist erst, wenn sie wirklich total am Ende sind, und dann passieren manchmal auch noch ärgere Sachen, bei denen der Arzt kommen muss oder die Polizei oder beides. Der Depp aus dem zweiten Stock wurde von seinen Eltern mal krankenhausreif geprügelt. Hat den Heimleiter nicht geschert. Der hat die Polizei nicht gerufen. Weiß nicht, wer das war. Und kaum war der Depp zurück, hat er Rami vermöbelt. Bis ich dazwischengegangen bin. Ist zwar die Pest, aber dennoch mein kleiner Bruder.

Ich habe mich zu Mama auf die Bank gesetzt, die rot getigerte Katze ist mir auf den Schoß gesprungen, hat geschnurrt. Ich habe die eine Hand auf die warme weiche Katze gelegt und die andere auf Mamas Arm und habe ihr lustige Dinge von der Schule erzählt. Die in echt gar nicht so lustig waren. Die habe ich einfach ausgeschmückt. Das ist aber in solchen Momenten in Ordnung, finde ich. Sie hat gelacht und sich die Augen abgetupft. Ich mag es, wenn sie nicht immer weint.

Papa läuft wie jeden Morgen zum Briefkasten, wie alle anderen hier, die nicht aufgegeben haben. Und kommt dann schweigend zurück. Dann weiß ich, dass wieder nichts drin war. Der Bescheid der Behörde, der Bescheid, in dem schwarz auf weiß steht, dass wir bleiben dürfen und hier Asyl bekommen. Endlich. Asyl bekommen klingt ein bisschen nach Kind bekommen. Es ist etwas, auf das man mit großer Hoffnung wartet. Dieser Asylbescheid reift und wächst, und die Behörden brauchen leider viel länger als neun Monate. Und gleichzeitig hat man auch eine Riesenangst davor, vor diesem Augenblick. Dann ändert sich alles. Alles.

Jeder, der hier ausziehen durfte, hat davor diesen Brief erhalten. Das habe sogar ich mitbekommen. Entweder ausziehen, eigene Wohnung und hierbleiben. Oder abgeholt werden mit Polizei und raus aus dem Land. Manche sofort, andere ein bisschen später. Manchmal mit Geschrei und wilden Kämpfen im Haus oder vor dem Polizeiauto. Manche Polizisten waren lieb, die haben fast geweint. Manche waren einfach nur brutal und haben das auch noch genossen. Fast wie bei uns zu Hause. Ich konnte nicht wegschauen. Musste am Treppengeländer stehen und hinstarren, wie bei einem Horrorfilm – man denkt, wenn man wegschaut, passiert etwas noch Schlimmeres. Wie sie die Menschen an den Haaren gepackt haben. Die Köpfe zurückgerissen. Ich habe gezittert.

Papa war plötzlich da, ich hatte ihn nicht gehört. Hat mir die Hand ganz vorsichtig auf die Schulter gelegt. »Komm, Madina«, hat er gesagt. »Komm, gehen wir ins Zimmer. Na komm.«

Habe mich in seinen Arm hineingekuschelt, bin hineinversunken, habe seinen Oberkörper an meinem Hinterkopf gespürt. Breit, fest. War plötzlich wie in dichtem Nebel. Konnte mich nur mit seinem Arm im Rücken bewegen. Habe mich von ihm langsam vom Treppengeländer weglotsen lassen. Die Schreie sind unten im Treppenhaus verhallt. Er hat mich mit sanftem Druck ins Zimmer geschoben und das Radio aufgedreht, komische Musik, irgendein Sender, per Zufall erwischt. Ich habe mich auf die Musik und die Stimme der Sprecherin konzentriert. Sonst nichts mehr gehört. War ihm so dankbar.

»Uns passiert das nicht«, hat er gesagt. Total ruhig sagte er das. »Hörst du. Wir bleiben da.«

Die Eingangstür fiel ins Schloss, und draußen fuhr ein Auto weg.

Ich habe nichts geantwortet. Hatte bestimmte Bilder im Kopf.

Nein, das mag ich jetzt nicht schreiben. Aus. Schluss. Sofort. Ich gehe jetzt aufs Klo und trinke dann ein Glas Wasser.

Bin wieder da.

Also noch mal. Alle warten auf den Brief, den einen Brief, der sie rettet. Der Brief, in dem drinsteht, dass sie hier Asyl bekommen. Schwarz auf weiß. Sicher. Besser als nur geträumt. Und dieses Schwarz-auf-Weiß wiederum heißt hierbleiben. Rechte haben. Ein echter Mensch sein mit echtem Leben. Dann ziehen sie weg.

Ich habe schon drei Freundinnen auf diese Weise verloren.

Eine war fast fünf Jahre hier, hat sie mir erzählt. Ich habe sie kennengelernt, als wir hierherkamen. Sie hat meine Sprache gesprochen. Das war total schön. Hat mir das Haus gezeigt, die Katze, die Vögel. Hat mich gewarnt, wem ich aus dem Weg gehen soll. Hat mit mir im Hof Brettspiele gespielt und mir im Gemeinschaftsraum die Fernsehserien erklärt. Ich konnte ja kein Deutsch.

Zwei Monate später war sie weg. Sie hat sich sehr gefreut. Auf die neue Wohnung. Mit eigener Küche und eigenem Klo und eigenem Bad. Da müsste ich nur noch mit der Tante darum kämpfen, das wäre ein absoluter Fortschritt. Wir haben gesagt, wir würden uns noch sehen. Aber die neue Wohnung war an einem anderen Ort, ziemlich weit weg. Sie kam noch ein paarmal. Dann nicht mehr. Ich war wieder allein.

Darum möchte ich nicht, dass mir so was mit Laura passiert. Das wäre schrecklich. Ich bin mit Laura am längsten hier befreundet. Seit ich in der Schule bin. Seit fast eineinhalb Jahren. Und abgesehen davon ist sie die Einzige gewesen, die einfach so auf mich zugekommen ist. Sich ab und zu zu mir gesetzt hat. Nicht gelacht hat über meine Deutschfehler, die für alle lustig waren, nur nicht für mich. Am Anfang habe ich aus lauter Angst gestottert. Das war für die Klasse noch lustiger.

Manchmal vergesse ich, dass ich früher zu Hause

eine noch bessere Freundin hatte. Das ist nicht fair. So was darf man eigentlich nicht vergessen. Andererseits bin ich manchmal sogar froh, wenn ich Mori vergesse. Ich kann doch sowieso nichts mehr für sie tun.

Und für ihre Schwestern auch nicht.

Mona ist eine noch größere Pest als mein kleiner Bruder. Ich habe ihr nichts getan.

Ich will lieber über etwas Schönes schreiben. Etwas, das ich mag. Zum Beispiel mein langes Haar. Um das haben mich schon viele beneidet, auch früher zu Hause. Ich habe es sicher seit sieben Jahren nicht mehr geschnitten. Wenn ich einen Zopf mache, reicht er mir fast bis zur Taille. Ein dicker, schöner, glänzender Zopf. Wenn ich meine Haare offen tragen will, wie die meisten anderen in der Schule, ist mein Vater sauer.

Laura steht auf fransige Kurzhaarschnitte. Und Sabine, auf die ich ein bisschen eifersüchtig bin, weil sie schon vor mir mit Laura befreundet war, und die auf mich ein wenig eifersüchtig ist, weil ich mich mit Laura besser verstehe als sie, würde sich nie so einen langweiligen Zopf flechten. Sabines Schwester arbeitet bei einem Friseur. Sabine hat eher dünnes Haar und jede zweite Woche etwas anderes auf ihrem Kopf, weil die Schwester immer an Sabine übt. Manchmal geht das gut. Manchmal übertreibt sie es. Und manchmal sind die Haare danach so, dass sie sie wieder abschneiden muss.

»Du hast doch so schöne Locken«, sagt Sabine, die auch so gerne Locken hätte. Und dann sagt sie noch: »Wie schade.«

Ich sage dann, dass ich meine Haare nicht offen tragen will. Ich will ihr nichts erklären müssen. Dass Papa nur mit Mühe und Not davon abzuhalten war, mir plötzlich ein Kopftuch aufzusetzen. Im Sommer! Das habe ich zu Hause auch nie getragen. Aber hier ist auf einmal alles anders.

Sie nimmt meinen Zopf, lässt die einzelnen Haarsträhnen am losen Ende hochspringen, dreht sie sich um die Finger wie ein schwarz glänzendes Seidenband. Ihre Haare sind glatt und hell wie gekochte Spaghetti.

Manchmal gehen wir zu dritt zu Laura und sperren uns auch lange im Bad ein, fast so lang wie meine Tante, und dann probieren wir alles aus: den Stylingschaum von Sabines Schwester, das Gel von Lauras Bruder, den Lockenstab der Mutter. Irgendwann wollen wir auch Haare färben. Haben wir uns fest vorgenommen. Laura, die viel Taschengeld bekommt, hat schon bunte Tönungen für uns besorgt, Tomatenrot und Meerblau. Ich habe leider nichts davon, auf blauschwarzem Haar wird man nichts sehen. Egal. Wir schminken uns, wir rühren Hautpackungen an und legen Gurkenscheiben rund um unsere Augen. Wir fotografieren uns.

»Schönheit für die Ewigkeit«, sagt Laura.

Wir als feine Damen. Wir als Bronzepuder-Indianer. Wir mit Lockenwicklern in Knallpink und grell-rosa Lippenstift und Katzenohren. Ein ganzes Album voll. Ich male schöne Muster um die aufgeklebten Fotos. Lauras Mutter ist ganz entzückt.

Die Wohnung ist vollgehängt mit Fotos, von ihr, von Laura und Markus. Auf manchen Fotos ist ein Teil abgeschnitten, sieht man am Rahmen. Einfach seitwärts weg. Da war mal Lauras Vater drauf.

Das Abendessen ist immer um sieben Uhr. Nicht früher, nicht später. Eine Viertelstunde vor der Essensausgabe müssen alle unten sein. Im Erdgeschoss. Bei der Tür zum Speisesaal bildet sich eine Schlange. Und dann warten wir. Manche werden ungeduldig wie Tiere im Zoo, die wissen, wann ihre Fütterungszeit ist, und auch, dass noch jedes Mal einer gekommen ist und ihnen ihr Futter gebracht hat, ihr Fleisch, ihren Fisch, ihr Heu und ihre Früchte. Und dennoch sind sie jedes Mal nervös, als könnten sie es nicht glauben.

Am Anfang – also ganz am Anfang, in den ersten Tagen nach unserer Ankunft – sind wir eingesperrt gewesen. So richtig eingesperrt. Mit Beamten in Uniform und Gitterstäben am Fenster und Balken vor der Tür und Essensausgabe. Als wären wir Verbrecher, die man schon überführt hat. Sie sahen aus wie Soldaten. Sie wirkten fast wie die zu Hause. Sie herrschten uns an, und keiner verstand ein Wort. Die Räume waren total überfüllt. Aber sie stopften die ganze Zeit noch mehr Menschen hinein. Manche von uns hatten keinen Platz zum Schlafen bekommen, die lagen dann in den Gängen auf dem Boden herum. Alte, Kleinkinder, Männer, Frauen.

Wir waren alle aufgeregt, weil wir es geschafft hatten, und gleichzeitig fertig mit den Nerven. Wir schwitzten vor Angst. Irgendwann kam ein Übersetzer. Hat abfällig, so angeekelt geschaut. Diesen Blick habe ich später noch oft bemerkt. Er fühlt sich an wie Abwaschwasser im Gesicht. Jetzt hebe ich meinen Kopf höher, wenn er mich trifft. Und straffe meine Schultern. Das machen Tiere auch, wenn sie gefährlich und wichtiger erscheinen wollen. Ich mache das wie die Tiere. Und ich schaue nicht weg. Das tun Tiere nämlich auch nicht. Aber das hat gedauert. Zuerst, bis ich das kapiert habe. Dann, bis ich es konnte.

Sie haben uns Brötchen in den Raum hineingeworfen, nicht verteilt, sondern richtig hingeworfen, als wären wir im Zoo, aber auf der falschen Seite. Papa hat immer wieder von vorn beteuert, vollkommen in Ordnung zu sein. Egal. Bis sie uns geglaubt haben, ist einige Zeit verstrichen. Und dann hat man uns hierhergebracht. Hier ist es besser. Wir haben einen Speisesaal. Da ist die Eingangstür immer offen, und wir können sogar nachts raus und den Mond anschauen, wenn wir Lust haben.

Lauras Mutter hat mir übrigens dieses Tagebuch geschenkt. Einfach so.

»Da kannst du jeden Tag alles hineinschreiben, was du erlebt hast«, hat sie gesagt. »Ich habe auch so eines gehabt. Das ist dann später sehr lustig, wenn du das in fünf Jahren liest. Oder in zehn.« Gelächelt hat sie. Stand da, an die gemütliche Küchenzeile aus hellem Holz gelehnt, in ihrer Jeans, in den bunten Turnschuhen. Sie wirkt ganz jung, obwohl sie rundlich ist wie Mama. Rundlich und klein. Hinter ihr ein blau gemusterter Vorhang, Blumen und Kräuter in bunten Keramiktöpfen auf dem Fensterbrett. Die ganze Wohnung luftig und hell. Ich bin sehr gerne bei ihr.

Ich habe aber die Stirn gerunzelt, nur kurz, das hat sie nicht verstanden. Vielleicht hat sie geglaubt, mir gefällt ihr Geschenk nicht. Doch, es hat mir sogar sehr gefallen. Ich mag nur nicht alles reinschreiben, was ich erlebt habe. Das Buch ist zu schön dafür.

Es ist mit blauem Samt bezogen, mit einem silbernen Verschluss in der Mitte und dazu einem kleinen, zierlichen Schlüssel. Wie im Märchen. Nur Prinzessinnen haben solche Schlüssel. Ich habe mich gefühlt wie eine Instantprinzessin, eine Auf-der-Stelle-Prinzessin. Aber keine, die im Turm auf den Prinzen wartet. Eher so eine, die um ihr Königreich kämpfen wird. Ich habe den Schlüssel zu meinem polierten Lapislazuli an meine Halskette gehängt. Der Stein sieht aus wie ein Tropfen, wie eine Träne in Silberfassung. Früher habe ich eine ausgestreckte Hand mit blauem Auge darin um den Hals getragen. Die Lapislazuliträne hat mir Oma geschenkt, bevor wir weggingen. Damit ich nicht weine. Damit alle Tränen im Stein eingeschlossen bleiben. Hat sie gesagt und selber mit den Tränen gekämpft. Den gebe ich ihr zurück, wenn wir uns wiedersehen. Ich habe die Silberhand mit dem blauen Auge von der Kette abgenommen und ihr in die braun gebrannte, runzlige Hand gedrückt. Als Andenken an mich. Wir haben ausgemacht, dass wir wieder tauschen. Später.

Das Buch lege ich jede Nacht unter mein Kopfkissen.

Wenn Papa schnarcht oder Rami im Schlaf aufschreit oder meine Mutter, schrecke ich hoch. Und wenn ich hochschrecke, sehe ich meistens dasselbe Bild: meine Tante, die reglos vor dem Fenster sitzt und hinausstarrt. Um eins in der Nacht ebenso wie um drei oder um vier. Sie merkt wohl, dass ich wach bin, aber sie dreht sich nie um. Sie sagt kein Wort. Wenn ich nicht wüsste, dass sich ihre Brust kaum merklich hebt und senkt, wäre ich nicht sicher, ob sie noch am Leben ist. Im Mondlicht kann ich die Bewegung ihres Halses, ihrer Brust leichter sehen. Darum mag ich es, wenn der Mond hinter den Wolken hervorkommt. Ich mag den Mond.

Das passiert recht oft. Eigentlich. Ich zwinge mich

dann, so zu tun, als hätte ich sie nicht gesehen, und mich wieder hinzulegen. Taste nach der samtigen Oberfläche, fast wie nach meiner Katze damals, zu Hause, und alles ist wieder gut. Alles, was hier drin ist, gehört mir. Und ich zeige es nur dann her, wenn ich will. Das Album mit den Fotos lasse ich aber sicherheitshalber bei Laura. Was weiß ich, wie meine Eltern das fänden. Das wilde Schminken und Lauras Nachthemdchen. Ich gehe lieber auf Nummer sicher.

Manchmal wache ich mitten in der Nacht auf und weiß nicht, wo ich bin. Und ich könnte schreien vor Angst. Aber ich traue mich nicht zu schreien. Damit mich niemand hört, der mich nicht hören soll. Damit uns niemand findet. Ich taste mit der Hand nach dem Lichtschalter. Ich muss immer neben dem Lichtschalter schlafen. Ich habe meine Matratze direkt darunter geschoben. Wenn ich die Finger dann auf das Plastik draufdrücke und weiß, ich könnte jederzeit Licht machen, dauert es trotzdem einige Zeit, bis sich mein Herzrasen wieder beruhigt hat. Und noch länger, bis ich wage, mich aufzusetzen und im Zimmer umzusehen. Ob wir immer noch alle da sind, wo wir hingehören. Ich zähle immer alle ab, bevor ich mich wieder hinlege. Ob nicht jemand fehlt.

Manchmal würde ich Laura gerne zu mir einladen, damit ich nicht immer die bin, die nach der Schule mitkommt. Das ist mir unangenehm. Wirklich. Es ist ziemlich unhöflich, wenn man nie eine Gegeneinladung macht. Wenn ich zu Hause gewesen wäre, hätten wir die ganze Familie von Laura sofort eingeladen. Früher hatten wir oft Gäste zu Hause.

Früher hat Mama dann immer aufgekocht, als ob eine Hochzeit stattfinden würde, mindestens aber ein Geburtstag. Reis mit Rosinen und mit Lammfleisch oder Hühnchen mit Pflaumen und Salatschüsseln mit Granatäpfeln und Datteln garniert. Und erst die Torten. Mamas Torten fehlen mir sehr. Auch, weil ich ihr als kleines Mädchen immer helfen durfte. Das war etwas ganz Besonderes, das Teigrühren, die Gewürze, Rosenwasser und Früchte. Und nachher mit Rami die Schüsseln ausschlecken zu dürfen. Manchmal bekam ich allerdings vom rohen Teig fürchterlichen Durchfall, er auch. Aber das war uns egal. Im Frühling hatten wir den Tisch draußen, im Garten. Zikadenzirpen am Abend. Und ein riesiger Vollmond hinter den Baumumrissen und Sterne am dunkler werdenden Himmel. Kerzen. Irgendjemand war immer dabei, der Musik gemacht hat. Oder wir spielten eine CD.

Ich hätte das wirklich gerne einmal mit Laura erlebt. Wenigstens die Torte. Mit ihr zusammen Schlagsahne mit Vanille und Zimt von den Löffeln geschleckt. Aber es ist mir noch peinlicher, wenn Laura sieht, wie wir hier leben. Im Haus gibt es echt seltsame Menschen. Vor einem fürchte ich mich ganz besonders. Der wäscht sich nie, frisiert sich nie, spricht mit sich selbst und schreit manchmal zusammenhangloses Zeug herum. Und er geht den Frauen im Haus nach. Es hat gar keinen Sinn, ihm zu sagen, er soll es lassen. Er macht das dann weiter. Er tut einem zwar im Endeffekt nichts. Er spielt nur Schatten. Aber wenn ich den sehe, sperre ich mich im Klo ein, bis jemand muss.

Laura würde sich ekeln vor unseren Toiletten. Und vor unserem Zimmer vermutlich auch. Fünf Matratzen am Boden und ein Tisch und vier Stühle, mehr passt nicht in den engen Raum. Einer von uns hat einfach keinen Platz. Entweder sitzt Rami bei Papa auf dem Schoß, was mir an seiner Stelle langsam auch peinlich wäre. Oder meine Tante wird rausgeekelt. Oder ich gehe, weil mir das alles zu viel wird, diese ganze Stimmung um den Tisch und das Hickhack und die Enge.

Papa bleibt manchmal Stunden weg, und keiner weiß, wo er ist. »Im Wald spazieren«, sagt er, wenn man ihn fragt. Aber das stimmt nicht. Ich habe ihn noch nie in den Wald weggehen sehen oder aus dem Wald zurückkommen. Jedenfalls nicht, wenn ich Wache hielt vor dem Haus. Und das habe ich am Anfang oft gemacht. Rami sagt, er hat ihn öfters in den Keller gehen sehen, aber nicht mehr hinaufkommen. Manchmal habe ich Angst, dass es hier irgendwo so einen verwunschenen geheimen Raum gibt, in den er sich zurückzieht. Solche Räume haben aber meistens nur Könige und Bösewichter. Und Papa ist weder noch. Er ist einfach nur mein Papa, der manchmal zu streng ist. Aber der mich lieb hat, das weiß ich.

Am Anfang war es so, dass wir alle Angst hatten, sobald jemand von uns nicht da war. Na gut, Angst vielleicht nicht. Aber wir waren unruhig. Ob der auch wiederkommt. Es gibt viele, die nicht wiedergekommen sind. Die Einzige, die immer die Stellung hier hält, ist Mama. Egal, was passiert, egal, wer mit wem schreit und schimpft. Wenn Papa weg ist und es dauert länger als zwei Stunden, wird sie unruhig. Sie lächelt immer noch, aber auf dem Kiefer tritt eine harte Linie zwischen Wange und Mundwinkel hervor, erinnert mich an eine gespannte Bogensehne, von der die Worte, die sie gerne sagen würde, doch nie abgeschossen werden. Wenn ich sie so sehe, umarme ich sie. Manchmal will ich dann aber nicht da sein.

Und wenn ich zu oft bei Laura bin, ist Mama gekränkt und Papa wird böse.

Dann bleibt mir kein anderer Ausweg als der, meinen Märchenwald zu öffnen und hineinzugehen. Das habe ich auch zu Hause gemacht, immer wenn wir im Keller saßen und der Putz auf unsere Köpfe rieselte und wir die Erschütterungen gezählt haben: Wie nah war das jetzt? Wie viele? Wenn es viele waren, war die Chance recht hoch, dass die Flugzeuge abdrehten, weil sie keine Bomben mehr geladen hatten. Mama hat für Rami Lieder gesungen, und immer wenn das Brummen lauter wurde, ist auch ihre Stimme lauter geworden, als ob sie die Flugzeuge übertönen könnte, die Explosionen. Er hat sich fest in sie hineingedrückt wie in ein Kissen und die Ohren zugehalten. Und Papa hat uns umarmt. Hat versucht, uns alle auf einmal zu umarmen, das ging nur, wenn wir so nah zusammengerückt sind, dass wir keine Luft mehr bekamen.

Ich bin es immer noch nicht gewohnt, zu weit abzurücken. Ich rücke immer nur ein wenig ab. Aber sogar das ist schon schwierig.

Manchmal gibt es keinen Weg raus außer den nach innen. Dann stelle ich mir etwas vor, mit aller Kraft. Wenn man sich reinsteigert, kann man sogar die Vögel im Märchenwald schreien hören. Ich will bunte Vögel in meinem Wald haben, mit prächtigen Paradiesfedern im Schweif. Sie haben keine Angst, auch wenn die Sonne untergeht und die Schatten zwischen den uralten Bäumen wachsen.

Manchmal hat Papa Angst, dass ich ihm so fremd werde wie das Land, das ihn jetzt umgibt. Aber das bilde ich mir bestimmt nur ein. Bestimmt. Er ist so stolz auf mich, weil ich gut Deutsch sprechen kann. Das ist etwas, das er nicht zusammenbringt. Aber er hat auch keine Lehrerin wie ich. Und keine Laura. Er hat hier immer noch keine Freundschaften geschlossen, im Unterschied zu Mama, die sich mit vier Frauen im Haus ganz gut versteht. Zwei von ihnen werden allerdings bald ausziehen, sie haben schon die Erlaubnis. Wir nicht. Papa hat vielleicht Angst, auf andere zuzugehen, weil er sich noch immer nicht gut auskennt. Ihm ist es noch viel peinlicher als mir, wenn er Fehler macht. Glaube ich. Und ohne mich wäre er sowieso verloren. Deswegen muss ich oft mit ihm mitgehen und übersetzen.

Ich übersetze dann Dinge, die ich nicht verstehe. Also von den Worten her schon, aber vom Sinn her nicht. Was er für Papiere braucht. Warum er hergekommen ist. Immer wieder dasselbe. Eigentlich könnte er nur noch mich schicken, allein. Vielleicht würde ihn das sogar weniger aufregen. Und zu mir sind die Frauen und Männer hinter den verschiedenen schäbigen kleinen Tischen in verschiedenen schäbigen kleinen Zimmern freundlicher als zu ihm. Ich weiß ja genau, was er darauf antworten wird. Ich habe es unzählige Male wiederholt, wie ein Leierkastenspieler, der immer die gleiche Melodie anstimmt. Und er wird dann nervös und schwitzt, und ich sehe schon, wie er sich ärgert und sich zwingt, ruhig zu bleiben. Was ihm meistens gelingt. Und er antwortet brav ein ums andere Mal dasselbe: Warum ist er hergekommen? Warum sind die Papiere von zu Hause immer noch nicht da? Weil unser Haus nicht mehr steht und zerbombt worden ist und wir deswegen keine mitgenommen haben und weil die Behörden in einem Land, in dem Krieg herrscht, einfach nicht so korrekt und schnell arbeiten wie in einem Land, in dem kein Krieg ist. Weil Papa gesucht wird. Nicht, weil er Verbrechen begangen hat. Die Beamten hier davon zu überzeugen war am allerschwersten gewesen. Mein Papa ist doch kein Verbrecher. Mein Papa ist Krankenpfleger. Der würde nie jemandem etwas zuleide tun. Dass Papa niemandem etwas zuleide tun wollte, das allein hat schon als Verrat gegolten. Weil es in einem Krieg nicht möglich ist, sich komplett rauszuhalten. Auch wenn man es noch so sehr versucht. Aus Papa wurde so schnell ein gesuchter Mann und Staatsfeind, so schnell konnte er gar nicht schauen.

»Soso«, sagen die Beamten an verschiedenen schäbigen Tischen in verschiedenen schäbigen Zimmern. »Er hat also nur seinen Job getan. Wieso sollte er deswegen in Lebensgefahr sein?«

Und ich erkläre alles von vorne: Wie Schwerverletzte vor unserer Türe abgelegt worden sind. Wie Papa sie natürlich nicht auf seiner Türschwelle hat sterben lassen können. Auch wenn es Aufständische waren.

»Soso«, sagen sie. »Sie haben also aktiv Gewalttätige unterstützt.«

Papas Patienten. Die Widerstandskämpfer und die Regimeverteidiger. Oder anders gesagt: die Aufständischen und die Soldaten. Es war immer dasselbe. Nur die Namen wechselten. Die Namen wechseln, und die Gewalt bleibt. Man kann gar nicht so schnell laufen. Das, wovor man weggelaufen ist, steht schon da und wartet auf einen. Wie beim Igel und dem Hasen. Ein mieser Trick. Aber den Trick kennt hier keiner. Ich muss ihn erst erklären. Und Papa wird ganz betreten und sagt, dass wir doch alle umgebracht worden wären, wenn er die Hilfe verweigert hätte. Entweder von den einen, wenn er half, oder von den anderen, wenn er nicht half. Und Nichthelfen sei ihm eben am schwersten gefallen.

Sie fragen ihn – also mich, weil ich übersetze –, warum er nicht beweisen kann, dass ich seine Tochter bin. Vielleicht bin ich ja jemand anderer.

Ich verstehe einfach nicht, warum die uns nicht glauben. Man sieht doch, dass ich seine Tochter bin. Ich sehe ihm total ähnlich. Ich habe sie schon oft hergezeigt: Unsere Hände sind vollkommen gleich, die Daumen, die Finger, sogar die Nagelform. Warum sollte ich nur so tun, als wäre ich seine Tochter? Das ist verrückt.

Ich habe Papa gefragt, wann wir denn wieder Gäste einladen können. Wie lange wir noch hier sind. Ich will weg.

»Wir werden feiern, wenn wir hier ausziehen dürfen«, hat er gesagt. Und dann hat er noch gesagt, ich soll warten.

»Ich kann fast nicht mehr warten«, habe ich ihm gesagt.

Und er hat gesagt: »Dann musst du es eben lernen. Jeden Tag neu.«

Papa wartet täglich darauf, dass wir hier ausziehen dürfen. Aber das dauert und dauert.

Alle warten hier. Niemand hat etwas anderes zu tun. Bis der Startschuss zum Hierleben fällt. Dieses Warten ist so schwerelos wie Gegenstände im Weltraum. Kein Boden. Kein Oben, kein Unten. Die Erwachsenen kreisen um sich selbst, weil einfach nichts anderes da ist. Alle, die noch nicht volljährig sind, haben es leichter. Wir dürfen etwas. Wir tun etwas. Die Erwachsenen kreisen um sich selbst, und wir sind Kometen, die zwischen Schule und Kindergarten und dem großen Warten hin- und herziehen. Das hilft.

Der Stempel, der aufs Papier geknallt wird, ist der Urknall, mit dem das Hier und Jetzt eines neuen Uni-

33

versums entsteht. Die Zeit beginnt erst dann zu existieren.

Die, die aufgegeben haben zu warten, werden irgendwann entweder sehr still, gehen kaum noch aus dem Zimmer. Oder sie beginnen zu randalieren. Ich habe gelernt, ihnen aus dem Weg zu gehen. Wenn sie lange und laut genug randalieren, kommen sie weg. Ich weiß nicht, wohin sie kommen. Will ich auch gar nicht wissen.

Wir kommen da nie hin.

Der Depp hat Rami von einem Computerspiel erzählt. Bei dem hängt Rami öfter ab, im letzten Stock. Gespielt hat er es noch nie, nur mit roten Ohren zugehört. Von einem Assassinen, der auf Fassaden und Türme klettern kann und hauptsächlich damit beschäftigt zu sein scheint, irgendwen zu ermorden. Rami hat ein Plakat aus dem Abfalleimer gezogen und in unserem Zimmer an der Wand befestigt. Jetzt verlangt er von mir, dass ich ihn Altair nenne. Ich denke nicht daran! Aber Mama macht das auch noch wirklich. Ich habe sie gefragt, ob ihr klar ist, dass sie ihrem Sohn einen Mördernamen gibt. Sie hat gesagt, der Name ist traditionell und gut. Ich habe ihr das Plakat gezeigt. Sie hat blöd geschaut, Rami sofort wieder Rami genannt, ihm aber weiterhin erlaubt, Assassine zu spielen, mir hinter Ecken aufzulauern und die Tante auf dem Klo zu erschrecken. Ich warte einfach mal ab, bis es Amina reicht. Die ist dreimal so eiskalt wie sein Assassine.

Musste heute ganz schnell sein auf dem Weg zum Schulbus. Der Typ, der so gern allen Frauen im Haus nachgeht, hat versucht, mich im Erdgeschoss abzufangen. Habe mich nicht umgedreht. Der ganze Gang hat nach ihm gestunken. Der sieht aus, als käme er direkt aus der Hölle. Unrasiert, stinkend, mit Haaren, die schon zu festen, von seinem Kopf abstehenden Haarwürsten verfilzt sind. Manchmal heult er in der Nacht, als ob er ein Tier wäre. Er wäre bestimmt so einer, der sich auf Friedhöfen aus der Erde buddelt. Aus meinem Märchenwald würde ich ihn vertreiben, wenn er da mit seinem widerlichen Kopf zwischen den Wurzeln hervorkäme. Mit einer Fackel würde ich ihn verscheuchen.

Gestern stand er den ganzen Tag am Fuß der Treppe und glotzte alle an, die vorübergingen. Die Frauen ganz widerlich. Die Männer hasserfüllt. Immerzu hat er die Hände in den Hosentaschen, als ob da drin etwas wäre. Manche Männer wurden beim Gehen schneller, wenn die an ihm vorbeimussten, auch einige, die sonst schnell laut werden. Manche stecken auch die Hände in die Hosentaschen, wie ein Spiegelbild, und deuten an, da ist auch was. Pass bloß auf.

Mama hat er auf den Hintern gestarrt. Mit einem Grinsen. Sie hat es nicht bemerkt. Sie schleppte zwei schwere Kübel mit Schmutzwasser und achtete auf jeden ihrer Schritte, um nichts zu verschütten. Ging schwankend wie auf einem Drahtseil, so vorsichtig. Manchmal erlaubt uns die Chefin, das ist die Frau vom Pensionsbesitzer, kleinere Arbeiten gegen Geld für sie zu erledigen. Alle reißen sich darum. Um ein bisschen Rasenmähen oder Treppenaufwischen. Papa war nicht da. Nur ich. Ich habe mich hinter Mama hinausgedrückt. Wollte nicht, dass sein Blick auch auf meinem Rücken, meinen Beinen, meinem Po landet. Wie das Dreckswasser auf dem Asphalt im Hof.

Bei Laura gibt es morgen Pizza. Ich liebe Pizza. Hausgemachte, das ganze Backblech voll, mit allem drauf, was ihrer Mutter einfällt: Sardellen, Kapern, Gemüse. Mit viel Käse drüber, schön knusprig gebacken. Das Backblech kommt auf einem Untersetzer auf den riesigen Holztisch. Schönes Geschirr aus bemaltem Porzellan. Das hat Lauras Mutter selbst bemalt. Jeden Teller anders. Mit Namen auf der Rückseite: einen für Laura, einen für ihren großen Bruder.

Früher, als Laura und Markus noch kleiner waren, haben sie Teller mit Tieren in der Mitte gehabt, um sie zum Aufessen zu motivieren. Laura hatte eine Katze, wegen ihrer grünen Augen. Lauras Mutter hat mir die alten Kinderteller gezeigt, bestimmt, weil sie stolz auf ihre Malereien ist. Markus wollte das überhaupt nicht. Ist ganz rot geworden. Ich fand das irgendwie süß.

Manchmal gehe ich nach der Schule mit. Ich weiß, da ist immer ein Teller für mich gedeckt, und ich kann mich immer dazusetzen und mitessen. Vielleicht malt sie mir auch einen an, hat sie gesagt. Das wäre nett. Nicht irgendein Teller, sondern meiner.

»Spinnst du«, hat Laura gesagt. »Das ist was für Kleinkinder.«

Mir doch egal. Ich würde es trotzdem mögen.

Manchmal fährt Lauras Mutter mich später in unsere Unterkunft. Mit dem Auto, damit ich nicht zu Fuß laufen muss. Das dauert. Quer durch den Wald. Am Tag gehe ich gerne da durch. Wenn es dunkel wird, bringen mich keine zehn Pferde in den Wald. Nicht einmal mit Laura zusammen.

Erstens hätte ich auch Angst, wenn sie mitkäme. Zweitens hätte ich dann Angst um sie, weil sie alleine zurückgehen muss. Ich weiß genau, dass das ein harmloses Waldstück ist und keine Bösen und Bewaffneten auf den Weg springen werden, aber das hilft nicht, das Wissen allein hilft nicht. Auch nicht die Tatsache, dass Laura lacht und mir versichert, dass sie diese Strecke geht, seit sie sieben ist, und da noch nie etwas passiert ist. Sie schlägt mir dann leicht gegen die Stirn und lacht. Wenn sie lacht, kräuselt sich ihre Nase, das finde ich niedlich, sieht aus wie bei einer Maus, wenn die schnuppert. Auf der Nase sitzen ganz viele Sommersprossen, auch sehr niedlich zu ihrer blassen Haut.

Bei mir sitzt nur die Angst im Kopf. Diese Angst sitzt mir so fest im Kopf, dass ich ihn manchmal heftig schütteln will, heftig dagegenschlagen, nicht so sanft wie sie. Damit dieses idiotische Gefühl einfach rauskatapultiert wird, wie die bunten Pillen, die ich mir als Kind einmal in die Nase gesteckt habe, und dann habe ich sie nicht mehr herausbekommen. Und mein Vater hat mich erst an den Beinen hochgehoben und geschüttelt, was gar nichts genutzt hat, mir dann Wasser in die Nasenlöcher eingetropft, da habe ich nur geglaubt, ich ersticke sofort, geholfen hat auch das nichts. Und mir anschließend mit der flachen Hand auf den Hinterkopf geschlagen, bis sie endlich herausfielen. Danach traute sich wenigstens Rami nie, sich Sachen in die Nase zu stecken. Immerhin.

Ich war heute mit Papa wandern. Auf ein »ernstes Gespräch«. Dachte schon, es wird furchtbar langweilig. Aber nein. Manchmal täuscht man sich. Haben uns Butterbrote bestrichen und sie eingepackt. Noch Wasserflaschen in den Rucksack. Und los. Quer durch den Wald. Sind auf einen Berg gestiegen. Nach der Hälfte wollte ich nicht mehr, aber Papa hat darauf bestanden, dass wir weitergehen.

»Warte auf den Augenblick, wenn du wirklich müde bist«, hat er gesagt. »Dann machst du halt und rastest. Aber vergiss niemals, dass das nicht der Punkt ist, an dem du umkehrst. Das ist nur der Punkt, an dem du Kraft schöpfst. Und erst dann beginnt der richtige Weg. Merkst du dir das?«

Wir saßen auf einem moosüberwucherten umgefallenen Baumstamm. Meine Füße reichten nicht bis zum Boden, so dick war der. Eine Krähe schlug Alarm für die anderen über uns. Tannenwipfel und darüber Wolken, die schnell über unseren Köpfen dahinzogen. Der Wind war frisch. Angenehm kühl. Kühl genug, um den Verstand zu schärfen und um aufmerksam zu sein, jeder Muskel bereit. Nicht so schläfrig, wie einen die Hitze macht, auch wenn man dann lieber draußen ist.

»Klar«, habe ich gesagt.

»Dann sage mir, wann du genug Kraft hast, und wir gehen weiter.«

»Müssen wir wirklich bis ganz rauf?«, maulte ich. »Meine Schuhe drücken. Ich habe keine Lust mehr.«

»Müssen wir«, sagte er.

Wir gingen weiter. Füllten die leeren Wasserflaschen in einem Bach nach, der unseren Weg kreuzte.

»Ich will, dass du weißt, wie du Ziele erreichst«, sagte er.

»Weiß ich doch schon.«

»Nicht gut genug.« Und er legte noch an Tempo zu.

Ich keuchte hinterher. Hatte eine solche Wut. Auf mich, weil ich schon so erledigt war, und auf ihn, weil er keine Rücksicht darauf nahm.

»Ich will zurück.«

»Du wirst die Aussicht genießen, wenn wir oben sind. Komm.« Und weiter ging es.

Ich rutschte auf einem steilen Anstieg ab und schlug mir das Knie auf. Er wusch die Wunde sauber, und wir gingen weiter.

»Müde?«, fragte er nach einiger Zeit.

»Ich spüre meine Füße nicht mehr«, sagte ich.

»Dann kannst du sie besser belasten.« Und er drehte sich um, sah meinen Gesichtsausdruck. Lächelte. »Spar dir die Energie, die du mit Ärger vergeudest, für deine Schritte auf.«

Und wir gingen und gingen. Der Schmerz trat in den Hintergrund. Man gewöhnt sich an Schmerz. Ich weiß noch, wie wir tagelang gegangen sind. Nächtelang. Und jedes Mal, wenn einer von uns begann aufzugeben, hat Papa ruhig, aber bestimmt darauf bestanden weiterzugehen. Rami hat er immer wieder getragen. Das Gepäck wollte ich irgendwann abstreifen. Ging nicht. Durfte nicht. Blasen in den Schuhen. Irgendwann gab es kein Pflaster mehr. Ich habe die Narben immer noch. Meine Jacke habe ich dann bei einer Rast im Wald vergessen. Wir konnten nicht mehr zurück. Ich bekam den Pullover von Papa. Er hat gesagt, er friert nie. Ich habe ihm geglaubt, weil ich ihm glauben musste. Sonst hätte ich den Pullover nicht annehmen können. Hinter uns blieben Feuer und Schüsse. Je weiter wir kamen, desto ruhiger wurde es.

»Keiner gibt auf«, hat Papa gesagt. »Keiner bleibt zurück. Wir gehen gemeinsam. Wir kommen gemeinsam an.«

Ich würde anders wandern. Leichtfüßiger, geschickter, langsamer. Ich würde in meinen Märchenwald gehen, in den ich immer gehe, wenn es mir zu viel wird, wenn ich nicht mehr kann. Dann schließe ich die Augen und bin gleich dort. Ich würde die Landschaft bestaunen und den Himmel und die Konstellationen der Sterne über mir. Ich würde mich an diesen Sternen orientieren. Auf meinem Weg vor allem nachts wandern. Riesige dicke Bäume wie auf den Bildern in meinen Kinderbüchern.

Mein Wald ist so ein Wald, in dem es auch Feen geben könnte und Drachen und Greife und andere Fabelwesen. Ich habe früher gerne Märchen gelesen. Von Menschenfressern und Zauberern, von sprechenden Pferden und verwunschenen Mohnfeldern. Von

Mädchen, die verzauberte, schlafende Prinzen pflegen. Sieben Jahre lang. Und dann, nach sieben Jahren, will er doch eine andere heiraten und nicht die, die all die Zeit bei ihm war. Hier gibt es ganz andere Märchen. Laura hat mir ihre Bücher geborgt. Zum Deutschüben. Es gibt hier Märchen von gläsernen Särgen und von Königsfröschen und von Mädchen, die in ihren roten Schuhen auf einem Stück Brot tanzen müssen bis in alle Ewigkeit. Und böse Wölfe.

Wölfe habe ich einige gesehen. In den Wäldern, durch die wir auf unserer Reise hierherkamen, gab es Wölfe. Es haben auch nicht alle den Weg durch diese Wälder geschafft. Wenn man Feuer gemacht hat und viel Lärm, blieben die Wölfe im Waldfinstern zurück. Man sah nur ihre Augen leuchten. Ganz viele. Ich habe mir dann ganz fest eingeredet, dass es nur Katzenaugen sind.

Hier habe ich noch nie Wölfe in den Wäldern gesehen. Nicht einmal große Hunde.

Nach den Wäldern sind wir in einer großen Menge durch den Regen gegangen. Manchmal auf Feldwegen. Vor uns sind welche zusammengebrochen. Manche wurden dann in Betttüchern mitgeschleppt. Andere blieben liegen. Papa konnte niemanden tragen außer Rami. Er hat es versucht. Aber er hatte einfach keine Kraft mehr. Manchmal fährt er jetzt aus dem Schlaf hoch und brüllt, dass er noch jemanden tragen kann. Er will es jedenfalls versuchen, schreit er. Dann streichelt Mama über sein Gesicht und sagt: »Schschscht, alles vorbei. Alles vorbei.« Aber es dauert dann mehrere Minuten, bis er aufhört zu schreien.

Wir kreuzten Grenzen mit Stacheldraht. Wir bogen ihn hoch und krochen, so schnell es ging, darunter durch. Einmal bin ich hängen geblieben und kratzte mir den Rücken auf. Papa hatte noch Desinfektionsmittel. Das war gut. Bei anderen haben sich diese Wunden entzündet. Manchmal waren da Soldaten. Manche waren freundlich und gaben uns zu essen und zu trinken. Andere jagten uns. Dann liefen die Menschen wie Schafe auseinander, Geschrei und Chaos überall. »Verlier mich nicht aus den Augen!«, hat Mama dann gerufen. »Bleib dicht an mir dran! Halt dich an mir fest!«

Oben bin ich so in Gedanken gewesen, dass ich gar nicht merkte, wie der Gipfel vor uns auftauchte. Die Wolken rissen auf, eine fahle Sonne wurde sichtbar. Die Windböen waren stärker geworden. Ich setzte meine Kapuze auf. Drehte mich um. Unter uns vom Wind geschüttelte Bäume. Wir standen auf einer Wiese. Das Gras wellte sich, als ob es ein grünes Meer wäre, Muster bildeten sich und fielen wieder auseinander. Am Scheitelpunkt der Wiese stand ein großes eisernes Kreuz.

Ich habe es wieder geschafft. Papa sei Dank. Er beweist es immer und immer wieder, dass ich es schaffe, wenn ich etwas wirklich will. Das ist eigentlich schön zu wissen. Nur ich vergesse das immer.

»Wir sind da«, hat Papa gesagt, mir einen Arm um die Schultern gelegt und mich an sich gezogen. Und ich ließ es geschehen und drückte meine Wange in seinen kratzigen Pullover. Ich mag diesen Papageruch. Er ist immer gleich, so war er, als ich ganz klein war.

So ist er immer noch. Nur die Tabaknote fehlt, weil Papa nicht mehr raucht. Worüber Mama sehr glücklich ist.

Wir standen auf dem höchsten Punkt des Berges. Nur wir zwei. Wir konnten bis ins Tal sehen. Die Straße im Dorf, die sich zwischen den gelben und grünen Feldern durchschlängelt. Der Badeteich. Das graue Dach des Supermarktes. Auf der anderen Seite erhob sich ein höherer Berg als unserer, seine Spitze war nackt und bloß, kein Grün, sondern massives Gestein. Über seinem Gipfel ballten und türmten sich dunkle Wolken zu einem Ungeheuer, das sich über den Himmel zog. In seinen Eingeweiden rumorte es. Ein blaugrauer Drache, dessen Bauch ab und zu aufglühte. Man konnte noch keinen Donner hören. Vogelschreie und Rauschen des Windes in den Ästen.

»Hab keine Angst«, sagte Papa. »Das zieht vorüber.«

Ich habe übrigens gerade unglaubliche Lust auf ein Eis mit Früchten. Irgendwie fällt mir auf, dass ich ständig über Essen schreibe. Ich bin nicht so verfressen, wie es klingt. Aber wenn man jeden Tag immer nur dasselbe bekommt und es ist jeden Tag genauso eklig wie am vergangenen und dem davor, gewöhnt man sich nicht dran, im Gegenteil. Man denkt immer mehr an das, was einem schmecken würde. So geht es Mama vermutlich schon ihr halbes Leben, weil sie zum Rundsein neigt und immer Diät hält und sich niemals das gönnt, worauf sie Lust hat, nur um endlich so zu werden wie meine Tante.

Ich glaube, das ist von vornherein vergeblich gewesen. Meine Tante ist groß und schlank, allerdings mittlerweile drahtig und mager, weil sie fast nichts isst, seit wir hier sind. Aber nicht um abzunehmen, das hat sie echt nicht nötig. Das passt auch nicht zu ihr, sie war früher sogar richtig schön. Niemals wäre sie aus dem Haus gegangen ohne schwarzen Lidstrich und ohne ihre geschwungenen Brauen nachzuziehen. Jetzt schminkt sie sich nicht mehr. Ihre Wangen sind eingefallen, dunkle Schatten um die Augen, Falten um den Mund. Ich bin mehr nach Papa geraten, der wie Großvater ist, und meine Mama ist mehr wie ihre Mutter. So schön war Amina, dass jeder sie heiraten wollte. Und sie hat es Mama deutlich spüren lassen. Mama hat das nicht vergessen.

Ich finde meine Mama viel hübscher. Aber das hilft nichts. Leute, die einem nahestehen, sehen einfach schöner aus als fremde. Mama findet bestimmt, dass Rami das schönste Kind auf Gottes Erdboden ist, weil er ihr einziger Sohn ist. Ich finde, dass er – wie schon erwähnt – eine einzige Pest ist. Bald kommt er in die Schule, dann halte ich mich wirklich nicht mehr zurück. Dann ist er groß genug, um auch mal was einzustecken.

Lauras Mutter wollte uns gestern einen ganzen Sack mit Sachen in die Flüchtlingspension bringen. Von Laura und von ihr und von ihrem Exmann. Da hat sie noch viel Zeug, das er nie geholt hat. »Einmal ist die Zeit gekommen«, hat sie gesagt. »Ich will den ganzen Kram von früher nicht mehr im Haus haben. Weil neue Zeiten angebrochen sind.« Sie hat gelacht.

Sie lacht wirklich viel, laut und ansteckend. Meine Mutter würde das nie machen. Mit sperrangelweit aufgerissenem Mund. Wie Laura und ich. Ich glaube, sie ist viel jünger als Mama. Beim Kochen hört sie laute Musik und tanzt und trinkt Wein. Wir tanzen manchmal mit. Wir räumen ab. Werfen den Geschirrspüler an. »Ein Geschirrspüler ist die Krönung der Küche«, sagt sie. Nach unseren Familienfesten habe ich mit Mama stundenlang mit der Hand abgewaschen, bis die Haut unserer Fingerkuppen komplett aufgeweicht war, während Rami bei den Männern im Garten sein konnte. Damals fand ich das in Ordnung. Heute nicht mehr. Löwenpfoten hat meine Oma meine schrumpeligen weißen Fingerkuppen genannt.

Ich hoffe, wir haben bald auch einen Geschirrspüler. Ich hasse abwaschen. Laura muss nur das

Geschirr ein- und ausräumen. So wie ihr Bruder Markus. Der ist aber meistens erst abends da, ich habe ihn selten gesehen. Sieht Laura ähnlich. Sommersprossen und rötliche Haare. Groß und dünn ist er. »Eine Bohnenstange«, sagt Laura. Dann ist er immer sauer. Wenn sie es vor mir sagt jedenfalls. Ich traue mich nicht, mit ihm zu sprechen. Wenn er früher da ist, gehe ich. Am Abend muss ich sowieso spätestens um sieben Uhr zu Hause sein. Seine Sachen wären auch im Sack gewesen. Hätten aber sowieso weder Papa noch Rami gepasst.

»Dann gebt sie den anderen im Haus«, hat Markus vorgeschlagen. »Ich ziehe das Zeug sicher nicht mehr an.«

Ich habe Lauras Mutter gesagt, wir brauchen nichts. Ich will echt nicht, dass sie das alles hier sieht. Mein Vater würde sich schämen. Dabei gehen seine Schuhe schon auseinander. Deswegen schämt er sich auch. Er sagt es nicht, aber ich weiß es. Mama hat den Stoff schon zweimal genäht, aber dort, wo seine Zehen die Schuhe eindrücken, reißt es einfach immer wieder auf.

Rami hat es gut, er wächst zwar ständig aus allem heraus, aber andere Kinder hier auch, und dann bekommt er, was den anderen zu klein geworden ist. Manchmal hat er auch Pech. Da musste er mit rosa Sneakers herumlaufen, weil nur Mädchenschuhe zum Weitergeben da waren. Geheult hat er. Und ich habe die Schuhe mit schwarzem Permanentmarker übermalt. Die haben natürlich abgefärbt. Dann hatte er das ganze Frühjahr über ganz schwarze Zehen und

Fußrücken. Nach dem Waschen waren sie dann grau. Der Marker war eben wirklich permanent. Mama hat geschimpft. Dabei wollte ich ihm nur helfen. Und Rami hat gemeint, besser schwarze Füße als Mädchen. Papa hat mich verteidigt. Damit war die Schuhdiskussion erledigt.

Bis sich die Wirtin eingemischt hat.

»Wasch dich endlich«, hat die Chefin zu Rami gesagt. »Hier hält man sich sauber.«

Das ist übrigens dieselbe, mit der man um jedes Stück Seife im Bad streiten muss, weil sie die gerne vergisst. Und das Klopapier ab und zu auch.

Meine Mutter ist ganz rot angelaufen. Und ich sah zwar, dass mein Vater etwas sagen wollte, vermutlich sogar brüllen, aber er konnte nichts sagen, konnte Rami nicht verteidigen. Ärger will hier keiner. Dann wird das Taschengeld vergessen, das immer am Wochenanfang an uns ausgezahlt wird. Und beweisen können wir das nicht. Und wer sich darüber beschwert, bei dem wird es gleich noch einmal vergessen. Das war letztes Jahr. Da war Rami noch kleiner. Dieses Jahr würde er das nicht mehr mitmachen, glaube ich. Da läuft er vermutlich lieber barfuß. Hat dann aber auch schwarze Füße.

Laura hatte gestern verschlafen und kam zu spät zur Schule. Um ganze zwei Stunden. Hatte verwirrt gewirkt. Ziemlich verwirrt sogar.

»Was ist los?«, habe ich sie gefragt.

»Ich spendiere uns eine Runde«, sagte Laura.

Wir sind also hin zum Automaten im Foyer, holten die Flaschen, die mit lautem Knall ins Ausgabefach fielen, heraus. Laura wartete nicht, machte die Flasche gleich auf, Cola spritzte in einer braunen Fontäne raus und sprudelte ihr übers weiße T-Shirt. Ich wollte nicht lachen, musste aber, weil sie selbst lachen musste. Wir kamen immer noch lachend auf den Schulhof, setzten uns hin. Laura hatte rote Flecken im Gesicht und braune am Shirt. Eigenartig. Sehr eigenartig.

Wir tranken die Cola, in kleinen Schlucken, damit keine schneller fertig war als die andere. Und Laura sagte immer noch nichts. Die Pause war fast schon um. Und ich wurde immer neugieriger. Wobei man das schlecht Neugier nennen kann. Wenn ich das Gefühl habe, irgendwas hat sich verändert, irgendwas Unerwartetes ist passiert, nehme ich eher an, dass es was Schlechtes ist.

»Jetzt komm schon«, sagte ich. »Erzähl!«

»Ich habe gestern Abend den Christian getroffen«, sagte Laura. Und wurde noch röter.

Welchen Christian, dachte ich. In der Schule kannte ich keinen, aber ich kannte auch nicht alle in der Schule.

»Den Freund vom Freund vom Markus.«

Dieser Freund vom Freund vom Markus musste recht aufregend sein, ihrem Gesicht nach zu urteilen jedenfalls. Es glühte nun vom spitzen Kinn bis zum Stirnansatz, ich konnte das Rot noch unter ihren hellen Stirnfransen durchscheinen sehen.

»Wirklich nur zufällig«, versicherte Laura. »Zufällig. Ich war auf der Tankstelle, weil Mama Milch vergessen hat. Er hilft dort aus.«

Es läutete, die Pause war um. Wir standen widerwillig auf. Es war klar, dass ich eine Menge Briefchen in der nächsten Stunde bekommen würde. Ich spürte, wie Lauras Aufregung auf mich übergriff. Dabei hatte ich Christian, den Freund vom Freund vom Markus, noch nie gesehen.

In der nächsten Stunde hatten wir Biologie. Zellteilung. Unser Biolehrer, der Bast, ist ein ganz junger. Der hat noch nicht viel Ahnung. Der lässt uns manchmal recht viel durchgehen, Quatschen im Unterricht zum Beispiel, weil er cool sein möchte. Knapp vor Notenschluss wird er dann panisch und verlangt auf einmal vollkommene Unterordnung und aufmerksame Mitarbeit. Leider war jetzt schon Anfang Juni, alles blühte, und er wurde wieder total pingelig und streng und warf nur so mit Minussen und Einträgen um sich.

Ich schrieb Laura ein Zettelchen mit nur einem großen Fragezeichen drauf und schob es vorsichtig neben dem Biobuch zu ihr rüber. Laura glühte immer noch, als wäre sie eine Rakete oder ein Komet und gerade in die Atmosphäre eines unbekannten Planeten eingedrungen. Sie starrte den Zettel an und antwortete lange nicht. Ich blätterte im Buch vor, schielte zu Laura und dann wieder ins Buch, weil der Bast plötzlich neben mir stand, mit hochgezogenen Augenbrauen. Kaum war er weitergegangen, blätterte ich von der Zellteilung weg. Zum Menschen und seinen Körperfunktionen. Habe ich bis jetzt immer absichtlich vermieden. Schlug die peinlichste Seite ganz kurz auf und wieder zu. Laura linste zu mir.

»So ein Blödsinn«, flüsterte sie. »Ich bin doch bloß mit ihm bis zu unserem Haus spaziert. Ich war so nervös, ich habe die Hälfte von Mamas Fliederstrauch abgerupft, als wir im Eingang gestanden haben. Oh Gott.«

»Vorm Haus habt ihr gestanden?«

»Ja, aber nicht lange.«

Lang genug jedenfalls, um den Flieder ihrer Mutter zu halbieren, denke ich.

»Ich habe ihm gesagt, ich habe Angst im Dunkeln.«

»Du?«

»Ja, das habe ich mir von dir abgeschaut.«

Das ist jetzt echt nicht witzig, Laura, dachte ich. Aber ich sagte es nicht. Klappte das Biobuch zu und tat so, als ob ich dem Bast ganz intensiv zuhören würde.

Ich kann Laura nie lange böse sein. Nach einem halben Tag fehlt sie mir schon. Ich habe mich mit dem Frühstück beeilt, weil ich zum Bus will und weil Rami nervt und mich an den Haaren reißt. Mama gibt mir einen Kuss. Heute werde ich versuchen, noch mal mit Laura über Christian zu reden. Irgendwas ist mir unangenehm an dieser Sache. Ich bin mir aber gar nicht sicher, was mich überhaupt daran stört. Es ist komisch. Vielleicht will ich sie einfach nicht teilen.

War heute statt Papa beim Briefkasten. Wieder nichts. Er hat mich nicht gefragt. Er sah es mir an.

Bin mit Mama im Wald spazieren gewesen. Wir haben eine Unmenge wilder Erdbeeren gesammelt und sie später beim Abendessen in unsere Milchgläser getan. Schmeckt besser als Milchshake. Rami verträgt keine Milch und wird Bauchweh kriegen, der kleine Vielfraß. Ich gehe dann aber mitten in der Nacht nicht mit ihm aufs Klo. Habe ich gleich klargemacht.

Na toll. Um drei Uhr nachts ist er rübergekommen. »Mir ist so schlecht.«

Ich wollte nicht aufwachen, ich muss doch so früh raus und bin dann in der Schule nur müde. »Gib Ruhe«, habe ich gebrummt und mich von ihm weggedreht.

Er hat sich auf meine Matratze gesetzt. »Mir ist aber so schlecht.«

»Dann geh zu Mama«, sagte ich, aber da war es schon zu spät. Er hat mir einfach ins Bett gekotzt. Und frische Bettwäsche bekomme ich erst morgen. Alles riecht säuerlich. Alle mussten aufstehen. Mama hat mir ihre Decke gegeben. Ich hätte selbst gekotzt, wenn ich mich mit diesem Ramierbrochenengeruch wieder hingelegt hätte.

Wenn Laura wüsste, wie diese Orte aussehen, an denen wir stundenlang sitzen, bis wir endlich aufgerufen werden … Linoleumgänge, flirrende Neonröhren. Alle, die hier den ganzen Tag verbringen müssen, sind schlecht gelaunt. Wegen der Enge, des harten Lichts, der schlechten Luft. Es riecht nach Angstschweiß und nach Müdigkeit, nach Wut und nach Ohnmacht. Meistens gibt es in einer Ecke des Wartesaales einen Wasserspender. Oft sind keine Becher mehr da. Weil täglich so viele Menschen herkommen, um vor diversen Türen herumzusitzen. Die Klos stinken. Es gibt welche, die einfach daneben pinkeln. Die Männer, weil sie nicht achtgeben, und die Frauen, weil sie Angst haben, sich auf die Klobrille zu setzen und halb hockend Balanceübungen über der Schüssel vollführen. Die Gebäude, die besser ausgerüstet sind, haben Nummern, die man aus einem Automaten ziehen kann. Jeder hat einen Zettel mit einer Nummer drauf in der Hand. Jede Nummer wird irgendwann aufgerufen. Irgendwann. Dort, wo es keine Nummern gibt, gibt es immer welche, die sich vordrängeln wollen. Und wenn man dann mit ihnen zu streiten beginnt, kommen sie in fünfzig Prozent der Fälle trotzdem vor einem dran, weil sie einfach lauter sind und die Beamten zu gleichgültig oder zu müde sind, um das zu regeln. Ich denke mir, es ist auch nicht lustig, von acht Stunden am Tag in so einem kleinen Schachtelzimmer ungefähr fünf Stunden angeschrien oder angeweint zu werden. Sicher nicht lustig. Manche sind dafür eigentlich noch ganz nett. Anderen ist alles egal.

Ab und zu sind Briefe von Oma da. Dann ist Papa zwar enttäuscht, aber ein wenig besser gelaunt, als wenn gar nichts gekommen wäre. Oma schreibt nicht allzu oft, weil sie schlecht sieht. Manchmal diktiert sie Onkel Eli, Papas jüngerem Bruder. Dann kann man den Brief besser lesen. Ihre Hand zittert beim Schreiben, und jedes Wort muss man eigentlich raten. Papa liest die Briefe und seufzt. Reibt sich die Herzgegend. Sie schreibt nur schöne Dinge, das beruhigt ihn aber nie. Was die Ziegen machen. Und die Hühner. Was die Lämmer wieder aufgeführt haben. Eines ist sogar in die Küche gekommen und hat die Tischdecke mit den aufgedruckten Blumen darauf verspeisen wollen. Hat alles vom Tisch gerissen und ist vor dem Lärm der splitternden Blumenvase in den Garten geflüchtet. Es war schwer, das zitternde Tier wieder einzufangen.

Rami hört zu und lacht sich kaputt. Dann wird ihm wieder langweilig, und er läuft weg. Ich bleibe. Allein schon, um Papa zu trösten. Er liest und liest noch mal und wird stiller und stiller.

Oma schreibt, welche Nachbarin sie besucht hat. Was sie für Opa gekocht hat. Wie das Wetter ist. Sie schreibt nie über den Krieg, so, als würde es ihn gar nicht mehr geben, als könnten wir einfach so zurück. Jederzeit.

Mama kocht Tee in der Teeküche für uns, bringt ihn drei Stockwerke hoch. Gibt Papa ein Zuckerstückchen mehr hinein als üblich und nimmt sich keines.

»Gut ist der Tee«, sagt dann Papa immer. »Danke.« Und lässt ihn dann kalt werden.

Heute ist ein großes Fest unten im Dorf. Laura wollte mit mir hingehen. Pustekuchen. Papa hat das natürlich nicht erlaubt. Nach sieben Ausgangsverbot, wie immer, da werden keine Ausnahmen gemacht. Die anderen werden Pommes essen, Autoscooter fahren, Musik hören. Das fehlt mir.

Ich habe heute Morgen zugesehen, wie die Buden errichtet wurden. Die Marktstände. Ich habe nicht mit Papa gestritten, weil es keinen Sinn hat. War traurig. Aber nicht einmal so sehr. Habe im Gemeinschaftsraum ein wenig ferngesehen, bin dann müde geworden und früher als sonst schlafen gegangen. Damit ich nicht drüber nachdenke, was Laura jetzt auf dem Fest macht. Ob dieser Christian dabei ist und die Sabine.

Die Nacht ist angenehm warm, der Himmel wolkenlos. Ich schaue mir vor dem Schlafengehen noch die Sterne an. Suche und finde den Großen Wagen, der bei uns die Große Bärin genannt wird. Das mache ich vorm Schlafengehen, seit ich klein war. In den Garten raus und mit Mama nach dem Sternbild gesucht. Damit die Bärin meinen Schlaf bewacht. Wünsche der Bärin eine gute Nacht.

Lege mich zu Rami dazu. Papa und Mama gehen raus, wie immer, bis er ganz fest schläft und sie wieder zurückkönnen. Aber im Sommer können sie auch spazieren gehen oder im Hof sitzen, da ist das halb so schlimm. Der Hof ist jetzt schön ruhig. Die Chefs sind nicht da, sind auch auf das Fest gefahren, rausgeputzt, als ob sie zu einer Hochzeit gingen. Ich rolle mich unter der Decke zusammen. Höre Ramis Kinderschnarchen, so ein beruhigendes Geschnaufe ist das, höre ihm ein wenig zu, denke noch, wo die Tante eigentlich bleibt, die habe ich heute den ganzen Tag nicht gesehen.

Mitten in der Nacht bricht ein Inferno los. Ich wache auf, weil jemand furchtbar schreit. Entsetzlich. So laut und durchdringend, dass sich die Haare auf den Armen aufstellen. Genau so, wie wenn die Kreide auf der Schultafel dieses Geräusch macht, von dem einem sogar die Zähne wehtun. Ich weiß zuerst gar nicht, wo ich bin. Ich brauche eine Weile, um festzustellen, dass ich nicht im Bett bin, sondern in einer Ecke des Zimmers. In der, die am weitesten vom Fenster entfernt ist, kauere da, halte mich mit den Armen umschlungen, so fest, dass ich tags drauf rote und blaue Flecken habe. Noch ein wenig später stelle ich fest, dass ich diejenige bin, die so kreischt.

Draußen, vor dem Fenster, ist ein roter Widerschein am Himmel zu sehen. Ich habe rasende Angst, weil ich nicht verstehe, warum ich da in der Ecke sitze, nicht im Bett bin, was denn passiert ist.

Der nächste ohrenbetäubende Knall. Und eine rote explodierende Kugel zwischen den matt funkelnden Sternen, zuerst rot und dann, im Verglühen und Herabregnen, Weiß und Gelb, noch ein Knall und gleich darauf ein grüner Regen aus Funken. Rauch zieht seitwärts davon, riecht wie Pulver, riecht wie Schüsse, riecht, wie viele meiner Nächte gerochen haben, fühlt sich an wie diese Nächte.

Ich schreie und schreie, und Papa reißt die Tür auf und läuft zu mir und will mich hochheben, und ich schreie noch lauter und stoße ihn mit aller Kraft weg. Rami heult irgendwo im Hintergrund. So hat er auch zu Hause geheult. Alles ist wie damals, alles.

»Es ist nur ein Feuerwerk, ein Feuerwerk«, brüllt Papa, während er mich in einen Zangengriff nimmt, aus dem ich mich nicht herauswinden kann, und ignoriert, dass ich gegen seine Schienbeine trete. »Alles ist gut, Madina! Nur ein Feuerwerk!« Er hebt mich hoch und drückt mich so fest an sich, dass unsere Knochen knacken. Ich spüre seine Hände an meinen Schultern, und gleich darauf spüre ich nichts mehr.

Bin weg.

Bin wieder dort.

Bin auf der Straße vor dem kleinen Gemischt-warenladen, der dem Vater von Mori gehört, spüre die Wärme der aufgeheizten Straße, höre das Summen der Insekten, die um das Obst kreisen, das Moris Mutter für uns auf die kleine Holzbank gestellt hat, damit wir, wenn wir fertig sind mit dem Spielen, gemütlich Pause machen können.

Mori lacht, hat ihre kleine Schwester im Arm, auf die sie aufpassen muss. Lolo. Mit blauen Augen und hellen Löckchen, die Arme sind noch ganz rund und dick, so dick, dass sie lustige Falten hat zwischen dem Handgelenk und der Handfläche. Lolo lacht auch, hat nur ein paar kleine Zähne im Mund. Strahlend weiße Zähnchen, wie bei einem kleinen Tier. Wir drehen uns, einmal, zweimal, Hand in Hand.

Moris Mutter kommt aus dem Haus, trägt einen

blauen Krug mit verdünntem Saft, und als sie den abstellen will, auf der Bank neben den Äpfeln und Feigen, knallt es plötzlich so laut, dass ich noch Tage später auf dem linken Ohr nichts hören kann. Es knallt, und ich verliere die Orientierung. Ich sehe das Haus von Mori in einem ganz eigenartigen Winkel schief über mir vorüberziehen, dann nur noch Gras um mich, so rot gesprenkeltes Gras.

Hebe meine Hand. Die Hand ist auch rot gesprenkelt. Ich begreife gar nichts. Richte mich auf, der Sand ist voller roter Lachen. Menschen kommen angerannt, andere, die die Wucht der Explosion umgerissen hat, liegen an den Straßenrändern, stehen benommen auf und schreien irgendwas oder auch nicht. Moris Vater. Moris Mutter. Irgendjemand hebt mich hoch. Irgendjemand trägt mich weg.

»Wo ist Mori«, flüstere ich. Während sie mich tragen, sehe ich aus dem Augenwinkel menschengroße Puppen in angekohltem Gewand auf der Straße, die Haare versengt, stehen komisch vom Kopf ab wie Stroh. Puppen, Vogelscheuchen, denke ich. Keine Menschen. Keine Menschen. Das sind keine Menschen.

Dann schlägt mein Vater mir ins Gesicht. So richtig fest. Meine Wange brennt. Das holt mich zurück. Ich greife auf die prickelnde Haut, spüre meine Hand wieder, spüre mein Gesicht, der Blick weitet sich ein wenig, ich sehe unser Zimmer wieder. Mama mit ganz großen runden Schreckensaugen steht mit Rami in der Tür, steht da wie eine überdimensionierte Eule. Blinzelt. Rami brüllt sich die Seele aus dem Leib.

»Ist Madina verrückt?«, brüllt er. »Ist sie verrückt?«

Papa hält mir ein Glas an die Lippen.

»Trink«, sagt er. »Trink aus.«

Ich stülpe meine trockenen Lippen über den Glas-
rand und lasse die Flüssigkeit in meinen Hals hinein-
rinnen. Das Wasser schmeckt bitter. Komisch schmeckt
es.

»Gut«, sagt er, »gut.«

Und er legt mir die Hand über die Augen und hält
mich mit der anderen immer noch fest, drückt mich
in Richtung der Matratze. Ich wehre mich ein wenig,
werde aber immer weicher und gummiartiger, als
würden meine Gliedmaßen mir nicht mehr gehor-
chen. Genauso hat er es zu Hause gemacht. Genau
so. Wenn jemand Verwundete vor unserer Haustür
ablegte. Wenn wir ihre Wunden versorgten. Sie lagen
bei uns im Keller, manchmal bis zu fünf gleichzeitig,
ich und Mama bekochten sie, und Papa versorgte ihre
Wunden. Manche schafften es. Andere schafften es
nicht. Die haben wir mit allen Ritualen hinter unserem Haus beerdigt. Der Friedhof war längst zerbombt.

Wir kochten blutige Verbände aus, wir klapperten
die Nachbarn wegen Medizin ab.

Ein richtiges kleines Lazarett.

Gut, dass Papa wusste, wie. Gut, dass er früher
Krankenpfleger gewesen ist. Schlecht aber, dass wir
den Verwundeten eigentlich nicht hätten helfen dürfen. Wir mussten das versteckt machen, heimlich.
Später hat jemand *Volksverräter* auf unser Haus ge-

schrieben. Aber wenn wir ihnen nicht geholfen hätten, hat Papa gesagt, hätten uns die anderen umgebracht. Wenn Krieg ist, gibt es immer mindestens zwei Seiten, und wenn man dazwischengerät, bleibt nicht viel von einem übrig. Das weiß sogar ich. Mittlerweile.

Wie gut, dass Laura das nicht weiß. Sich über ihren Christian freuen darf und über Sommernächte und dunkle Gassen mit Flieder.

Bin heute nicht in die Schule gegangen. Habe den Beinen meiner Eltern und meiner Tante zugesehen, wie sie um unseren Tisch herumgegangen sind. Habe kein Wort gesprochen. Wollte nicht. Konnte auch gar nicht. Mama hat mir Essen aufs Zimmer gebracht. Ich habe es nicht angerührt. Vielleicht hat Laura angerufen. Vielleicht auch nicht. Niemand hat etwas gesagt. Rami ist nicht da, den haben sie zu den Nachbarn geschickt. Spielen.

Rami malt Panzer und Jagdflugzeuge. Mit Bleistiften und Begeisterung. »Wenn man tapfer ist, kämpft man«, sagt er. »Und wenn man kämpft, dann gewinnt man.«

»Schwachsinn«, sage ich.

»Doch«, antwortet er. »Wenn man nicht kämpft, ist man ein Loser. Hat der oben gesagt.«

»Der redet viel, wenn der Tag lang ist, Rami. Der ist ein Schisser.« Ich weiß, dass der vor Angst geheult hat, als der Chef ihn zur Schnecke machte wegen eines Balls, der durchs Fenster geflogen ist. Weiß ich doch. Rotz und Wasser hat er geheult, der Held aus dem zweiten Stock.

Manchmal denke ich, ich werde einfach nie wieder so, wie ich mal war. Aber dann frage ich mich: Wie war ich denn? Kann mich manchmal gar nicht mehr daran erinnern. Habe auch früher nicht immer viel gelacht. Lache jetzt auch noch ab und zu.

Ich bin verwirrt. Mein Inneres ist ein Wollknäuel, das jemand entrollt und dann ganz schlampig wieder aufgerollt hat. Vielleicht sogar nur zusammengeknüllt, so getan, als wäre dieser Fadenspaghettihaufen ein Knäuel. Ihn noch zusammengedrückt hat, damit alle, die nicht genau hinsehen, getäuscht werden. Aber ich lasse mich nicht täuschen.

Ich will zu meiner Oma. Die weiß immer, was in solchen Momenten zu tun ist. Sie nimmt mich dann in den Arm. Sie duftet nach Gewürzen, auch ein bisschen muffig nach Schweiß. Aber ich mag den Geruch, so riechen Omas nun mal. So viel Arbeit, so viel Kochen hinterlassen eben Spuren. Das ist okay. Wenn ich mal alt bin und meine Enkelkinder in den Arm nehme, werde ich wohl auch nicht nach Rosen duften. Ihre Haut ist runzlig und weich, wie Katzenbäuche alter Katzen weich sind. Braun gebrannt im Gesicht und auf den Händen, weiß wie Milch überall dort, wo ihre Kleider drüber sind. Aber in ihrem Schlafzimmer zieht sie die Kittel aus, die bunten Kleider und Übermäntel, und der Hals wird im Ausschnitt über dem geblümten Nachthemd sichtbar, hell und schmal wie eine Mondsichel. Buntes Rosenmeer rundum. Ich lehne mich an sie, kuschele mich mit meiner Wange an die Mondsichel, und sie streichelt meine Schultern, mit leichtem Druck, hin und her, wie sie auch unsere Katzen gestreichelt hat und unsere Ziegen. Ich bin ganz sicher, dass ich, wenn ich jetzt dort wäre, ihr alles erzählen könnte, alles das sagen, was ich sagen muss, um weinen zu können. Weil die unausgesprochenen Worte sich in meinem Hals verkeilen und mir die Luft nehmen. Worte wie Hühnerknochen.

Mama setzt sich zu mir, umarmt mich. Kein Schweißgeruch, auch keine Gewürze. Sie riecht nur leicht nach Haushaltsseife, die die Chefin endlich wieder ins Bad gelegt hat. Sagt aber nichts. Weint selber fast. Da kann ich dann nichts sagen. Ich will sie ja nicht noch trauriger machen, dann tut sie mir zwar leid, aber gleichzeitig werde ich wütend. Dann stelle ich mir vor, wie ich mich nachts heimlich aus dem Haus schleiche, an den Mondsteinaugen meiner wachenden Tante vorbei, am ruhigen Atem meiner Mutter, mich hinausschleiche, auf der Schwelle umdrehe, einen letzten Blick auf sie alle werfe: Papa, mit zerzaustem Haar und Bart, der seinen Arm um Mama gelegt hat, sie mit dem Kopf an seiner Brust, die fast ebenso behaart ist wie sein Kopf. An den Schläfen ist Papa schon ganz weiß, und am Scheitel beginnt sich das Haar zu lichten, aber rund um diese kleine Glatze ist sein Haar kohlrabenschwarz wie meines. Wenn es mir gut geht, nenne ich ihn Streifenhörnchen. Wenn er gut drauf ist, darf ich das.

»Streifenhörnchenpapa«, sage ich in meiner Vorstellung. »Schlaf gut, Mama«, sage ich. Und dann noch: »Mach's gut, Rami.«

Und dann drücke ich die Klinke mit meiner Hand hinunter, ganz langsam, damit sie ja kein Geräusch macht, und öffne die Tür in Zeitlupe. Horche hin, ob Rami noch ruhig und tief atmet. Und gehe hindurch und lasse die Tür offen, damit sie nicht ins Schloss fällt, und laufe das Treppenhaus hinunter, an allen Zimmern vorbei, durch den Haupteingang, schleiche mich durch den Hof, an der Hundehütte auf der linken Seite neben der Chefwohnung vorbei, achte darauf, dass kein Zweig und kein Brett unter meinen Reiseschuhen zu liegen kommt, nichts, das knacken könnte. Schleiche mich im Mondlicht durch den Wald. Auf Wiedersehen. Tschüss, Laura. Drehe mich nie um. Wenn ich mich umdrehe, trifft mich der Steinblick der Tante. Drehe mich nie um und gehe, Tage und Nächte, fahre übers Meer, liege in der Nacht an Bord eines Schiffes auf dem obersten Deck auf dem Rücken und blicke in den Himmel und suche die Große Bärin. Ein andermal verrate ich, wohin die Reise geht. Aber eigentlich kann man das leicht erraten.

Heute geht es mir schon besser. Bin aber trotzdem nicht in die Schule gegangen.

Laura hat nicht angerufen.

Laura hat immer noch nicht angerufen. Heute ist Samstag.

Sonntag ist todlangweilig. Es regnet. Alle sind im Haus und gehen sich auf die Nerven. Kein Kindergarten, keine Schule, kein Deutschkurs. Die Männer haben den Fernseher blockiert und sehen Fußball. Bin ich froh, wenn das Wochenende vorbei ist.

Laura fehlt mir. Ich frage mich aber, warum sie nichts von sich hören lässt. Das macht mich nervös.

Habe heute von Mori geträumt. Von ihrer Schwester. Wir haben uns angelacht, sie standen auf der anderen Seite der Straße. Mori trug ihr rotes Kleid mit der blauen Stickerei am Saum, trug ihre neuen Schuhe aus der Stadt, die ihr der Onkel mitgebracht hatte, auf die sie so stolz war. Die durfte ich nicht einmal anfassen. Schwarze Ballerinas mit einer kleinen Ledermasche. Die kleine Schwester hielt sie an der Hand, damit sie nicht auf die Straße lief. Autos fuhren ab und zu vorbei, wirbelten Sandwolken auf. Es war früh am Morgen. Die Sonne stand noch nicht hoch, und die Schatten, die wir in den rötlichen Sand warfen, waren lang wie Fabelwesen. Sie standen auf der anderen Seite und winkten mir zu, zuerst so richtig wild, dann ein wenig zögerlicher, weil ich nicht sofort reagierte. Ich hatte sie angestarrt und die Hand nur langsam gehoben, weil ich wusste, irgendwas stimmt nicht, irgendwas ist seltsam. Aber gleichzeitig freute ich mich unglaublich, sie wiederzusehen. Lachte dann doch. Winkte. Wollte auf die andere Straßenseite rüberlaufen, Mori umarmen, den Geruch ihres Haares einatmen, sie hat unglaublich zarte Haut im Nacken. Musste aber auf die Autos aufpassen. Ein Lastwagen fuhr vorbei, so lang wie ein Zug, fuhr und fuhr, und während er so fuhr und mir klar wurde, dass kein Lastwagen der Welt so lange wie ein Zug ist, dass es nur ein Traum sein konnte, wachte ich auf.

Die wohlige Freudenwärme war immer noch in der Bauchgrube zu spüren, als ich die Augen aufschlug. Ich sah die Decke unseres Zimmers und, nachdem ich lange genug still gelegen und hinaufgeschaut hatte, auch eine kleine schwarze Spinne mit einem Spinnweben in erster Ausbaustufe, sie hing noch hilflos im Raum.

Dann dachte ich: Ihr seid doch beide tot.

Manchmal würde ich gerne mit Laura darüber reden. Dass ich Mori mit ihr eigentlich betrüge. Dass ich mit Mori jeden Tag gelernt, Witze erzählt, gespielt, gegessen habe. Dass ich sie, also Laura, über Mori schiebe, damit ich Mori nicht mehr sehen muss. Damit etwas Neues da ist für mich.

Niemand kann einen Menschen einfach ersetzen, als hätte es ihn nie gegeben. Aber meine Zeit läuft, und Moris steht still. Meine Zeit schiebt mich weiter, schiebt mich weg und immer weiter weg, bis Mori nicht mehr zum Alltag gehört, sondern etwas ist, an das ich mich mit Mühe erinnern muss. Ich kann mich nicht mehr entscheiden, ob sie nun hellbraune Augen gehabt hat oder dunkelbraune. Manchmal frage ich mich das. Wie ihre zweitjüngste Schwester hieß. Was wir in den Ferien gemacht haben, in diesen Ferien vor fünf Jahren. Ich kann mir nicht mehr sicher sein. Ich meine, ich kann mir meiner Morivergangenheit nicht mehr sicher sein. Ich blicke zurück, und es bleibt alles gleich, bis es beginnt, immer farbloser zu werden. Und manchmal freue ich mich über diese Farblosigkeit. Dann schäme ich mich. Das ist einfach nicht fair. Das ist doch einfach nicht fair. Wenn ich sie vergesse, ist es so, als hätte es sie nie gegeben. Hier lebt Mori nur in meiner Erinnerung. Mama weiß vielleicht noch ein bisschen über sie. Rami weiß bald gar nichts mehr. Oder er spielt es mir vor, weil er sich nicht erinnern will. Und die Kleinen vergessen einfach schneller.

Ich hatte mal, als ich vier Jahre alt war, eine Katze. Die ist dann überfahren worden. Nicht mit Absicht, war ein Freund meines Vaters, der hat sie einfach nicht gesehen und hat sie beim Ausparken vor unserem Haus erwischt. Hat sie sogar noch zu uns hereingetragen. Da war es schon zu spät. Auf dem ganzen Kiesweg vor dem Haus war eine dünne unregelmäßige rote Linie, von seinem Auto bis zur Haustür, weil sie so geblutet hat. Ich habe tagelang geweint. Und dann habe ich zuerst die Katze vergessen und danach erst diese rote Linie. Später hatten wir eine andere Katze, und ich dachte gar nicht mehr an die erste. So wird es wohl auch Rami gehen, denke ich. Er hat andere Freunde hier. Er denkt nicht mehr an die Freunde daheim. Nicht an die Großeltern, nicht an den Onkel. Nicht an die Nachbarn.

Ich weiß noch, wie das Haus über ihnen zusammengebrochen ist. Da war ich schon älter. Der Geschmack von Staub auf der Zunge, Sand zwischen den Zähnen. Und die Angst, man könnte nicht nur Staub einatmen, sondern Partikelchen, die mal die Nachbarn waren, gleich mit dazu, die Nachbarn inhalieren und in der Lunge behalten, in den Blutkreislauf aufnehmen. Ich konnte Tage nicht schlafen, aus Angst, die würden jetzt irgendwo in meinem Körper abgelagert.

Manchmal habe ich total dumme Gedanken in der Nacht: ob Ermordete nicht doch einfach so in einen fremden Körper eindringen und ihn übernehmen könnten, mich in Besitz nehmen oder vergiften, weil sie auf mich neidisch waren, dass es ihr Haus getroffen hat und nicht unseres, das wie durch ein Wunder gleich einige Bomben überlebt hat, während links und rechts die Anbauten in Flammen aufgingen. Manche haben Mama zugeraunt, dass sie wohl eine Hexe sei. Sie hat sich nicht zu lachen getraut. Ich habe mich nicht getraut, ihr von den Gedankengängen über die eingeatmeten Nachbarn zu erzählen. Irgendwann hat Oma gemerkt, dass ich nachts nicht schlafe, hat sich zu mir gesetzt und mich umarmt und mir Lieder vorgesungen. Da habe ich es ihr erzählt. In der vierten Nacht. Sie hat gelächelt und gesagt, dass die Nachbarn jetzt Schutzengel geworden sind. Sie hätten doch nichts Besseres zu tun, sagte sie. Was sollten sie noch hier machen. Und wenn wir fertig beschützt sind und alles vorbei ist, dann flattern die Engel wieder zurück zu den anderen Engeln und freuen sich darüber, dass sie nützlich waren.

Ich war ihr dankbar, habe mir aber den Griesgram von Nachbar nur schwer als meinen Schutzengel vorstellen können. Seine Haare waren immer struppig und standen ihm vom Kopf ab. Sie hatten dieselbe Farbe wie das Fell der ältesten Ziege von Oma, ein schmuddeliges Braungrau. Im Unterschied zu der Ziege war er keineswegs freundlich. Hat mich und Rami immer über den Zaun beobachtet, als ob wir sofort seine Äpfel vom Baum schütteln würden, wenn er nicht aufpasst. Die Äpfel waren sein ganzer Stolz. Rote, große, glänzende Äpfel.

Ja, ich gebe es schon zu: Manchmal habe ich einen gepflückt. Aber nur sehr selten, Ehrenwort. Immer hatte er etwas an mir oder an Mama oder an Oma auszusetzen. Nur an meinem Vater nicht. Mit dem hat er abends oft auf der Veranda gesessen und gespielt. Seine Frau war ganz verhuscht, lief immer gebückt herum. Gehörte zu den Frauen, die man sich nie merkt, sogar wenn sie anwesend sind, und wenn sie weg sind, noch schwerer.

»So eine kann mich doch nicht beschützen«, habe ich Oma gesagt. »Wie soll denn das gehen: Die hat doch überhaupt keine Kraft!«

Da hat die Oma mir ihr schönes Seidentuch hingehalten, direkt unter meine Nase, und hat gesagt: »Dann schnäuz die jetzt raus. Wir brauchen nur Schutzengel, die zu was gut sind.« Das klang so verrückt, dass ich lachen musste.

Später fand ich eines Abends einen duftenden roten Apfel auf weißer Porzellanuntertasse auf meinem Nachttisch. Ich dachte an den Nachbarn und wollte nicht hineinbeißen, obwohl ich wusste, dass das weiße Fruchtfleisch ganz süß schmecken würde. Sog nur die Luft ein und genoss den unverwechselbaren Duft. Als das Zimmer ganz dunkel war, kam Oma an mein Bett. Setzte sich hin, zündete eine Kerze aus Bienenwachs an. Das Licht flackerte auf der Decke, unsere riesigen Schattenköpfe über dem Fensterkreuz. Sie schlang ihren weichen Arm um mich. Ich legte meine Hand auf ihre, spürte unter den Fingerspitzen die hervortretenden Adern. Ich sah ihr Gesicht kaum, wusste aber, dass sie lächelte.

»Müde?«, fragte sie.

»Nein«, sagte ich.

»Aber natürlich bist du müde.«

Wir schwiegen und hörten unserem Atem zu.

»Der Apfel ist vom Nachbarn«, sagte sie dann. »Er

lässt dir ausrichten, du sollst ihn dir schmecken lassen.«

»Den hast du auf dem Markt gekauft«, sagte ich.

»Das war der letzte auf dem Apfelbaum drüben«, flüsterte sie. »Er hat auf dich gewartet. Hing all die Zeit dort, nur für dich. Lass ihn dir schmecken und denke nur an Gutes. Dann sind alle zufrieden.«

Ich habe mich an sie gekuschelt und habe versucht, ihr zu glauben. Nachfragen war zwecklos. Vielleicht war es so und vielleicht auch nicht. Das würde ich nie erfahren.

Nein. Ich habe die Katze natürlich nicht vergessen. Genauso wenig wie Rami seine Freunde vergessen hat. Ich werde zu ihm hingehen und sagen, er soll die Erinnerung rausschnäuzen, wie Oma es bei mir gemacht hat. Statt des Tuches werde ich nur Klopapier haben, aber das ist eigentlich egal. Ich denke mir, Klopapier reicht auch.

Laura hat eine Kindergartenfreundin, Lynne. Ich mag sie total gern. Sie geht aber leider nicht in unsere Schule. Das ist wirklich ein Jammer, mit ihr würden wir die ganze Schule zu dritt aufmischen. Und es wäre sehr, sehr lustig. Das ist die, deren Eltern ein Grundstück am See haben. Dieses Grundstück ist wirklich zu weit weg. Deswegen ist sie nicht bei uns. So schade. Ich sehe sie nur ab und zu, aber es ist immer total schräg mit ihr. So richtig schräg. Verrückt.

Die Deutschlehrerin, Frau King, die mich so gern hat, ist unsere Klassenlehrerin. Das bedeutet, sie ist für uns und für alles zuständig. Für mich ist sie am meisten zuständig, weil bei mir nichts passt. Ich bin eine große Baustelle, hat sie schon mal gesagt und gelacht, damit ich merkte, dass sie nur einen Witz macht. Ich war froh, dass wir auf dem Gang standen und gerade Pausenende war. Alle Schüler schrien und liefen durcheinander wie üblich, bevor die Glocke läutet. Jedem fällt dann noch plötzlich ein, was er alles zu erledigen hat. Ich habe auch gelacht, damit sie weiß, ich nehme es ihr nicht übel. Oft sitzt sie mit mir nach der Schule noch im Klassenzimmer und wiederholt, was ich nicht mitbekommen habe. Sie gibt mir Sonderaufgaben, bringt mir Bücher mit. Wenn ich nicht schnell genug verstehe, wird sie ungeduldig. Als würde ich ihre Hilfe nicht schätzen. Als ob meine Dankbarkeit und meine Lerngeschwindigkeit miteinander verknüpft sein müssten.

Ich will sie nicht enttäuschen. Ich bemühe mich. Sogar Lauras Mutter lobt mich, wenn ich mit Laura Hausaufgaben mache. Laura ist gar nicht so gut in Deutsch wie die meisten anderen Mädchen, sie stellt die Buchstaben um, aber nur, wenn sie schreibt. Ich mache das immer. Eine Menge Fehler mache ich sowieso. Sogar Laura ist besser, wenn wir die Hausaufgaben zurückbekommen. Ihr Text ist dann meistens rot gesprenkelt, aber meiner ist ein rotes Meer. Sie spottet über unsere Blutzeilen. Sie findet das unglaublich witzig, ich mag diese Witze nicht so. Mündlich ist Laura sehr gut. Schlagfertig. Um keine Antwort verlegen. Ich bin nicht nur auf den Mund gefallen, sondern manchmal auf den ganzen Kopf. Wenn ich sprechen soll und unsicher werde, geraten mir die Wortlaute im Mund durcheinander wie Bauklötze, ich habe das Gefühl, ich ersticke an ihnen, an allem, was sich im Hirn gleichzeitig auftürmt, und wenn dann jemand lacht, wird es noch schlimmer. Ich weiß aber, ich muss da durch, einfach mit einem großen Ruck durch, sonst werde ich mich nicht wehren können, und das Gelächter wird mehr werden und vielstimmiger.

»Mach es wie ich«, sagt Laura. Und lächelt ihr Rebellenlächeln. So schräg, mit nur einem Mundwinkel, schaut lässig aus in ihrem Gesicht, mit ihren rotblonden Fransenhaaren dazu. »Reiß die Klappe auf. So.«

Und dann führt sie es mir auch noch vor.

»Hör auf«, sage ich, »ich bin nicht dein Zahnarzt.«

Sie lässt sich davon nicht abbringen.

»Ich habe das auch erst lernen müssen. Das kann man nicht von alleine.«

Ich kann mir nicht vorstellen, dass Laura mal schüchtern gewesen sein soll. Sie ist bestimmt schon mit diesem frechen schiefen Grinsen übers halbe Gesicht zur Welt gekommen.

»Weißt du, wie die mich früher verarscht haben?«, sagt sie.

»Nein.«

Ich kann mir noch weniger vorstellen, dass Laura jemals verarscht worden ist. Die coole Laura in Jeans mit Löchern an strategisch wichtigen Stellen, zum

Beispiel am Oberschenkel, aber nicht zu hoch. Mit ihren karierten Stiefeln, mit der Blümchenbluse und dem Totenkopf darauf.

»Na, und wie. So klein mit Hut war ich.« Laura macht einen sehr kleinen Abstand zwischen ihrem Zeigefinger und dem Daumen.

»Warum?«, frage ich. Was sollte denn an Laura gewesen sein, das diese Boshaftigkeiten anzog, die ich immer so leicht abbekomme, als wäre ich ein verdammter Magnet?

Laura macht eine Pause, studiert ihre Stiefel. »Als sich meine Eltern haben scheiden lassen, hat der ganze Ort nur noch über uns geredet. Es war schlimm.«

Sie verstummt plötzlich, und ich weiß genau, sie verschweigt etwas. Kenne ihr Gesicht zu gut, wenn sie so verstohlen wegschaut. Damit sie mir nicht in die Augen sehen muss und sich mit ihrem Blick verrät. Ich will aber nicht nachbohren. Ich mag das auch nicht, wenn jemand mehr von mir wissen will, als mir lieb ist. »Woher kommst du? Warum bist du hier? Ist dein Land arm? Bist du deshalb da? Habt ihr überhaupt Strom da unten bei euch?« Und all die anderen Idiotenfragen, die ausschließlich nur von Idioten kommen können, weil ein halbwegs normaler Mensch nie so blöd fragen würde.

Ich lasse Laura lieber in Ruhe. Bin überrascht. Andere haben also auch Geheimnisse, die von Angst versiegelt sind. Ich bin nicht allein. Das klingt jetzt echt krank, aber ich bin froh darüber. Weil Lauras Geheimnis sie mir noch näherbringt. Ich umarme sie, sie weicht erst zurück, dann steht sie still, wir stehen

Brust an Brust, bis ich spüre, dass ihre Brustwarzen sich zu verhärten beginnen, zwei kleine spitze Punkte unterm Totenkopfhemd. Und das gibt mir so einen fürchterlichen Stich, also eigentlich eine Stichflamme, die mir bis ins Gesicht fährt. Schweißausbruch.

Unsere Lehrerin, die King, hat mich gefragt, ob ich zu ihr kommen will zum Üben. Das ist voll seltsam, sonst macht sie das bei niemandem! Aber das Schuljahr ist bald zu Ende, und sie ist mit mir nicht wirklich zufrieden, und sie will, dass ich durchkomme. Offensichtlich will sie das. Es könnte ihr schließlich egal sein. Es gibt andere, die auch gefährdet sind, die lädt sie nicht ein. Macht immer so ein besorgtes Gesicht, wenn sie mit mir zu tun hat. Als ob sie Zahnweh hätte. Nein, als ob ich Zahnweh hätte und sie würde es mitspüren und ein wenig sauer sein, dass sie das spüren muss.

Ha! Beim Seilklettern bin ich Klassenbeste. Das macht mir so schnell keiner nach. Bin echt stolz darauf. Das kann wirklich nicht jeder.

War bei Laura nach der Schule.
»Hallo, Mama«, hat Laura ins Haus geschrien.
Keine Antwort. Komisch. Das Radio lief in der Küche.
Wir kamen rein und sahen sie dort hocken, mit ei-

nem halb vollen Glas in der Hand. Mit einer leeren Flasche vor ihr auf dem Küchentisch. Mit einem glasigen Blick und roten Wangen. Sie saß einfach nur da. Und sah dem Auflauf beim Anbrennen zu.

Laura schaltete den Herd ab und nahm den angekokelten Auflauf aus dem Ofen. »Ich decke mal den Tisch«, sagte sie betont fröhlich, als ob alles normal wäre. Sie klang geübt darin.

»Ich stelle mal die Gläser auf den Tisch«, sagte ich.

Heute war so ein furchtbarer Tag in der Schule. Ein Test, den Laura vergessen hatte. Sie ist überzeugt, dass sie ihn so richtig verhauen hat. Ich wurde eine Stunde später aufgerufen und war so nervös, dass ich nur Blödsinn gestammelt habe. So ein richtiger Scheißtag. Laura beschloss, uns zu trösten, und lud mich nach der Schule zu McDonald's ein. Ich war dort noch nie. Bin immer nur mit dem Schulbus vorbeigefahren und habe die ganzen bunten Preistafeln mit den verschiedenen Menüs gesehen. Rami hat schon Szenen gemacht, wenn wir nur in die Nähe kamen, hat Mamas Arm fast ausgekugelt. Wollte einen Hamburger haben. Und das Geschenk dazu. Irgendein sinnloser bunter Plastikkram. Hat er natürlich nicht bekommen. Und jetzt bin ich dort. Ohne ihn. Habe ein bisschen ein schlechtes Gewissen, aber nicht lange. Bin irgendwie stolz, weil ich jetzt dazugehöre.

Stelle mich hinter Laura an und tue so, als ob ich schon oft hier gewesen wäre. Ist ja nichts Besonderes. Und dann bin ich dran und kann mich sicher eine

Ewigkeit nicht entscheiden, was ich denn nun haben will. Im Gegensatz zu Laura, die immer Chicken Mc-Nuggets nimmt. Hinter mir haben sie schon begonnen sich zu räuspern. »Nun mach mal, Mädchen«, hat ein Mann mit Holzfällerhemd gesagt. Ich war so überfordert, ich habe dann einfach auf irgendwas gezeigt. Hühnchenstücke mit ganz süßer Soße. Ziemlich pampig. Trotzdem wurde ich nicht satt davon. Weiß nicht, ob es mir überhaupt geschmeckt hat. Aber gleichzeitig hätte ich am liebsten noch eine zweite Portion gegessen. Laura hat gelacht. Sie mag das. Sich vollstopfen und immer noch Lust auf mehr haben.

Habe bei Laura zu Abend gegessen. Auch ihr Bruder war da. Saß mir gegenüber. Habe mich von ihm irgendwie beobachtet gefühlt. Ich habe mich nicht getraut, den Blick zu heben. Irgendwas war ganz anders. Weiß nicht, was. Als ich dann doch noch hochschaue, trifft mein Blick den seinen. Wir grinsen verlegen. Und schauen gleich wieder weg. Als ich mich von Laura schon verabschiedet hatte und Lauras Mutter mich heimfahren will, kommt er noch mal die Treppe runter.

»Sag mir, wenn du was brauchst für Deutsch«, sagt er. »Laura ist da nämlich keine Hilfe, die ist selber unfähig.«

»Du Arsch«, schreit Laura aus ihrem Zimmer. Ich muss lachen. »Du bist auch ein Arsch«, schreit Laura.

Lauras Mutter schiebt mich zur Tür raus. »Friede,

Leute. Friede, Freude und Eierkuchen. Aus jetzt.« Als wären wir junge Hunde.

Viel Schulstress die letzte Woche. Ein Test nach dem anderen. Noch schlimmer: Referate. Wenn Laura mir nicht ein altes Referat von ihr geschenkt hätte, wäre ich jetzt in Schwierigkeiten. Gott sei Dank hat der Geolehrer nichts gemerkt. Der ist so zerstreut, dass er nicht mitkriegt, wenn er fast wortgleich dasselbe zu hören bekommt. Ich hoffe echt, dass ich es schaffe. Ich habe mich wirklich angestrengt.

Und am Wochenende dann bin ich mit Laura und ihrer Mutter zu einem See gefahren. Ihr Bruder ist zu Hause geblieben, angeblich weil er Handball spielen wollte. Er spielt in einer Mannschaft, in einer richtigen. Ich glaube trotzdem, dass er gar nicht mit uns mitfahren wollte. Auch ohne Training.

Der See liegt an einem Grundstück, das Freunden von Lauras Mutter gehört, den Eltern von Lynne. Laura trifft sie nicht mehr so oft. Die waren aber gerade nicht da, waren in der Türkei, also hatten wir viel Platz für uns. Eigentlich war es schön dort. Das Einzige, was mir peinlich war: Lauras Mutter geht nackt schwimmen. So richtig ohne alles. Ich habe kugelrunde Augen bekommen. Wollte sie nicht anstarren. Habe natürlich trotzdem gestarrt. Sie hat schöne runde Brüste und ein rundes Bäuchlein mit mehreren Narben quer darüber. Sie hat gelacht.

»Komm schon, wir sind unter uns, ich schau dir schon nix ab«, hat sie gesagt.

Laura ist aus ihrer Unterhose gestiegen und hat sie mit dem linken Bein in die Luft gekickt.

Ich habe ihr unwillkürlich auf den Hintern gestarrt und gedacht, ich versinke stellvertretend für uns alle jetzt sofort im Erdboden. Nie würde meine Mutter das machen. Und ich auch nicht. Nie! Es ist seltsam. Wenn ich so darüber nachdenke, habe ich eigentlich gar keine Ahnung, wie ich jetzt ganz nackt aussehe. Ich weiß nicht, wie ich aussehe. Das klingt verrückt. Ich ziehe mich bei uns im Klo um, so wie meine Mutter und meine Tante auch. Oder nach dem Duschen im Bad. Aber da gibt es keinen großen Spiegel, nur einen kleinen über dem Waschbecken. Ich weiß, dass meine Brüste gewachsen sind, sie wackeln ganz schön heftig, wenn ich gehe, und wenn ich dem Bus hinterherlaufe, tut es richtig weh. Ich habe sie noch nie unbedeckt frontal von vorne gesehen. Seit zwei Jahren. Und was ich selbst nicht kenne, will ich anderen auch nicht zeigen. Also habe ich gesagt, ich würde mich nicht so wohlfühlen. Kopfweh und so. Sie sollen einfach ohne mich schwimmen gehen. Es ist ja auch schön, am Wasser zu sitzen.

Laura plant ein Geburtstagsfest. Da muss ich unbedingt dabei sein. Es sind noch einige Wochen bis dahin, aber sie quält ihre Mutter jetzt schon.

»Es wird riesig«, sagt sie. »Es wird wild«, sagt sie. »Und es wird spät.«

Und dann weiß ich, für mich wird es weder wild noch spät. Vermutlich nicht mal riesig. Da ist Papa total streng. Hoffnungslos streng. Es wäre leichter, ein Fest hier bei uns zu machen. Das würde er erlauben. Feiern unter seinem wachsamen Blick. Das wäre okay. Nur entfernen darf ich mich nicht. Niemand darf sich entfernen. Das wollen meine Eltern auf gar keinen Fall. Manchmal denke ich: Schaut euch doch um. Hier passiert nichts. Manchmal denke ich, er übertreibt. Wir haben so viel geschafft, was wirklich gefährlich war. So ein Fest ist nicht gefährlich. Das müsste er eigentlich auch so sehen. Und manchmal habe ich selbst trotzdem Angst hier. In der Nacht. Im Wald. Sogar in der Schule.

Ich habe die Schularbeit in Deutsch geschafft! Ich ganz allein! »Fast ein Dreier«, hat die King gesagt und milde gelächelt wie eine Muttergöttin.

Ich bin beim Abholen des Heftes durch den Gang getanzt. Weil diese Anspannung, wenn sie mit dem Stapel Hefte hereinkommt, einfach unerträglich ist. Diese Stille, die dann plötzlich in der Klasse herrscht. So eine Stille, in der man jeden Furz hören könnte, sogar einen ganz leisen. Also keine Grabesstille. Im Grab furzt vermutlich niemand. Und dann macht sie es auch noch spannend und verliest extralangsam. Zuerst die guten Noten, von den Einsern runter bis zu den Fünfern. Und jeder, der bei den Dreiern noch nicht aufgezählt wurde, hat Schweißausbrüche, wenn sie mit den Vierern beginnt. Und ich war schon so oft eine, deren Name auch da noch nicht genannt wurde. Mit Magenschmerzen und tauben Füßen vor Angst.

Und wenn man dann seine Trophäe abholt und nicht unter den Trauerklößen ist, die ganz zum Schluss aufgerufen werden, fühlt man sich so leicht wie ein Luftballon. Die mit den glänzenden Oberflächen, die das Licht so schön spiegeln. Papa war auch unglaublich stolz. Und Mama sowieso. Ich weiß, sie wünschen sich genau das. Ich werde sie nicht enttäuschen.

Laura hat übrigens auch fast eine Drei. »Immerhin keine Fünf«, hat sie gesagt. »Erfolg muss man feiern.«

Wir sind wieder zu McDonald's gegangen. Diesmal wusste ich schon, welchen Burger ich wollte. Und eine Cola. Markus kam mit seinen Freunden auch. Laura war sauer, sie wollte allein mit mir sein. Sie will aber meistens genau dann allein mit mir sein, wenn jemand anderer auch mit mir zusammen sein will.

»Schöner Zopf«, hat einer von ihnen zu mir gesagt und wollte ihn gerade anfassen, da hat Markus gesagt: »Lass das.«

Ich bin aufs Klo geflüchtet und habe minutenlang in der Kabine gewartet, bis diese idiotische Röte wieder aus meinem Gesicht verschwunden war.

Lauras Mutter war übrigens total sauer, weil wir bei McDonald's gegessen haben. Als Laura heute in die Schule kam – zu spät wie so oft – und ganz außer Atem neben mir auf den Stuhl fiel, hat sie erzählt, dass sie gestern noch mit ihrer Mutter bis spät in die Nacht diskutiert hat. Sie meint, dass McDonald's Unmengen an Geschmacksverstärkern verwendet und dass es unglaublich ungesund ist, dort zu essen. Laura hat nur gesagt: »So eine Spielverderberin.« Ihr Bruder hat Witze über gebackene tote Mäuse in den Burgern gemacht – wenigstens einmal echtes Fleisch und so. Laura ist durchgedreht. Sie hasst es, wenn er sich über sie lustig macht. Ich wünschte, meine Familie würde sich auch über solche harmlosen Dinge aufregen.

Laura wird fünfzehn. Ihre Mutter sagt, eine tolle Zeit beginne jetzt. Frage mich, was daran toll sein soll: Ich bin schon seit einem halben Jahr fünfzehn, und nichts ist anders. Gar nichts. Bis auf ein paar Pickel. Aber nicht schlimm. Mama sagt, das würde sich legen. Bis ich eine Braut werde, würde sich das legen. Das ist mir jedes einzelne Mal peinlich. Allein dieses Wort.

Ich habe die Röcke satt, die ich trage. Ich will eine Hose mit Knieriss haben wie Laura, so eine, bei der das Knie durchschaut. Laura hatte auch noch so einen Riss gleich unter ihrem Hintern, mit einer Naht weiter drüber, da hat ihre Mutter den zweiten Riss, den Laura mit viel Mühe hineingeschnitten hat, unter großem Theater wieder zugenäht. Dass ihre Tochter die Knie herzeigt, ist für sie in Ordnung. Aber mit dem »Arsch« muss sie den Mitschülern nun doch nicht ins Gesicht fahren. Nicht ihre Tochter. Schluss und aus.

Laura trifft heute ihre Oma und hat keine Zeit. Ich denke an meine, und sie fehlt mir furchtbar. Manchmal kommt diese Sehnsucht wie eine große Welle und haut mich um. Manchmal plätschert sie nur so im Seichten. Wenn jetzt Oma neben mir säße, könnte ich ihr zuhören. Ihr alles erzählen. Sie weiß wenig von der Schule hier, wenig von Laura. Wenig von dem Alltag, von den neuen Dingen, den neuen Gewohnheiten, alles das, was täglich neu an mir anwächst. Ich schreibe ihr zwar, aber schreiben ist nicht dasselbe. Vielleicht kennt sie mich nicht mehr. Vielleicht bin ich ihr schon ein wenig fremd. Die Realität ist brüchig. Man glaubt, man ist weit weg vom Krieg und er berührt einen nicht mehr. Aber das stimmt nicht. Andere sind noch zu Hause, und entweder kann man sie vergessen, um seine Ruhe zu haben, oder man denkt an sie und macht sich Sorgen.

Es ist schöner, nur mit Laura schwimmen zu gehen. Im Teich im Wald zum Beispiel. Oder bei Lynne. Ich fürchte mich vor allen Schulschwimmstunden. Vor jeder einzelnen. Wenn wir hier schwimmen gehen, in einer kleinen Halle im Dorf, bin ich immer viel zu sehr damit beschäftigt, an meinem alten komischen Badeanzug herumzuzupfen und darauf zu achten, dass das niemandem auffällt. Ich hoffe die ganze Zeit, dass niemand merkt, wie sehr ich mich für meinen Badeanzug geniere.

Laura ist es aufgefallen. Es muss ihr aufgefallen sein, denn ihre Mutter hat mich eingeladen, mit ihnen einkaufen zu gehen, weil Laura ja angeblich neues Badezeug braucht.

So ein Blödsinn, Laura hat erst letztens in den Umkleidekabinen im Schwimmbad gesagt, dass sie ihren neuen Badeanzug liebt. So ein blau-schwarzer mit sportlichen Streifen an den Seiten, die einem sofort ein athletisches Aussehen verleihen, sogar Laura hat darin ausgeschaut wie eine richtige Profischwimmerin. Warum sollte sie also was Neues brauchen? Ich weiß schon, warum.

Und als wir dann im Sportgeschäft waren, haben die beiden mich überredet, in den gleichen, nur rot-schwarzen Badeanzug reinzuschlüpfen, und dann ließ es sich Lauras Mutter auch nicht nehmen, ihn mir zu schenken. Ich habe gesagt, dass es mir peinlich ist. Gleichzeitig weiß ich, Lauras Mutter hat genug Geld für so was. Und sie liebt das Einkaufen. Manch-

mal stehen bei ihnen die unausgepackten Einkaufs-
tüten eine Woche lang herum.

Lauras Mutter war unglaublich zufrieden. Hat die
ganze Zeit davon geschwärmt, wie toll wir beide jetzt
im Partnerlook schwimmen gehen könnten im Sommer. (Als ob ich das jemals in einem öffentlichen
Schwimmbad ohne Lehrerin dürfte.) Ich habe gesagt,
ich brauche noch ein bisschen. Habe den Vorhang zugezogen und habe einfach nur dagestanden. Meine
Schenkel betrachtet, die sich zu einem geschwungenen Bogen gerundet haben. Nicht wie bei Mama.
Eher wie bei meiner Tante. Meinen Busen. Sie hatten
recht. Der Badeanzug stand mir gut.

»Was ist?«, brüllt Laura draußen. »Ich stehe mir
hier die Füße in den Bauch!«

»Lass sie«, sagt Lauras Mutter. »Lass ihr doch einmal Zeit.«

Und ich habe den Vorhang ganz fest zugedrückt,
damit sicher niemand hineinkann. Habe den Badeanzug abgestreift. Mein Herz hat so laut geklopft,
dass ich fürchtete, man würde es draußen hören.
Und dann habe ich mich im Spiegel betrachtet. Und
mich angesehen. Und angesehen. Versucht, mich zu
erinnern, wie ich vorher war. Als Kind. Ich sah so verändert aus. Und auch ein bisschen haarig. Wie eine
Erwachsene. Das dunkle Schamhaar war ein Schatten
zwischen meinen Beinen. Weiß noch nicht, ob ich
das mag. Eher nicht so. Konnte den Blick nicht los-
reißen von dieser fremden Madina im Spiegelrah-
men. Die wirkte so unwirklich wie ein Bild. Habe
mich gefragt, wo denn dieses alte Ich geblieben ist.

Das mit den langen dünnen Beinchen und dem Bläh-
bauch.

Ich habe zu Hause nichts von dem Geschenk erzählt, muss ja auch nicht jeder wissen. Die Tüte ganz
hinten in unserem Kasten im Schlafzimmer verstaut.
Vielleicht hole ich ihn ja mal im Sommer raus, mal
sehen.

Laura hat bald Geburtstag. Ich will ihr etwas schenken. Ihr einmal etwas zurückgeben von dem vielen,
das sie mir gibt. Und gibt und gibt. Und sie wird sicher ein Fest feiern. Und ich werde sicher eingeladen
sein. Wie alle anderen Freundinnen. Jede wird ihr etwas schenken. Und ich habe nichts. Ich bin schon
wieder die, die nichts hat für niemanden.

Habe das heute Papa gesagt. Habe ihn angeheult, er
soll mir etwas Geld geben. Wenigstens für eine Klei-
nigkeit. Er hat alle seine Taschen umgedreht, außer
Dreck ist nicht viel herausgefallen. Für einen Euro
und dreißig Cent kann ich ihr nicht einmal eine Blume
kaufen. Ich weiß, es hat ihm leidgetan.

Mama hat gesagt: »Mal ihr doch was Schönes.
Basteln wir eine Karte für sie.«

Mit was denn? Mit dem alten Mais aus der Küche?
Ich scheiß auf den. Scheiß auf diese Notlösungen. Ich
will nicht mehr so. Bin rausgerannt und ums Haus ge-
wandert, bis die Wut wieder weniger geworden ist.
Wenn ich wütend bin auf unseren paar Quadratme-

tern, dann kommt es leicht zu großem Streit. Unsere paar Meter vertragen keine zwei Leute, die sauer sind. Und drei schon gar nicht. Da kann Mama so viele Balanceakte am Drahtseil zwischen mir und der Tante und Papa versuchen, wie sie will. Das geht nicht. Sitze gerade hinterm Haus auf dem Bänkchen, auf dem Papa immer sitzt, wenn er wütend ist. Recht hat er. Es ist etwas feucht hier, aber die Aussicht ist schön. Und die Vögel singen. Ich werde zum brachliegenden Feld hinübergehen und einen großen Blumenstrauß für Laura pflücken. Wiesenblumen sind nichts Besonderes, aber schön sind sie.

Etwas Schönes ist eigentlich immer auch etwas Besonderes.

Während ich Geschenksorgen habe, kann Laura ihren Geburtstag kaum erwarten. Als ob an diesem Tag alles plötzlich ganz anders wäre. Verzaubert.

Heute saßen wir nach der Schule noch lange im Regen an der Bushaltestelle und ließen einen Bus nach dem anderen wegfahren. Und Laura erzählte und erzählte: was sie sich wünscht, wie die Torte aussehen muss, dass sie die Geschenke bekommen möchte exakt nach zwölf Uhr Mitternacht. Aufbleiben wird sie jedenfalls, bis es Mitternacht ist. Und sie wünscht sich eine besonders teure Jeans. Eine knackenge dunkelblaue. Eine, bei der sie die Luft anhalten muss beim Zumachen. Und Stöckelschuhe. Silberne Stöckelschuhe.

»Kannst du mit denen überhaupt gehen?«, frage ich.

Und sie lacht. »Wenn ich keine bekomme, werde ich es auch nie lernen«, sagt sie.

Klingt eigentlich überzeugend. Und ausgehen will sie. Mit ihrem großen Bruder. Das hat ihr die Mutter versprochen, seit sie zwölf ist. Und Jahr für Jahr hat sie darauf gewartet. Auf das Ausgehen. Mit fünfzehn darf man das.

Ich will mir nicht vorstellen, was los wäre, wenn ich mit Stöckelschuhen daherkäme. Nicht einmal Mama darf die tragen, weil mein Vater der Meinung ist, das geht gar nicht. Nicht bei anständigen Frauen. Und wenn er von anständigen Frauen spricht, sieht er Mama liebevoll an. Und dann wirft er einen Blick auf die Tante, als ob er sicher wäre, die würde jeden Tag mit Stöckelschuhen gehen, sogar in die Berge, wenn sie nur wieder welche hätte. Und die Tante hält meistens seinem Blick stand und verengt die schönen Augen zu Schlitzen und sieht dann wie eine Katze aus, die kurz davor ist, mit den Krallen zuzuschlagen.

Die Busfahrer sahen mich und Laura im strömenden Regen im Wartehäuschen sitzen – durchnässte Schuhe, Haare feucht angeklatscht im Gesicht – und hielten alle an. Wasserfontänen unter den Reifen, die Landstraße aufgeweicht. Braunes Wasser in braunem Schlamm. Und wir ihnen fröhlich zuwinkend: Nein, wir bleiben noch sitzen. Sie zeigten uns einen Vogel und fuhren davon. Einer nach dem anderen. Diesen einen lassen wir noch fahren. Und dann den nächsten. Und den übernächsten. Bis die Kälte in die Kleider kroch.

Ich mag den Turnunterricht nicht. Nein, genau genommen hasse ich den Turnunterricht. Wie die Ziegen werden wir von der Turnlehrerin zusammengetrieben und müssen im Saal herumhetzen. Zum Aufwärmen. Zum Aufwärmen ziehe ich mir Wollsocken an! Und einen Schal! Und dann, wenn wir »aufgewärmt« – also angeschwitzt – sind, geht erst die richtige Tortur los. Dann errichten wir mit vereinten Kräften Barrikaden aus Holz mit Lederpolster obendrauf, Bock genannt, und über diesen Bock müssen wir anschließend springen. Ziegen, die über Böcke springen. Genauso unsinnig.

Ich turne barfuß, weil ich keine Sportschuhe habe, die nur im Saal getragen worden sind. In der Schulwühlkiste gab es keine. Und der Trainingsanzug, den ich am Anfang bekommen hatte, war mir zu groß. Die Hose rutschte einmal bis unter die Kniekehlen, und jeder hat meine Unterhose sehen können. Und die war auch nicht besonders schön. Und dann immer dieses Gefühl, als Einzige nicht zu genügen. Obwohl ich sehr schnell laufen kann. Und mit Leichtigkeit Purzelbäume schlage. Es ist egal, weil der Körper, der schnell läuft und Purzelbäume schlägt, trotzdem unpassend ist. Weil er anders aussieht und anders riecht. Ich trage ausgeleiertes, peinliches Zeug. Und die anderen nicht. Und es ist echt hart, das zu wissen. Ich werde nie sein wie die. Sogar wenn ich die tollste Ausrüstung hätte und ein schönes eigenes Zimmer und täglich zum Friseur liefe. Meine Angst wäre noch da. Mein Ducken, wenn sich jemand zu schnell in meiner Nähe bewegt. Ich muss mich daran gewöhnen. Einfach nie so sein zu können wie die anderen mit ihren schönen Sachen. Und ihrem selbstbewussten Lachen. Da kann ich noch so geschickt am Seil klettern.

Laura hat sich erbarmt. Wieder einmal. Hat mir ein kleines Täschchen mitgebracht. Ein Deo war drin. Und ein bisschen Schminkzeug. Mir ist das wirklich, wirklich unangenehm. Ich bin keine Bettlerin. Ich weiß, sie meint es gut, und ich schäme mich, dass mich das nervt. Ich weiß, ich brauche das, was sie mir schenkt. Und ich will trotzdem, gerade deswegen will ich nicht die Beschenkte sein. Schon wieder. Immer wieder.

»Scheiß dich nicht an«, hat Laura gesagt. Sie kennt mich mittlerweile auch sehr gut. Nicht nur ich sehe an ihrem Gesicht, was gerade in ihrem Kopf vor sich geht, sie auch an mir.

»Den Lidschatten verwendet meine Mutter sowieso nicht mehr. Der ist nicht mehr in. Und außerdem ist der auch gar nicht für dich, sondern für deine Mama.«

»Ach so«, habe ich gesagt und mich gleich darauf geärgert, dass diese gepresste blassgraugrüne Puderkachel nicht für mich gedacht war. Aber mir hätte die Farbe sowieso nicht gepasst. Mama übrigens auch nicht. Aber sie schminkt sich so gern. Ich weiß, sie wird dieses Blasse, das an den Lidern von Lauras Mutter so hübsch ausgesehen hat – zu ihrer hellen Haut und den grauen Augen –, über ihre dunklere Haut auftragen, und es wird künstlich aussehen, aufgesetzt, komisch. Als ob sie vortäuschen wollte, auch eine von hier zu sein. Ich ertappe mich dabei, wie ich meine Mama kurz dafür hasse. Dabei ist meine Haut nicht anders als ihre. Unsere fremden Häute verraten uns. Manchmal würde ich sie uns gerne abziehen. Wie unsere ganze Vorgeschichte. Manchmal wünsche ich mir, ich wäre hier geboren und würde nichts anderes kennen als Laura und Sabine und die Lehrerin. Und auch Lauras Bruder. So viel kennen, wie sie kennen. Oder so wenig.

Das war unfair, was ich gestern geschrieben habe. Ich weiß. Es tut mir aber komischerweise nicht leid.

Manchmal frage ich mich, wieso ich in letzter Zeit so leicht so unglaublich wütend werde. Und manchmal will ich das richtig. Diese Wut macht mich lebendig. Dann spüre ich mich. Wenn ich traurig bin, spüre ich wenig. Fast nichts.
Scheiß dich nicht an.

Wann man beginnt, alles infrage zu stellen? Das ist schleichend passiert. Bei mir. Ab und zu kommen Gedanken in meinen Kopf, die wären früher nie dort aufgetaucht. Und anfangs schämte ich mich dafür. Und dann immer weniger. Weil, verdammt noch mal, weil unser Leben sich einfach ändert. Und wir froh waren, als es sich zu ändern begann. Weil es uns gerettet hat, alles, was sich änderte. Wie glücklich alle da waren. Die Grenze überschritten zu haben. Die Schwelle der Polizeistation, in der wir am ersten Tag festgehalten wurden. Die Tür des Auffanglagers danach. Das erste Essen. Der erste Arztbesuch. Die Ankunft hier in unserer Pension. Die Schule. Die ersten deutschen Worte. Glücklich waren wir alle. Geplatzt sind wir vor Glück. Ich wollte alles über das Leben hier wissen, alles begreifen. Und je mehr ich begriff, desto mehr veränderte sich. Und auf einmal ging es Mama und Papa zu schnell. Dann bremsten sie.

Aus den ersten Worten wurden viele. Aus den ersten Behördengängen wurden ständige. Aus der Freude über das Neue wurde Angst vor der Zukunft, bei Papa und bei Mama. Bei mir eigentlich nicht. Es fühlt sich nach Zukunft an hier. In dieser Sprache. In diesem Haus. An diesem Ort. Ich weiß, ich habe eine

Zukunft hier. Die will ich nicht infrage stellen. Aber andere Dinge stelle ich infrage. Papas Rückzug. Mamas Schweigen. Die Boshaftigkeit der Tante. Und dass Rami immer, immer bevorzugt wird. Bei jedem Dreck wird er besser behandelt. Und es gibt nur einen Grund dafür: Er ist ein Junge und ich nicht.

Nein, das ist jetzt ungerecht. Er ist auch jünger als ich. Das Nesthäkchen.

Laura holt mich gleich ab. Wie ich mich darauf freue. Endlich Ruhe. Und Platz. Vielleicht ist Markus doch da. Er ist unterwegs mit Freunden, hat Laura gesagt. Vielleicht schläft er woanders. Ich wäre enttäuscht und erleichtert.

Die Zeit vergeht viel zu schnell, wenn ich da bin. Es ist schon Abend geworden. Und ich muss vom bequemen Sofa aufstehen und heim. Im Hintergrund läuft leise Musik und der Fernseher. Ich bin vollgefressen und saumüde, der Kuchen im Bauch drückt mich in das Sofa hinein, als wäre er tonnenschwer. Laura hat schon ihren Pyjama an und ihre Kuschelsocken, alles ist gemütlich an ihr, und ich bin auf Krawall gebürstet. Ich meine, ich will nicht aufstehen. Weg will ich auch nicht. Ich will eigentlich hier schlafen.

»Ruf deine Eltern an«, sagt Laura. »Das ist sicher kein Problem. Für uns nicht.«

Und ich gähne und stehe auf, weil das für sie bestimmt kein Problem ist, aber für mich noch bestimmter ein großes. Papa würde das nie erlauben. Nie. Ich will nicht einmal fragen. Es hat keinen Sinn. Nie wird sich der so benehmen, wie es hier alle anderen machen. Es ist zum Kotzen.

Ich stehe also auf.

Und Lauras Mutter sagt: »Ich gehe heute aus, bleib noch, bis ich fertig bin. Ich bringe dich in einer Stunde heim.«

Und ich rufe von ihrem Handy meinen Vater an, der mich im Notfall nicht einmal zurückrufen könnte, weil er kein Guthaben auf seiner Wertkarte mehr hat. Und muss betteln um diese eine Stunde. Die mich zu Hause niemand vermissen würde. Und ich flöte ihn an, und er lässt sich sogar erweichen, weil ich ihm alles verspreche, was mir gerade einfällt, und ich hasse mich dafür.

Ich schaue zu, wie Lauras Mutter sich fürs Ausgehen schön macht. Ihr Bad hat sie sich schon eingelassen, während ich mit Laura fernsehe. Kerzen rund um die Wanne aufgestellt. Rote, duftende. Eine Handvoll Rosenblätter ins Wasser gestreut. Mit einem verträumten Lächeln. Als würde sie ein Zauberritual vollführen. Saß am Badewannenrand, sah ins Wasser, in dem sich die Lichter spiegelten, fuhr gemächlich, sehr langsam mit den Fingerspitzen durch die Blätter. Als würde sie ihr Wasser streicheln. Einen hellgrünen Frotteebademantel hatte sie an. In der Feuchtigkeit des kleinen Badezimmers rollten sich ihre Haare noch stärker ein als sonst, und die Wangen wurden rot, das ganze Gesicht glühte. Ich würde mir so wünschen, Mama würde sich so etwas nur ein einziges Mal gönnen, dieses ruhige Tun, nur für sich selbst. Dann wäre ich zufriedener. Dann würde ich wissen, ich muss nicht auf sie aufpassen. Weil sie es selber kann.

Ein Blödsinn, was ich da zusammenschreibe. Wie soll sie in unserer vergammelten Duschkabine, vor der immer irgendwer herumsteht und hineinwill, wo es im besten Fall Haushaltsseife gibt und im schlimmsten nichts und Abwischtücher, die hart wie Zeitungspapier sind – wie soll sie sich da entspannen? Dafür ist Papa für Mama da. Das hat Lauras Mutter nicht. Sie badet sich ganz allein, tanzt allein, singt allein, geht allein schlafen. Ist vielleicht auch nicht glücklich so. Laura hat verstohlen die leeren Weinflaschen weggeräumt, als ich das letzte Mal da war.

Es waren wirklich viele.

»Wir haben Besuch gehabt«, hat sie schnell gesagt.

Ich habe genickt. Ich weiß, dass niemand da war außer uns. Die längste Zeit. Ich sehe doch, dass Lauras Mutter immer ein Glas in der Hand hält, wenn wir da sind. Und es bleibt nie lange leer.

Mama wäre kreuzunglücklich ohne Papa. Und mit Papa sorgt sie sich um alle. Nur nicht um sich.

Ich liebe ruhige Sonntage einfach so sehr. Ich meine die Sonntage, die dann tatsächlich ruhig sind. Das sind leider die wenigsten. Das Gefühl, langsam aufzuwachen, ohne Wecker, der dich schrillend aus der Traumwelt reißt. Wenn man sich dann noch mal auf die andere Seite dreht und weiterschläft. Zu wissen, dass man es auch darf. Und niemand wartet irgendwo auf einen. Niemand will etwas von einem. Niemand verlangt und erwartet etwas von dir. Eine gute Tochter zu sein, eine gute Schwester zu sein, eine gute Freundin und eine gute Schülerin. Ein ganz normales Mädchen. An so einem Sonntagmorgen herrscht da Frieden. Wenn sich alle zusammenreißen.

Am Sonntagnachmittag kann es allerdings schon wieder vorbei sein mit dem Sonntagsfrieden. Zum Beispiel wenn Rami zum Deppen oben raufgeht, weil er den Trottel trotz Prügel einfach bewundert, weil der älter ist und stärker und überhaupt. Und dann kommt er zurück und beginnt uns zu erzählen, was er alles oben gehört hat. Zum Beispiel, dass man kämpfen soll für einen unabhängigen Staat.

Und mein Vater runzelt die Stirn und fragt nach: »Welchen Staat?«

Und Rami strahlt und sagt: »Ein Staat. Ein eigener Staat.«

Und Papa fragt ihn, ob er weiß, was ein Staat ist.

Rami schüttelt den Kopf. Und dann sagt er: »Und in diesem Staat gibt es den einzig wahren Glauben. Alle anderen sind nicht gut.«

Und Papa fängt sofort an zu toben, und aus ist es mit Entspannung. Und Rami heult und versteckt sich unter dem Tisch, weil er nicht weiß, wer denn jetzt recht hat und warum alle böse sind. Ich kann es ihm echt nicht erklären. Mir ist das Thema unheimlich.

Ich bin heute laufen gegangen. Das erste Mal. Habe mich nicht weit vom Haus weggetraut. Bin mehr so hin und her gelaufen, bis die Wirtin mich gefragt hat, ob alles in Ordnung ist. Eigentlich sogar nett. Um die Abnutzung der Straße wird sie sich wohl keine Gedanken gemacht haben, weil es ja nicht ihre Straße ist. Sonst vielleicht schon. Also muss sie schon mich gemeint haben.

»Ja«, habe ich ihr zugerufen, im Umdrehen, schon etwas atemlos. »Ja, alles okay, alles okay.«

Sie hat ihren gelockten Kopf geschüttelt und ihn dann wieder zum Fenster hineingezogen wie eine Schildkröte, das ganze Haus als Panzer. Der weiße Spitzenvorhang hat sich vollständig hinter ihr geschlossen.

Laura hat mir mal ein Video gezeigt, bei ihr zu Hause, ein altes, sagte sie. Hat sie sich als Kind gerne angesehen. Da kam so eine Riesenschildkröte vor. Die hieß ganz eigenartig. Mir fällt nicht ein, wie sie hieß, und jetzt kann ich an nichts anderes mehr denken als an diese bescheuerte Riesenschildkröte, als ob es nichts Wichtigeres auf der Welt gäbe als ihr bescheuerter Name. Das fühlt sich gut an.

Ich laufe weiter hin und wieder zurück. Und als ich vom Haus in Richtung Wald trabe und meine Fußballen schon schmerzen, denke ich immer noch nur daran, wie die Schildkröte wohl hieß. Wie ein Berg war sie, ein schlammfarbener Berg aus Schildpatt. Mit Bäumen darauf. Und ja, mit Sümpfen rundherum. Tödliche Sümpfe, die einen immer schwerer und trauriger machten. Genau, das Pferd des Helden ist darin umgekommen, er aber nicht. Weil er leben musste. Wer sollte denn sonst die Welt retten?

Die unendliche Geschichte war das. Eigentlich war das ja ein Buch, das Laura geliebt hat. Dann wurde es verfilmt, und natürlich hat sie auch den Film bekommen. Das Buch habe ich leider nicht ganz verstanden. Den Film zu schauen fiel mir wesentlich leichter. Laura hat mir gesagt, sie hat den Film ständig angesehen, als ihre Eltern sich haben scheiden lassen. Davor hat sie stundenlang das Buch gelesen. Jetzt lacht sie darüber, es ist ihr peinlich, ein wenig peinlich jedenfalls. Damals aber wollte sie in das Buch hinein. Im Buch verschwinden. In diese Welt. Wo Wünsche in Erfüllung gehen. Auf Dauer war das anstrengend. Hat auch nichts gebracht. Sogar wenn sie das ganze Gesicht ins Buch gesteckt und das Buch fest zugeklappt hat. Die Seite mit ihrem Lieblingsbild darauf war ein wenig angerotzt, weil sie mal geweint hat. Ich habe die Stelle gesehen. Das Papier hat sich dort verzogen. Ganz leicht, so als ob Wellen darüberliefen. Man kann mit dem Finger drüberfahren. Sogar mit geschlossenen Augen findet man die Stelle.

Dann ist sie dazu übergegangen, den Film anzusehen, wieder und wieder, vor allem wenn ihre Eltern sich gestritten haben. Wenn man dann nämlich liest, hört man trotzdem alles. Aber wenn man einen Film anschaut, kann man den Ton sehr laut aufdrehen, und wenn sie kommen, um über die Lautstärke zu schimpfen, hören sie auf, sich gegenseitig anzuschreien. Zumindest für einen Moment.

Ich habe zu Hause nichts, was ich laut aufdrehen

könnte, wenn Papa die Tante anbrüllt. Mama brüllt er nicht so oft an.

Dann bleibe ich kurz stehen, beuge mich nach vorn, schaue auf meine Sportschuhe, schnappe nach Luft. Ich bin ganz froh darüber, dass meine Füße wehtun. Dann spüre ich sie wieder.

Uralt war sie. Und Morla hieß sie. Wenn man nur lange genug loslässt, kommt alles wieder zurück, was man verloren glaubt. Man muss nur loslassen können. Uralte Morla. In den Sümpfen der Traurigkeit. Der war alles egal. Und man musste sie austricksen.

Das werde ich jetzt auch tun.

Keuche die ganze Strecke wieder zurück. Laufen kann ich nicht mehr. Seitenstechen, als ob mir jemand ein Messer hineingebohrt hätte. Ich habe einfach keine so gute Kondition wie Laura, die regelmäßig laufen geht. Das hat sie sich von ihrer Mutter abgeschaut, und die hat es früher mit ihrem Mann gemacht. Wenn sie von diesen Läufen zurückkommen, haben sie rote Bäckchen und einen stolzen Ausdruck im Gesicht, sie riechen sogar ungefähr gleich, wenn man nah hingeht. Fast wie Schwestern. Ich möchte auch so stolz sein. Dafür war aber die Strecke zu kurz.

Morgen fahren wir zu Lynne. Freu mich. Ätsch, Rami bleibt zu Hause, Mama will mit ihm etwas unternehmen.

Es ist warm heute. Sogar noch am frühen Abend. Wir sitzen im Garten von Lynnes Familie. Lauras Mutter, andere Gäste und die Eltern von Lynne trinken Wein auf der Terrasse des alten Bauernhauses. Das Grundstück ist riesig. Uralte Obstbäume und Blumenstauden und viel wildes Gras. Sie »pflegen« den Garten nicht wie Lauras Mutter.

»Natur braucht Freiheit«, sagt Lynnes Mutter Manuela.

»Die Natur ist sowieso klüger«, sagt Lynnes Vater Dursun.

Ich bin mir da nicht so sicher. Wenn man die Natur lässt, wie sie will, hat man Läuse und Würmer und andere Krankheiten. Und man stinkt.

Habe mich aber nicht getraut, meine Gedankengänge vor allen laut zu sagen. Es sind viele Menschen da. Alte und junge. Alle plaudern und essen. Der Tisch besteht aus einem riesigen Baumstück, das auf zwei Marmorsteinbrocken ruht und dessen Oberfläche geschliffen und eingeölt worden ist. Irgendein Naturöl. Das duftet. Auf dem Tisch stehen Kerzen, deren Flammen im Luftzug flattern, es riecht nach gegrilltem, mit Minze und Zitrone gefülltem Fisch. Lynnes Vater hat für uns gekocht. Manuela hasst Kochen, kann es auch gar nicht. Und will es auch nicht können. Gut, dass da jemand ist, der es für sie tut. Außer ihm kenne ich keinen Mann, der gerne statt seiner Frau kocht. Das ist lustig. Jetzt kümmert sie sich um die Getränke der Gäste. Hilft ihm, die Platten aus der Küche zu tragen. Eine schöne Laterne mit Lochmuster, die Lichtflecken auf Tisch und Gesichter wirft, schaukelt im Wind.

Über der Laterne befindet sich ein Schwalbennest an der Scheunenwand. Ab und zu sausen die Vögel in halsbrecherischen Manövern von oben im Sturzflug in das Lehmnest hinein, schlüpfen geschwind wieder hinaus, zischen davon. Schwalben sind wunderschön. Ich kenne sie von zu Hause. Ich habe ihnen Stunden zugesehen, auf dem Rücken liegend im Garten. Damals.

Wir haben uns so vollgefressen, dass wir uns kaum bewegen können. An Schwimmen ist nicht einmal zu denken. Wir liegen auf einer Riesendecke, die bestimmt vier Meter breit ist, neben dem Teich und sehen ins Wasser. Zwischen uns ein großer Porzellanteller mit Zitronenkuchen, der fast genauso schmeckt wie der von meiner Oma. Irgendwie erinnert mich bei Lynne vieles an zu Hause. Ich kann mir noch keinen Reim darauf machen.

Lynne war die Erste, die mich an zu Hause erinnert hat. Dennoch ist sie so ganz anders als ich, steht mir nicht so nah wie Laura. Lynne hat dunkle haselnussbraune Haare und Augen. Ihre Haut ist fast so dunkel wie meine. Wenn Laura zwischen uns liegt, sehen ihre ausgestreckten Beine aus wie der Sahnestreifen am Schokokuchen.

Laura stochert in ihrem Kuchenstück herum, bis uns ein viereckiges Smiley von dem Teller entgegenlächelt.

Ich hänge meine Hand ins Wasser. Das Wasser ist warm. Kleine Fische schwimmen darin, kommen näher, ich breche kleine Stückchen aus dem verunstalteten Kuchen und lasse sie ins Wasser fallen. Sie stürzen sich darauf, das Wasser sieht kurz aus, als ob es kochen würde. Dabei sind sie gar nicht so groß. Nur unglaublich viele.

Lynne nimmt ihr Bein und verrenkt es so, dass sie sich ihren Fuß fast hinters Ohr stecken kann. Nicht um anzugeben, sondern einfach so.

»Wahnsinn«, sagt Laura ohne jeden Neid. Laura ist nicht sehr sportlich. Bis auf das Joggen interessiert sie sich für nichts, schon gar nicht für Gymnastik. Lynnes Mutter ist Profitänzerin gewesen, bevor sie geheiratet hat. Lynne hat uns heute Fotos und Videos gezeigt. Von ihrer Mutter.

»Ist sie eine Ballerina?«, habe ich gefragt. Ein wenig enttäuscht. Weil sie kein einziges Mal diese schönen Ballettröckchen trug, in denen die Frauen aussehen wie Elfen. Nicht ganz von dieser Welt.

»Nö.« Lynne hat die Schultern gezuckt. »Aber mir ist es wurst, Manuela ist auch ohne Ballettröckchen lässig.«

Sie nennt ihre Mutter nicht Mama oder Mami. Sie spricht sie mit dem Vornamen an. Manchmal, wenn sie sich einen besonderen Scherz erlauben will, mit dem Familiennamen. Frau Rolf. »Performance heißt das«, hat sie mir erklärt. Manuela hat Performances gemacht. Es gibt Videos davon. Zwei habe ich gesehen. Eines gefiel mir, eines habe ich überhaupt nicht verstanden. Da hat sie sich nur komisch verbogen und über den Boden gewälzt. Also so toll war das nicht. Eher lächerlich. Aber sehr gelenkig. Sie konnte sich, so wie ein Skorpion seinen Stachel hebt, mit den Füßen am Hinterkopf berühren. Und Lynne hat früher immer mitgemacht. Bei Dehnübungen. Auch beim Tanzkurs war sie mit als Kind. Und jetzt geht sie in eigene Tanzworkshops. Aber ob sie auch tanzen will, das weiß sie nicht. Vielleicht macht sie lieber Theater. Jedenfalls möchte sie auf eine Bühne. Bühne schon. Das ist ihr jetzt schon klar.

»Wenn der Vorhang aufgeht«, sagt Lynne, »dann entsteht eine neue Welt. Jedes Mal. Manchmal ist sie schön, und manchmal ist sie hässlich, manchmal ist sie einfach nicht gut gelungen ...« Sie nimmt sich noch ein Stück vom Kuchen und leckt sich die Lippen. »Aber was soll's, das ist die wirkliche schließlich auch nicht.«

Ihr Vater macht Theater. »Kann ich mir den mal ansehen?«, frage ich.

»Wird schwierig«, antwortet sie. »Kannst du Türkisch? Eben. Du wirst nichts verstehen. Die meisten Auftritte hat er in der Türkei.« Da kommt er her. Aber er lebt schon seit Ewigkeiten hier. Mit Lynnes Mutter zusammen. Und Lynne zählt auf: Filme hat er schon gemacht. Stücke. Radiosendungen.

»Bist du oft dabei?«, frage ich.

»Ab und zu«, sagt Lynne. Das klingt so selbstverständlich. Sie fährt in die Türkei, und sie fährt wieder her. Bequem mit dem Flugzeug oder mit dem Auto.

Ich werde entsetzlich neidisch. Der Neid füllt mich so schnell, wie ein verstopftes Klo mit braunem Wasser vollläuft, wenn man trotzdem auf die Spülung drückt. Bald sickert er mir aus den Ohren heraus.

Er kommt auch nicht von hier, wie mein Vater, aber bei Lynne ist dennoch alles anders. Er kennt sich aus.

Lynne muss nie dolmetschen. Lynne muss ihm nie etwas erklären. Er weiß auch so, wo es langgeht. Er spricht Deutsch, allerdings mit starkem Akzent. Ich verstehe ihn manchmal gar nicht. Aber immer noch um Welten besser als mein Vater.

Ich schaue zu den Erwachsenen auf der Terrasse: Lynnes Vater gestikuliert. Er macht offensichtlich gerade »eine Performance« mit Tellern und Gläsern, die er mit Gabeln bearbeitet. Die Melodie, die er dabei hinbekommt, ist sogar mitreißend. Alle lachen. Er strahlt. Mein Vater hat lange nicht mehr gestrahlt. Ich weiß, das geht nicht gut. So wird er auf Dauer unglücklich.

»Macht er hier auch etwas?«, frage ich.

»Ja, immer wieder«, antwortet Lynne. Letztes Jahr hier im Haus. Eine Woche lang hat er ein kleines Festival abgehalten. Da kam sie kaum zum Schlafen. Aber es waren ja Ferien, also war es egal.

»Wie kann man denn Theater spielen, wenn einen keiner versteht?«, wollte ich wissen.

»Du kannst eben eine Performance machen.« Lynne winkte ab. »Eigentlich kannst du natürlich auch Theater spielen. Eigentlich kannst du überhaupt alles machen. Du musst nicht perfekt sein.« Und sie rülpst.

Oh Gott, es macht ihr einfach gar nichts aus! Manchmal wäre es schön, wenn ich mich nur kurz so gehen lassen könnte wie sie …

»Na, he«, sagt Laura. Sie mag es nicht, wenn ich jemand anderen mehr bewundere als sie.

»Hat keine Miete gezahlt, musste raus.« Lynne lacht.

»Als Nächstes furzt du noch«, sagt Laura etwas säuerlich.

»Soll ich?«, fragt Lynne und hebt das Hinterteil.

»Wehe dir.«

Ihre Mutter kommt, trägt eine weite Seidenhose aus buntem Stoff, der so ähnlich ist wie die Stoffe, aus denen die Kleider meiner Oma genäht wurden – Rosen, bunte Ornamente. Und obenrum trägt sie gar nichts bis auf ein weißes Bikinioberteil und ihre schön gebräunte Haut und riesige Ohrringe aus Elfenbein, die bei jeder Bewegung ihres Kopfes mitwippen. Den Kopf hält sie sehr gerade, den Hals durchgestreckt. Hochgesteckte dunkle Haare mit grauen Streifen. Ungefärbt. Aber sehr elegant. Ihr Bauch ist so durchtrainiert, dass man einzelne Muskelstränge um den Nabel erkennen kann. Als hätte sie nie ein Kind geboren. Im Hintergrund grölt Lynnes Vater, und Lauras Mutter lacht.

»Ich muss nach Hause«, sage ich ganz verschämt. Es wird schon in ein paar Stunden dunkel.

War jetzt diese Woche jeden Tag nachmittags bei Frau King. Sie hat eine kleine Wohnung im nächsten Ort. Hat es nicht weit zur Schule, im Unterschied zu mir. Eine kleine Wohnung in einem Mehrparteienhaus, mit einem kleinen Garten vor der Tür. Der Garten ist rundherum eingezäunt mit riesigen Thujen, damit man nicht hineinsehen kann. Deswegen ist er immer schattig. Zwei glänzende farbige Porzellankugeln auf Stecken stechen aus einem Blumenbeet heraus. Und ein Rabe aus Eisen neben der Eingangstür. Damit die echten nicht herkommen.

Auf dem Arbeitstisch steht ein Foto von einem Mann, eingerahmt in schön gesprenkeltes dunkles Holz. Er hat eine Brille und einen Schnauzbart, eigentlich so einen richtig altertümlichen Bart mit zwei eingedrehten Enden, wie sie auch Könige in Märchenbüchern haben, nur der Spitzbart am Kinn fehlt. Der Tisch ist komplett vollgeräumt. Sie muss Stapel mit Papier zur Seite schieben, um sich mit mir hinsetzen zu können. Hefte. Zeitungen. Handgeschriebenes. Ich habe ihr helfen wollen, habe dabei den Holzrahmen gestreift. Der bärtige Mann kam ins Wackeln und wäre fast über die Kante gekippt. Sie griff mit beiden Händen gerade noch rechtzeitig hin und stieß dabei einen Stapel um, der ins Rutschen kam, sich neigte, eine weiße Papierlawine, die sich über unseren Schreibplatz und den Boden ergoss. Schularbeiten, Tests, Notizen.

»Fass das nicht an!«, hat sie mich angeschrien mit einer vollkommen anderen Stimme als sonst.

Ich bin vor Schreck zusammengezuckt.

Der Depp aus dem zweiten Stock hat plötzlich seine Liebe zu mir entdeckt. Ständig treibt er sich auf dem Gang herum. Und wie zufällig immer nur bei unserer Tür. Nach dem Essen hängt er erstaunlich lange im Speisesaal ab, nachdem er fertig und seine Familie längst wieder in ihr Zimmer zurückgegangen ist. Schaut komisch. Das gefällt mir noch weniger als die Schimpfereien, die wir vorher hatten.

Rami ist Feuer und Flamme für ihn. Ich weigere mich, Rami oben abzuholen, wenn er sich schon wieder länger als erlaubt dort aufhält. Das muss jetzt meine Mutter tun. Nachdem ich ihm eine Woche so ausgewichen bin, quatscht er mich tatsächlich an.

»Ich habe was für dich.«

»Was?«

»Eine neue Idee. Eine Zukunft.«

»Danke, ich habe schon eine.«

»Glaubst du nur. Hier behandeln sie uns wie Dreck.«

Ja, stimmt. Aber nur manchmal. Und längst nicht alle.

»Denk drüber nach«, sagt er. »Komm mal rauf. Dann erzähle ich dir mehr.«

Mir kommt das Gespräch ungut vor. Irgendwas riecht faul an diesem Gespräch. Ich habe so einen Radar eingebaut, den man besser entwickelt, wenn man schon einmal zwischen mehrere Fronten geraten ist. So ein kleines Alarmlämpchen, das angeht, wenn jemand ganz freundlich ist und trotzdem komisch. Und man denkt sich: Vorsicht! Zu Hause musste ich plötzlich abwägen, was ich wem erzählen konnte. Ich hatte Freundinnen, die konnte ich plötzlich nicht mehr sehen. Haben unsere Eltern uns verboten. Eine, mit der ich schon seit dem Kindergarten zusammen war, hat mir die Tür vor der Nase zugeschlagen, als ich mit ihr lernen wollte. Und durch die geschlossene Tür hat sie gesagt: »Verschwinde. Meine Familie will mit Verrätern nichts zu tun haben.«

»Spinnst du«, habe ich noch gesagt.

Damals war mir nicht so klar, was da eigentlich los war. Warum das passierte. Da hatte ich auch unseren Keller noch nicht gesehen. Das war eher am Anfang. Sie hat nicht mehr geantwortet. Nur ihre Mutter ist am Fenster aufgetaucht und hat so Handbewegungen gemacht, die man bei Hühnern macht, die man verscheuchen will. Oder bei streunenden Katzen. Dann hat sie den Vorhang mit einem Ruck zugezogen. Das war mein letztes Gespräch mit ihr. Eine Woche darauf stand ihr Haus nicht mehr. Sie haben ihre Familie weggebracht. Angeblich in die Stadt. Sie kam nie wieder.

Es gab Nachbarn, bei denen war ich früher nachmittags Tee trinken. Die grüßten mich auf einmal nicht mal mehr. Man ist am Anfang verwirrt. Aber dann verschwinden Menschen. Und man gewöhnt sich ans Vorsichtigsein. Und dann gewöhnt man sich ans Schweigen. Rami hat das leider nie gekonnt. Mama hat weniger geschwiegen. Mehr gelächelt. Und schöne Märchen erzählt. Den Nachbarn Selbstgebackenes gebracht. Sogar wenn sie nichts mit ihr zu tun haben wollten. Sie kann echt gut backen. Das duftet derartig, das kann kaum jemand ablehnen. Und das Lächeln. Immer dieses strahlende Lächeln. Mamas Geheimwaffenarsenal. Leider ging Rami gern mit bei solchen Aktionen, auch weil er hoffte, etwas abzubekommen von den Süßigkeiten. Das war dann quasi ein Eigentor mit Mamas Geheimwaffe.

Bei vielen musste man nämlich ständig darauf achten, dass Rami nichts verriet. Rami durfte ja nie in unseren Keller. Aber manchmal hat er doch etwas gehört. Geräusche. Schreie. Und dann kam er mit seinen Fragen. Und wenn man ihm nichts gesagt hat, ging er eben weiter, zu den Nachbarn, zu den Leuten auf der Straße. Was das sei, was er da hört bei uns im Keller. Ob die anderen auch was hören könnten. Und Mama lächelte dann besonders strahlend und berief sich auf seine blühende Fantasie. Und ich habe ihm erzählt, dass unten ein böses Monster haust, das nur Papa füttern darf, damit es uns nicht frisst. Er ist ganz blass geworden und hat geheult.

Und ich habe ihm eingeschärft: »Ja, heul nur. Geh ja nicht runter, sonst macht es *happ* mit dir. Und erzähl niemandem etwas davon. Das mag das Monster nicht. Dann kommt es vielleicht noch die Treppe hoch.«

Rami hat überlegt und überlegt. Irgendwann zog ein Schatten über sein Gesicht. »Aber wo gehen wir denn jetzt hin, wenn die Bomben wiederkommen?«, hat er dann unsicher gefragt.

Ja, das war schwierig. »Zu den Nachbarn«, habe ich geantwortet.

»Und wenn die nicht da sind?«

Ich seufzte. »Dann zum Monster. Das will ja selber überleben. Bei Bomben macht es dir nichts.« Ich hätte so einen Schwachsinn nie geglaubt.

Frau King serviert mir Tee. Als Belohnung und als Pause, bevor wir weitermachen. Schwarzer Tee mit Milch und Zucker. Mit einem Hauch Gewürz, ich kann nicht sagen, welches genau. Ein angenehmer Hauch jedenfalls. Zum Tee gibt es zwei Kekse, länglich, etwas herb im Geschmack. Ich bedanke mich artig. Ich bemühe mich bei ihr immer, besonders höflich zu sein, besonders zuvorkommend. Alles ist ein bisschen peinlich und ziemlich angespannt. Aber ich bin ihr dankbar, und ich brauche sie. Habe keine Wahl. Ich habe absolut keine Wahl. Über uns hängt ein Kruzifix, von dem aus der sterbende Jesus direkt in meine Teetasse starrt.

Sie rührt mit dem Silberlöffel im Tee herum mit einem Gesicht, das plötzlich milder und milder wird, je länger sie darin umrührt. Lächelt fast. Trinkt in winzigen Schlucken. Sieht in die Tasse wie in einen Zauberbrunnen hinein. Isst bedächtig ihren Keks. Ich sehe sie so gebannt an, dass ich nicht mehr auf meine

Hände achte und auf meine Tasse, der Tee schwappt über, ich beeile mich, die Lippen fest um den Porzellanrand zu schließen. Verschlucke mich und huste braune Tropfen auf das lackierte Holz des Tisches und auf die Hefte vor mir. Mache die Augen zu und wünsche mich, bevor sie schreit, einfach in Luft aufzulösen.

»Lehrerliebling«, zischt mich einer auf dem Gang an, »Lehrerschleimerin.«

Ich gehe schneller. Er lacht. Jemand lacht mit. Heulen darf man dann nicht, sonst schreien sie noch dazu Heulsuse hinterher. Zurückschimpfen ist auch nicht so gut. Dann werden sie noch lauter. Ich ziehe den Kopf dann nach vorne, in die Schultern rein wie eine Schildkröte, und gehe einfach. Aber ja nicht zu schnell. Und nicht zu langsam. Immer schön normal. Das ist wie bei Hunden, die knurren und an denen man vorbeiwill.

Ich spüre, dass sich da schon eine ganze Gruppe hinter mir gebildet hat. So was spürt man. Die Nackenhaare stellen sich auf wie Antennen. Jeder, der das lang genug erlebt hat, entwickelt ein Radarsystem, um rechtzeitig gewarnt zu sein. Blöd, weil das meistens auch nichts nützt. Zu Hause gab es Raketen, die überall einschlugen. Dort, wo die Soldaten sie haben wollten, und dort, wo sie niemand haben wollte, das war mehr Zufall, und da war kein Plan dahinter wie bei gezieltem Bombenzünden. Man weiß, wo diese Bombe liegt, die man zündet. Man weiß, wer den Sprengstoffgürtel trägt und wo er sich befindet, bevor man auf den Knopf drückt.

Solche Raketenabwehrsysteme gab es bei uns nirgendwo. Ich habe gehört, wie sich die Männer in der Sonne auf den Bänken am Marktplatz darüber unterhalten haben. Wer die hat und wer nicht. Sie nannten Namen von Ländern, die ich nicht kannte, Namen von anderen Männern, die ich mir nicht merkte. Papa wollte da nie mitreden. Da saß er immer abseits und schwieg, und sie schielten zu ihm herüber, erst fragend, dann misstrauisch und zum Schluss böse.

So ein System wäre eine große Sache. Ja.

Ich hätte auch gerne so eins. Bevor die ihr Maul aufmachen und der nächste Schwachsinn rausfliegt in meinen Rücken. Oder über meinen schildkrötenmäßig eingezogenen Kopf drüber. Und dann denke ich, was ich denn für Luxusprobleme habe, an denen ich leiden darf. Worte sind keine Bomben.

Ich will nur schnell genug zum Parkplatz, möglichst unbemerkt. Wo ich dann in Frau Kings Auto einsteigen werde. Und wieder zu ihrem Tisch und ihren Papierstapeln und dem Tee fahre.

Die schimpfenden Idioten laufen mir nach. Ich schaue konzentriert zum Gangfenster hinaus.

Heute scheint die Sonne den ganzen Tag. Ich würde viel lieber in den Wald zum See gehen. Dort die Beine vom Steg hängen lassen. Ins dunkelgrüne Wasser schauen. In den Himmel.

Den Schmetterlingen im Strauch zusehen, aber keinen fangen. Die Hummeln brummen.

Keiner quatscht blöd.

Ich schlage den Idioten die Tür vor der Nase zu. Draußen ist es drückend heiß. Schwül. Am Bergkamm ziehen dunkle Wolken auf.

»Trägst du ihre Tasche nach Hause?«, schreien sie. »Putzt du ihr Klo?«

Ich wünsche mir, dass sofort ein Gewitter kommt und ein Blitz in die Gruppe einschlägt.

»Das machst du gut«, sagt Frau King und lächelt. Ist mit sich zufrieden und damit auch mit mir. »Das wird schon.«

Ich nicke artig. Sie schiebt mir die Kekse hin. Ich nehme einen, obwohl mir der trockene Teig im Hals stecken bleibt, ich kann diese länglichen Staubklumpen nicht mehr sehen.

»Das ist echtes Shortbread«, sagt sie. Klingt so, als ob sie sagen würde: Das ist echtes Gold.

»Danke«, sage ich und schütte den Tee hinterher, der so gut schmeckt wie immer.

Sie wartet, ob ich noch etwas sage. Ich kaue stumm. Sie räuspert sich. Sie ist redselig. Zu gern würde sie jetzt ein Gespräch einfädeln. Ich bin zu müde, um ihr dabei zu helfen. Und weiß auch gar nicht, wie beginnen. Mit den Fingern fährt sie die Lackoberfläche des Tisches entlang.

»Willst du gar nicht wissen, was das ist?«

Ich nicke. Doch.

»Das ist traditionelles englisches Gebäck. Etwas ganz Feines.«

Pause. Man hört, wie das traditionelle englische Gebäck von meinen Zähnen zermahlen wird.

»Ich habe es aus England mitgebracht. Als Andenken.«

»Schön«, sage ich, weil mir nichts Sinnvolleres einfällt als das. Ich will nur noch hinaus aus dem stickigen Raum und nach Hause.

»Ich war früher oft in England«, sagt sie. »Ich habe dort gelebt. Ein paar Jahre.«

Sie sammelt die Tassen ein, stellt sie auf das kleine Tablett, auf dem das Shortbread in einer blau gemusterten Porzellanschüssel liegt, und trägt alles hinaus.

Ich starre ihr nach, der sehr dünne Rücken eingeschnürt in ein dunkles enges Kleid mit grünem und rotem Karomuster, Strumpfhosen im Sommer, flache Schuhe mit Silberspange. Ich stehe auf.

»Morgen erzähle ich dir vielleicht mehr«, ruft sie aus der Küche.

Laura verabschiedet mich, als ob ich zu einer Welt-expedition aufbrechen würde. Sabine ist krank, und sie hat niemanden zum Quatschen. Aber so schlimm finde ich das jetzt nicht. Ich würde gern niemanden zum Quatschen haben und heimgehen. Stattdessen lauert die King schon beim Ausgang wie ein langer dunkler Schatten in braunen Schuhen. In der Hand hält sie die Autoschlüssel und eine Mappe. In der Mappe sind meine gesammelten Leiden. Auf der Hin-fahrt verrät sie mir, dass sie lange Zeit in England ge-lebt hat. In einem Landhaus. Ich stelle mir dieses Haus so kariert vor wie ihr gesamtes Gewand: die Vorhänge, die gepolsterten Möbel, die Teppiche, die Tapeten. Alles rot und grün und schwarz kariert. Sie war glücklich dort.

Der Depp ist schon wieder da. Drückt mir ein Flug-blatt in die Hand.

»Lies das«, sagt er verschwörerisch. »Dann wirst du verstehen.«

Ich werfe einen Blick darauf: junge Männer in Kampfmontur. Tragen Stirnbänder mit Schriftzug und stehen auf Panzern, im Hintergrund wehende

Fahnen. Ich brauche nichts, das aussieht wie früher. Ich gebe ihm den Zettel zurück. »Das ist nichts für mich«, sage ich.

Laura geht mit Lynne schwimmen. Und ich muss zu der King. Autsch.

Ich hasse Rami so sehr. Diese kleine Ratte! Er schafft es so gut wie immer, mich als die Böse und sich selbst als den Engel darzustellen. In jedem Konflikt, der vor Mama oder Papa ausgetragen wird. Er ist der manipulativste Mensch, den ich kenne. Wahnsinn.

In letzter Zeit habe ich wieder angefangen, für die Vögel in dem Baum vor dem Haus Brot mit aufs Zimmer zu nehmen, um sie dann bei Gelegenheit zu füttern. Anscheinend hat Rami das beobachtet und mich bei der Köchin verpetzt. Und für seine Ehrlichkeit hat er sogar noch Lob von ihr bekommen. Ich wurde dann natürlich angeschrien, zuerst von ihr, dann von Papa, der sowieso kein Mitgefühl für Tiere hat, und schlussendlich auch noch von Mama, weil ich auf Rami losgegangen bin.

Auf dem Beistelltischchen brennt eine Kerze. Neben der Kerze steht ein Foto. Ich werfe im Vorbeigehen einen Blick darauf. Zu klein, aus der Entfernung kann man nichts erkennen. Das gerahmte Foto des Mannes mit dem Schnurrbart hat einen Blumenstrauß dazubekommen. Die King ist heute ganz seltsam. Schreit nicht. Ist abwesend. Sie tadelt nicht viel. Liest meine Wortkreationen schweigend. Als wir wie üblich dasitzen und Tee trinken, merke ich, dass ihre Augen feucht glänzen.

»Ist heute ein besonderer Tag?«, frage ich. Feiertag kann ich ja schlecht sagen. Obwohl es hier auch Feiertage gibt, an denen man traurig zu sein hat. Karfreitag zum Beispiel. Oder Gedenktage. Schweigeminuten. Ich habe hier viele dieser besonderen Tage nicht als solche erkannt und mich manchmal danebenbenommen, nicht fröhlich genug, nicht traurig genug, nicht ernst genug. Nicht genug wissend, um das Spiel mitzumachen.

Die King nickt. Wischt sich kurz über die Augen und setzt dann eilig ihre Brille auf. Erst danach sieht sie mich an. Die Augen sind durch die Gläser verändert, kleiner, rücken weg, ich sehe die Tränen nicht mehr. »Heute vor zehn Jahren ist er gestorben.« Sie steht auf und geht zum Beistelltisch. »Mein William.«

Ich folge ihr. Auf dem zweiten Foto steht sie neben ihrem Mann. Sie umarmen sich. Sie sieht jung aus. Und sie lacht. Sie hat schiefe Zähne und hochgestecktes Haar. Sie sieht ein bisschen wie ein Pferd aus, aber wie ein sehr glückliches. Er ist rundlich, in einem Anzug mit Krawatte. Die Krawatte ist kariert. Der Bart ist damals schon gezwirbelt gewesen, aber nicht ganz so lang wie auf dem anderen Foto. Er hat schon damals eine kleine Glatze gehabt. Er wirkte schon damals irgendwie alt.

»Das war knapp nach der Hochzeit«, sagt Frau King. »Danach sind wir nach London gegangen.«

Ich nicke.

»Mein Englisch war mehr schlecht als recht«, fährt sie fort. »Es fiel mir schwer, auf das Deutsch zu verzichten. Aber ich wollte bei ihm sein.«

Ich nicke wieder.

»Sei so nett, hole uns doch die Teekanne aus der Küche«, sagt sie und setzt sich.

Die Küche ist sehr eng, ein schmaler Schlauch zwischen dunkelbraunen, furnierten Schrankreihen. Es riecht nach Honigkerzen. Überall stehen Teedosen herum. Ganze Stapel in den Regalen. Viele sind leer. Sie hortet sie. Ich finde die Teekanne, auf der eine gesteppte Katze aus Stoff sitzt, um sie warm zu halten. Ziehe die Katze von der Kanne runter wie die Mütze von einem Kinderkopf. Nehme den Tee. Papa trinkt auch immer Tee, wenn er sich erinnern will. Gewohnheiten wird man nicht so schnell los, wenn man älter ist. Bin gespannt, ob ich auch solche Ticks entwickle. Cola trinken. Wie mit Laura zusammen.

Als ich mit dem Tee zurückkomme, sitzt sie zusammengesunken in ihrem geblümten Polstersessel, die Schale mit den Keksen auf dem Schoß. Sie tut mir ein wenig leid. Aber vermutlich tue ich ihr auch leid.

»Ich war sehr froh, als sich seine Tante erbarmte und mit mir zu üben begann«, sagt Frau King. Wir seufzen beide. »Willst du Milch?«

Ich nicke.

Lynne lässt mir über Laura ausrichten, ich soll nicht so gemein zu Rami sein. Die hat leicht reden! Sie hat eine lässige Mutter, einen lustig verrückten Vater, ein großes Haus nur für sich alleine und einen Partykeller. Und keine Geschwister. Ich borg ihn ihr gerne aus. Dann wird sie sehen, was sie davon hat.

Es ist die Vorhölle, wenn man jemandem dankbar sein muss, der einem unglaublich auf die Nerven geht. Ich kann sie nicht mehr sehen. Aber ich werde nächste Woche mindestens dreimal hier sein. Vor der letzten Schularbeit und auch vor meiner mündlichen Prüfung. Ich muss diese Prüfung bestehen. Ich muss versetzt werden. Ich darf Laura nicht verlieren. Deswegen sitze ich bei der King, Stunde um Stunde, blicke auf ihre Kuckucksuhr, warte darauf, dass der Vogel mit Radau aus seinem Gehäuse fährt, für wenige Momente befreit, bevor ihn das Loch, in dem das Uhrwerk lauter tickt, wieder verschluckt. Ihre Worte türmen sich zwischen meinen Ohren. Sie will, dass ich sie fein säuberlich auseinandernehme, untersuche, ordne, die Bedeutung jedes einzelnen in innere Glasschaukästen setze, mit richtigen Buchstaben in der richtigen Reihenfolge, als wären sie eine Schmetterlingssammlung. So viele Worte, so viele Bedeutungen, so viele Regeln, Fallstricke in den langen, verschachtelten Sätzen, und ich bleibe überall hängen und lande auf der Schnauze.

Laura ist sauer, weil ich keine Zeit mehr für sie habe.

Was kann ich denn dafür, dass die King mich ständig in ihr Kuckucksuhrenland entführt! Ich mache das doch nur, um bei Laura zu bleiben! Das kann ja nicht sein, dass sie zu blöd ist, das zu kapieren, oder? Als ob ich das gerne täte!

Natürlich wäre ich lieber bei ihr. Nachmittags gemeinsam aus der Schule heimgehen wie immer. Zu Fuß über die Landstraße, an ihrem Haus vorbei bis zum Kirchplatz. Gegenüber ist ein Gasthaus. Unter einem Glassturz warten da herrliche Torten, die sehe ich sogar von der Bushaltestelle aus. Apfelkuchen. Schokolade. Nusskranz mit Zuckerguss. Mir läuft das Wasser im Mund zusammen, wenn ich die anschaue. Laura geht manchmal hin, wenn ihre Mutter nicht zu Hause ist und sie nicht allein sein will und zu faul ist, selbst etwas zu kochen. Ihre Mutter schimpft dann, weil es schade ist ums Taschengeld und weil ihr Kühlschrank immer zum Bersten voll ist. So viel ist da drin, dass sie regelmäßig verfaulte Dinge wegwerfen müssen. Ich würde zu gerne mal mitgehen. Irgendwann. Und jetzt trifft sie dort Lynne und Sabine statt mich. Super.

Laura und ich haben uns heute gestritten. Wegen Mathe. Das passiert eigentlich selten, aber wenn wir beide bei einer Aufgabe stecken bleiben und uns nicht mal Lauras Mutter helfen kann, kommt das schon mal vor. Aber heute war's irgendwie schlimmer, ich glaube, ich bin Laura sogar ein bisschen auf die Nerven gegangen.

Bin dann ohne die Matheaufgaben nach Hause und habe sie am nächsten Tag von Sabine abgeschrieben, musste ihr dafür aber versprechen, ihr eine Woche lang den Stuhl nach Unterrichtsende auf den Tisch hochzustellen, damit die Putzfrauen sauber machen können. Ich würde so was nie verlangen.

Heute habe ich der King in der Mittagspause gesagt, dass mir ganz schlecht sei. Dass ich jeden Augenblick kotzen müsse. Ich rieb mir dabei den Bauch und würgte ein wenig, bis mir tatsächlich Luft nach oben entwich.

Kings Mundwinkel zuckten. Sie trat sicherheitshalber ein paar Schritte zurück, und dann schickte sie mich zum Schularzt.

Ich muss dort eine ganze Stunde, bis der Unterricht zu Ende ist und wir offiziell aushaben, auf der lederbezogenen Untersuchungsliege verbringen. Ich stiere auf die Patchworkdecke über mir. Sie besteht aus lauter kleinen bunten bestickten Quadraten. Jedes von einem anderen Schüler gemacht: Bäume, Blumen, Tiere. Unterstufe, alles ein wenig krakelig und unregelmäßig. Ich fahre mit den Fingern die aufgestickten Perlenreihen nach und langweile mich. Stelle mir vor, wie ich mich in der Nacht aus dem Haus schleiche. Mondlicht über den Bäumen. Uhus, solche wie die hier dargestellten, sehen aus ihren Baumlöchern hervor, die Rinde dunkelviolett bis samtig blau gegen den Nachthimmel. Dort, wo die Sonne untergegangen ist, ein rötlicher Lichtstreif. Erste bleiche Sterne.

Ich schleiche mich aus dem Haus, hinter mir der Mondsteinblick der Tante, ich sehe ihren vorgebeugten Körper am Fenster, hoch oben, dunkler Umriss gegen das sanftere Halbdunkel im Zimmer, und ich weiß, dass alle anderen fest schlafen. Sie schlafen, Mama umarmt Papa, und Rami zwängt sich dazwischen. Papa schnarcht laut und Rami leise. Und die Tante wacht mit ihrem Bitterblick über diese Nacht wie über die Nacht davor und über die nächste. Manchmal denke ich, dass der Mond ohne ihr Wachen nicht mehr aufginge, keine Sterne blinkten. Amina als stille Königin der Nacht. Sie steht dort und sieht mir nach, aber sie weckt niemanden, ruft nicht, lässt mich ziehen. Das Gras ist feucht, das Moos dämpft meine Schritte, niemand hört mich, niemand sieht mich, wenn ich erst den Wald betreten habe. Ich verschwinde lautlos zwischen den Baumstämmen. Tierlaute im Dickicht.

Da läutet die Pausenglocke in meine Tagträume hinein, und der Nachtwald zerfällt. Stimmengewirr auf dem Gang schwillt an. An der Tür klopft es, ungeduldig, mehrmals hintereinander, weil der Schularzt nicht gleich »Herein!« ruft, dann fliegt die Tür auf und stößt an die an dieser Stelle schon ganz abgeschlagene Wand.

Der Schularzt runzelt die Stirn. »Nicht schon wieder. Bitte.«

Und Laura stürmt herein und umarmt mich und sagt dann: »Entschuldigung.«

Das Heimfahren ist bei uns so ein Freundschafts-
ritual. Laura hasst es so wie ich, wenn wir getrennt
fahren. Wir warten wie immer bei der Haltestelle auf
den Bus. Sitzen immer nebeneinander. Laura winkt
mir nach und läuft dann nach Hause. Und ich fahre
noch ein Stück weiter. Allein. Ohne sie, ohne den läs-
tigen Rami. Starre in die Landschaft und beobachte
die Leute, die aus- und einsteigen. Das hat etwas Beruhigendes, dieses Ritual. Meine kleine begrenzte Zeit
nur für mich, noch angefüllt von dem Zusammensein
mit Laura. Und dann freue ich mich schon darauf,
Mama und Papa zu sehen. Ihnen vom Tag zu erzählen. Mama will das jeden Tag wissen. Sie will immer
wissen, was mir da draußen begegnet. Ob es mir dort
auch gut geht. Will durch mich verstehen, was ich
lerne. Dieses Land begreifen. Vielleicht, um mir nahe
zu bleiben. Glaube schon, dass ihr das wichtig ist.
Wichtiger als Papa jedenfalls. Der will es begreifen,
aber er will nicht zuhören – schlechte Kombi, ganz
schlecht.

Irgendwann bring ich die King um, anstatt dankbar
zu sein.
    Ich bin echt ein ziemliches Schwein geworden.
Undankbar, laut und gemein. Manchmal schäm ich
mich.

In sechs Wochen ist Notenschluss. Ich glaube, ich
werde es schaffen. Diese Kuckucksuhrkekshölle war

nicht umsonst. Das habe ich mir versprochen. Und Laura. Und meinen Eltern. In der Reihenfolge.

Ich sitze in der Teefalle. Die King schreit in Endlosschleife und schlägt mit dem Deutschbuch so fest auf die Tischplatte, dass unsere Tassen scheppern. Ich drücke die Augen zu. Und bin wieder dort: bloße Füße auf weichem Moos, riesige gerillte Baumstämme. Tiere im Dunkeln. Ein Gurren. Ein Kreischen. Etwas mit ledrigen Schwingen zieht über meinen Kopf hinweg. Ich ducke mich. Nicht alles, was von oben kommt, ist auch gut. Zum Beispiel von Tauben. Frage mich, ob Greife auch Fladen kacken oder mehr so Köttel. Bin wieder in meinem Märchenwald.

Nach der Schule stehen ein paar ältere Freunde von einem Klassenkameraden vor dem Tor und rauchen. Ich warte auf Laura, die noch mal zurück aufs Klo gerannt ist, obwohl sie davor schon zweimal war.

Ich stehe also da herum und merke irgendwann, dass mich einer von denen anstarrt. So komisch. Nicht unfreundlich. Dann sind sie näher gekommen und haben mich gefragt, ob ich auch eine will. Ich hasse Zigaretten. Den stinkenden Geruch in den Kleidern verbinde ich mit Papa, wenn ich ihm im Keller geholfen habe. Wenn jemand gestorben war, rauchte er eine nach der anderen, während er den Verletzten Verbände anlegte und Medizin verabreichte. Und die, die Schmerzen hatten, wollten auch immer rauchen.

Dieser Dunst, der unter der Kellerdecke über dem Matratzenlager hing. Es war so und so stickig dort unten, aber mit diesen Rauchschwaden wurde es unerträglich. Ich verstehe nicht, wieso man sich so etwas freiwillig antut. Diese stinkenden Finger, die mich festhielten, wenn ich gehen wollte. »Bleib. Bleib. Ich brauche Wasser.«

Ich hasse den Geruch. Ich hasse ihn. Gerüche sind mit Erinnerungen verknüpft, zehnmal so fest wie alles andere. Am schlimmsten sind die Gerüche, dann die Bilder, danach die Geräusche. Ich halte es immer noch nicht aus, wenn irgendwelche Idioten Knallpatronen platzen lassen. Ich könnte mich auf der Stelle übergeben, mir in die Hose machen vor Angst. Die Erinnerungen sind plötzlich da wie durch einen Schalter angeknipst. Von null auf hundert. Bin ich froh, dass Papa schon lange nicht mehr raucht. Papageruch ist dadurch frei von dieser Erinnerung.

Endlich kam Laura, packte mich am Arm, zog mich weg. »Wir rauchen nicht«, sagte sie. Sie raucht nicht. Aber Markus schon. Halb heimlich. So, dass man die Stummel noch in der Nähe des Hauses finden kann. Kaut Kaugummi nach jeder Zigarette, damit Lauras Mutter nichts riecht.

Lauras Geburtstagsparty ist dieses Wochenende. Ich hoffe, Papa spinnt nicht herum. Ich muss da hin. Alle, denen Laura wichtig ist, werden da sein.

Habe mich nicht getraut, Papa zu fragen. Er ist immer noch sauer auf mich. Weil ich überhaupt hinwollte. Er kapiert es einfach nicht. Trotz aller Nettigkeiten.

»Wir beginnen um acht«, sagt Laura und drückt mir einen Flyer in die Hand. »Du kommst aber früher und hilfst mir.«

»Klar«, sage ich. Das wird das geringste Problem sein. Der Tag ist für Papa harmlos. Als ob alle gefährlichen Dinge nur in der Nacht passieren. Ich halte das für eine krasse Fehleinschätzung. Knutschen kann man überall und jederzeit. Manchmal weiß ich im Schulhof nicht, wo ich hinschauen soll, weil sich rundherum Mitschüler paarweise zu schmatzenden, unglaublich stolzen Brezeln gewunden haben. Und manchmal küssen die sich und haben die Augen dabei offen! Sie schielen, die Lippen auf anderen Lippen, an ihren Kusspartnerinnen und Kusspartnern vorbei, ob es ja jeder mitbekommt. Und wenn mich der Blick eines dieser herumirrenden Augen trifft, ist es so peinlich, dass ich nicht weiß, für wen ich mich mehr schäme: für die oder für mich. Andere wiederum tragen platzierte Knutschflecken, als ob es sich um Auszeichnungen handelt. Zu Hause hat es Medaillen des Krieges gegeben, für Verwundungen, herausragende Leistungen und besonders selbstlosen Einsatz. Und hier haben sie die Medaillen für die Liebe.

Bin ich froh, dass Laura vorläufig nicht so ist. Mal gefällt ihr einer, dann ein anderer, aber nie ist das so, dass ich Angst bekommen müsste. Ich möchte nicht, dass sie mit jemand anderem Arm in Arm geht, jemand anderer sich an sie kuscheln darf. Und ich darf mir nicht einmal vorstellen, wie das wäre, wenn ich selbst ein Teil dieser Knutschbrezeln wäre. Da hat Papa wirklich nichts zu befürchten. Aber wenn er schon befürchtet, dann sollte er das bis in die letzte Konsequenz durchdenken. Ich meine, mehrere von meinen Klassenkameraden haben schon mal Sex in der Schule gehabt. Ein Paar auf dem Dachboden und ein anderes in einer Klokabine. Die im Klo habe ich gehört. Wollte schnell raus, bin dann aber doch beim Waschbecken stehen geblieben und habe die unterdrückten Seufzer gehört. Das Geräusch von feuchter Haut auf feuchter Haut. Das war abstoßend und aufregend gleichzeitig. Ich war dann ganz durcheinander.

Rami hat richtig Ärger bekommen. Das finde ich nur gerecht. Er ist auch mal dran und nicht immer nur ich. Was musste er Papa auch so wütend machen. Er kennt ihn doch. Aber nein, er muss beim Idioten aus dem zweiten Stock ein Plastikgewehr ausborgen und damit brüllend die Treppe hinunterstürzen, die Tür aufreißen und »Batatatataaa!« schreien, mit dem Gewehr auf alle Anwesenden reihum zielen, als ob er sie alle mit einer MP über den Haufen schießen würde.

Er hatte noch nicht mal die Hälfte von uns abgeknallt, da war Papa schon bei ihm und riss ihm das Gewehr aus den Händen, warf es auf den Boden und sprang darauf.

Rami ist der Mund aufgegangen und gar nicht mehr zu. Dann hat er losgeheult. »Aber du machst es kaputt, was soll ich dem da oben jetzt sagen?«

Und Papa brüllte wie ein Stier. Jeder Brüller garniert mit einem Sprung auf das Gewehr. »Wann« – *krach!* – »wirst du« – *knack!* – »endlich kapieren« – da fiel das Plastikteil vollends auseinander und Papa blieb schwer atmend stehen, sammelte die Einzelteile auf und legte sie fein säuberlich auf den Tisch –, »dass Gewalt kein Spiel ist!«

»Was soll ich jetzt machen?«, jammerte Rami.

Meiner Mutter blieb der Mund auch offen stehen. Ehrlich gesagt mir auch ein bisschen. Wo sollen wir das Geld dafür hernehmen, frage ich mich, aber ich sage besser nichts.

»Krieg ist nicht lustig«, schreit Papa noch ein letztes Mal so laut, dass seine Stimme sich überschlägt. »Waffen sind kein Spaß! Waffen töten, du Dummkopf!«

Und Rami heult: »Der bringt mich um! Der bringt mich jetzt um!«

Und Papa grinst und sagt: »Der soll mal Aufstand proben. Er wird schon sehen.« Und er reibt sich die Brust und fügt leiser hinzu: »Krieg macht Menschen kaputt. Das sollte in diesem Haus wirklich jeder wissen.«

Später sehe ich Mama, wie sie unterwürfig die Chefin um einen Sonderauftrag anbettelt, um wenigstens ein bisschen Geld zu verdienen.

Nur noch zwei Tage, und ich weiß immer noch nicht, ob das was wird mit Lauras Geburtstagsparty. Ich habe eine Drei in Mathe bekommen. Ist das cool oder ist das cool? Das wird Papa wohl gnädig stimmen. Er sagt aber, er muss noch darüber nachdenken. Was gibt es da nachzudenken? Würde er etwa nicht auf das Geburtstagsfest seines besten Freundes gehen?

So. Es gibt viel zu erzählen, aber ich habe gerade überhaupt keine Lust dazu. Da müsste ich seitenlang schreiben. Nein, keinen Bock.

Rami hat eindeutig mitbekommen, dass ich alles aufschreibe. Immer schleicht er um mein Bett herum, wo das Tagebuch unter meinem Kopfkissen liegt. Wehe ihm. Ich sperre jetzt das kleine Schloss immer zu, bevor ich das Zimmer verlasse. Und nehme das Buch morgens mit in die Schule.

Der Depp aus dem zweiten Stock wartet schon wieder nach dem Abendessen extra vorm Speisesaal auf mich. Oder auf Rami. Keine Ahnung. Steht an die Wand gelehnt da, so auf lässig. Schaut komisch. Rami will zu ihm laufen, ich zwicke ihm in den Oberarm und übergebe ihn Mama, die nichts mitbekommen hat. Sie gehen. Als ich folgen will, stellt er sich mir in den Weg.

»Warum bist du gegen die einzig gute Idee, die wir hier haben«, herrscht er mich an.

»Mach lieber mit.«

»Weiß nicht, was du meinst«, sage ich.

Ich will weitergehen. Er greift nach meinem Arm.

»Klar weißt du es.«

»Lass mich in Ruh.«

»Du wirst schon noch sehen, wer recht behält«, ruft er mir nach. »Und das kannst du auch deinem Vater ausrichten.«

»Sag's ihm doch selbst«, zische ich.

»Ja, ist auch sinnvoller«, brüllt er. »Wer will schon mit Frauen über so was reden. Ihr habt doch keine Ahnung.«

»Geh scheißen«, brülle ich und renne die Treppe hoch.

Er jagt mir nach und erwischt mich an den Haaren. Ich ducke mich weg und bin schneller. Eine Strähne bleibt in seiner Hand zurück. Ich schlag die Tür hinter mir zu und lehne mich mit dem ganzen Körper dagegen.

Papa sieht von seinem Buch auf. »Was ist los?«, fragt er.

»Lass Rami nie wieder in den zweiten Stock gehen«, sage ich, als ich wieder Luft bekomme.

Papa kriegt wieder dieses Gesicht, das nichts Gutes verheißt, und geht raus. Der Gang ist natürlich schon leer.

Habe Rami erwischt, wie er versucht hat, mein Tagebuch zu öffnen. Habe ihn an den Haaren gerissen. Er hat nicht einmal versucht, Mama gegen mich auszuspielen. Mama duldet es nicht, wenn er sich an meinen Sachen zu schaffen macht.

Ich bin so wütend! So wütend, dass ich nicht einmal mehr schreiben will.

Habe mit meinem Kopfkissen um mich geschlagen, als alle anderen schon beim Abendessen waren. Ich bringe jetzt sowieso nichts runter.

Also. Lauras Geburtstagsfest, das ganz große Ereignis – zu dem ich nur mit meinem blöden kleinen Bruder hingehen durfte.

Ausgemacht war, ich komme nach der Schule mit und helfe ihr und ihrer Mutter bei den Vorbereitungen. Und nach Papas toller Entscheidung sollte ich dann wieder gehen. Wenn ich meine Freundin so gern hätte, kann ich ja mit ihr kochen und dann heimkommen. So Papas Festversion. Ich habe mit meinen Schuhen gegen die Wand getreten. Und habe gebrüllt. Er nicht.

»Das ist jetzt so«, hat er gesagt. »Gewöhne dich daran.«

Er ist wortlos aufgestanden und hat das Zimmer verlassen. Mama ist ihm hinterher.

»Ich hasse dich«, habe ich gebrüllt, als die Tür schon zu war. »Geh doch zurück! Geh zurück! Ich will weg von hier!«

Die Tante hat sich mir zugewandt, hat mich angelächelt. Ich bin nie sicher, ob es ein böses Lächeln ist oder ein echtes. Aber eigentlich mag sie mich, das weiß ich. »Pass auf«, hat sie mir gesagt. »Pass auf, was du dir wünschst. Manchmal endet das böse.«

Ich habe mich mit dem Rücken zu ihr auf mein Bett gesetzt und habe die Wand angestarrt. Sie sprach unbeirrt weiter.

»Tu das nicht. Es wird dir später leidtun. Man hat nur einen Vater.«

Ich habe weiter geschwiegen und mir gedacht, man hat auch nur eine beste Freundin, und die verliere ich, wenn der mir alles ständig versaut.

»Ich weiß, wie das ist«, sagt Amina. »Mein Vater hat uns auch viel verboten. Und ich habe Wege gefunden, das zu umgehen. Ohne mit ihm zu streiten. Als er tot war, war ich sehr froh darüber, dass wir nicht im Streit auseinandergegangen sind. Es gibt solche Wege.«

»Er will doch, dass ich hier bin«, habe ich gesagt. »Er will doch, dass wir hier ankommen. Oder? Oder?«

»Um anzukommen, muss man zuerst richtig weggehen.«

»Wir sind doch geflüchtet. Was soll man da schon richtig machen«, sage ich. »Mama hat nicht einmal Zeit zum Packen gehabt. Wir haben fast nichts mitgenommen. Das weißt du doch.«

»Wir haben doch alle gezahlt für seine Machenschaften.« Amina flüstert fast. »Und mein Mann und ich am meisten ...«

»Was meinst du?«, hake ich nach. Das. Das ist sehr merkwürdig.

Doch Amina zieht sich wieder in ihre Kauerhaltung zurück, mit einem erstaunten Gesichtsausdruck, als ob sie selber überrascht ist, was sie alles gesagt hat.

»Hat es was mit deinem verstorbenen Mann zu tun?«, bohre ich weiter.

»Mit meinem ermordeten Mann«, sagt sie, mit Betonung auf *ermordet*. »Und Schluss jetzt.«

Amina führt sich auf, als hätte Papa ihren Mann eigenhändig getötet. Mein Vater würde so etwas nie tun. Mein Vater ist ein Lebensretter.

Schon dreimal habe ich versucht, die Geschichte von Lauras Geburtstag endlich aufzuschreiben. Und es geht immer noch nicht. Ich werde so wütend, ich könnte mein Tagebuch nehmen und an die Wand werfen. Und Rami hinterher. Der fürchtet sich schon vor meinen Ausbrüchen. Aber das hilft alles nichts.

Er muss auf mich aufpassen, und ich muss ihn ertragen, und wir sind beide völlig fertig. Und Mama wird immer verbissener, weil sie sieht, wie schlecht es uns damit geht, und sie kann es nicht ändern, weil Papa von stur auf superstur geschaltet hat und sich verbarrikadiert hinter seinem »Wir werden jetzt traditionell, damit ja niemand vergisst, wer wir sind«.

Papa hat mir verboten, mit Laura zu feiern. Punkt sieben hätte ich zu Hause sein müssen. Sehr witzig. Um acht hätte das Fest erst begonnen!

Wir haben uns wild gestritten. Amina hat von irgendeiner Schuld gesprochen, die er haben soll. Davon weiß ich nichts. Und meine Eltern haben noch nie etwas dazu gesagt. Vielleicht ist sie jetzt endgültig durchgeknallt. So unwahrscheinlich wäre das nicht. Bestimmt ist sie durchgeknallt und erzählt mir jeden Tag neue Irrsinnigkeiten. Reizend. Ich weiß nicht, ob ich sie überhaupt weiter befragen soll. Es ist so verwirrend, diese Erwachsenenspiegelbruchstücke immer zu ordnen und richtig zusammenzufügen. Ich glaube, ich kann das nicht. Ein Bruchstück Information von Papa, ein paar Splitter von Mama und noch ein Brocken von Amina. Das Puzzle schaffe ich nicht allein. Echt nicht. Laura sagt übrigens, ich soll nicht so oft »echt« sagen. Das ist nervig. Echt.

Egal. Ich bin in der Schule heulend zu Laura und habe ihr alles erzählt. Sie ist auch total fertig. Sie will nicht ohne mich feiern. Sie bat ihre Mama um Hilfe. Ich bin auf eine Art total froh, dass ich ihr so wichtig bin.

Lauras Mutter hat abends in der Pension angerufen. Sie hat mit Engelszungen auf Papa eingeredet. Neben uns stand die Chefin und hat mir beim Übersetzen zugehört. Hat ungeniert dagestanden und mich angeschaut, als wären ich und Papa ihr Fernsehprogramm für heute Abend. Ekelhaft. Ich habe mich mit dem Rücken zu ihr gedreht und weitergeredet. Am liebsten hätte ich sie angefurzt und dann unschuldig gefragt, ob jemand einen hat fahren lassen. Aber das hätte ich mich sowieso nicht getraut.

Lauras Mutter fuhr ihre vertrauenswürdigste Tonlage auf. Versprach, mich heimzufahren. Er sollte doch auch an Laura denken. Ehrenwort, sie bringt mich heim. Um zehn.

Ich weiß, dass die Party bis nach Mitternacht dauert. Aber besser ein Spatz in der Hand als die Taube auf dem Dach.

Ich bettelte mit Lauras Mutter um die Wette, als wäre ich auf einem Basar und hätte entweder zu wenig Geld oder nur miese Ware anzubieten. Papa kam wirklich ins Nachdenken.

Lauras Mutter bot an, dass er mich abholt. Dann könnte sie ihm den Garten zeigen. Er könnte auch Gartenarbeiten für sie machen, wenn er will.

Das war jetzt schwere Artillerie gegen Papas Bedenken. Ich weiß, wie sehr Papa sich einen Job wünscht. Und Geld. Er kämpfte mit sich, mit dem, was er sich wünscht, und mit dem, was er glaubt plötzlich darstellen zu müssen. Und dann war er auf einmal einverstanden. Ich jubelte auf. Und er sprach weiter: »Aber Rami muss mit. Kein Rami, kein Fest.« Und er würde mich abholen. Persönlich. Um zehn.

Ich habe mich gezwungen, nicht loszutoben. Ich war kurz versucht, einfach falsch zu übersetzen. Zu sagen: Ich kann ganz allein kommen.

Ich könnte Rami am Nachmittag in den Schrank im Gang sperren. Da passt er hinein. Da versteckt er sich oft. Aber dazu müsste ich ihn auch noch knebeln. Das würde ich nicht schaffen. Ich schaffe das nicht mehr, jemandem den Mund mit Gewalt zuzuhalten. Das will ich nie wieder tun in meinem ganzen Leben. Ich musste einwilligen in das, was sie gerade ausmachten. Besser würde es nicht. Das wusste ich.

Lauras Mutter meinte, dass Rami sich sicher langweilen würde. Unter den Großen.

»Das ist egal«, sagte mein Vater.

Lauras Mutter sagte: »Gut. Ich hole Rami am Nachmittag, wenn die Mädchen zu uns kommen.«

Und am Ende sagte mein Vater nochmals, er komme vorbei.

Lauras Mutter sagte mit einer Stimme, die sie hat, wenn sie gerade die Augen verdreht und etwas lästig findet: Papa soll vorbeikommen. Am besten etwas früher, da ist es noch hell. Dann könne man den Garten noch gut anschauen.

Die Karotte vor seiner Eselsnase, die mir ein wenig Freiheit ermöglicht.

Papa hat ein ernstes Gespräch mit dem Vater vom Depp. Sie gehen mit besorgten Gesichtern im Hof eine Runde nach der anderen. Der Depp steht oben am Gangfenster und sieht zu. Als er mich mit Rami im Hof sieht, zeigt er uns die geballte Faust.

Schon wieder ist ein Tag vorbei. Ich bin müde. Mir macht derzeit nichts Spaß. Ich fürchte mich vor den großen Ferien. Da bin ich die ganze Zeit hier. Schrecklich. Nicht einmal die Katze lässt sich blicken.

Sitze bei der King im Wohnzimmer. Wir sind mit der Sprachtortur fertig. Und mit den Nerven. Frau King möchte noch einen krönenden Abschluss unter ihren gut gemeinten Extraunterricht setzen, quasi den großen schönen Stein in der Mitte ihres Triumphbogens.

»Und?«, fragt sie mich, als ich schon beginne, meine Unterlagen einzupacken. »Weißt du schon, was du werden willst?«

Mir fällt nicht sofort etwas ein. Ich denke nach, während ich die Bücher im Rucksack verstaue. Ich habe eigentlich noch nie darüber nachgedacht. Immer nur bis zum nächsten Test. Bis zum Ende des Halbjahres. Und das Weiteste, das ich jemals vor mir sah, war der Tag der Zeugnisvergabe.

»Ich weiß nicht«, sage ich unsicher. »Ärztin vielleicht?« Ja. Das fühlt sich gut an. Das ist etwas, das ich schon kenne. Von dem ich weiß, dass es gebraucht wird.

Die King runzelt ungläubig die Stirn und sagt: »Das ist doch nichts für dich. Das ist … zu kompliziert. Wie wäre es denn mit Sekretärin?«

Der Depp aus dem letzten Stock ist verschwunden. Seine Eltern heulen sich die Augen aus, und die Polizei war auch schon da. Papa sagt, er ist bestimmt nur ausgerissen und kommt zurück, wenn ihm kalt wird und er Hunger bekommt. Ich finde es ruhiger ohne ihn.

Kämpfe mit mir. Möchte Papa nach Amina fragen. Ich schaff das nicht. Ich weiß nicht, wie er reagieren wird. Ich habe Angst davor.

Halte es doch nicht aus und frage Mama. Mama wird bleich. Ich lass nicht locker. Was ist mit Amina los? Sie soll mir bitte einmal vertrauen. Ich bin schon groß.

»Amina hat immer ihren eigenen Kopf gehabt«, sagt Mama.

»Und?«

Das reicht ja wohl kaum als Erklärung.

Mama stottert. »Amina hat sich nicht benommen, wie man sich benehmen muss.«

»Das tue ich auch nicht immer.«

Mama guckt ganz erschrocken. »Madina! Das ist nicht lustig.«

»Papa sagt, sie ist liederlich«, mischt sich Rami ein, der hereingekommen ist. »Heißt das, dass sie viel singt?«

»Nein, heißt es nicht. Verschwinde, Rami«, sage ich. »Zisch ab.«

Er mault und gehorcht sogar.

Ein bisschen habe ich aus Mama rausgequetscht. Viel ist es nicht.

Amina hätte einen Mann heiraten sollen, den unser Großvater für sie ausgesucht hat. Und Amina hat das offensichtlich nicht gewollt. Und hat sich ihren Mann, den verstorbenen Onkel Amir, selbst ausgesucht.

Das finde ich eigentlich nicht besonders schlimm. Warum machen die so ein Theater deshalb.

Ich bin also nach der Schule nach Hause gefahren statt zu Laura. Dabei habe ich total viel Zeit sinnlos verloren. Danach hat uns Lauras Mutter geholt, die noch mit den Lockenwicklern im Haar in die Pension gedüst ist. Das Autodach war offen. Über den Lockenwicklern trug sie ein buntes Tuch, damit das nicht jeder sieht. Papa stand vor der Tür, um sie zu begrüßen. Und war erst total angetan von ihrer Aufmachung, so von der Ferne. Sah erleichtert aus. Bis er die Lockenwickler gesehen hat. Da hat er erstmals die Stirn gerunzelt.

Wenn er halbwegs zur Vernunft kommt, tut es ihm manchmal leid, das Toben und das Schreien. Aber er kann sich leider einfach nie entschuldigen. Zurückrudern geht für ihn nicht. Dann schaut er zerknirscht und gleichzeitig genervt aus, und er spricht einfach nicht darüber, was vorher war.

Lauras Mutter ist aus dem Auto raus, hat ihm die Hand gegeben. Meine Mutter stand auch da und lächelte und lächelte. Alle haben sich zum ersten Mal gesehen. Lauras Mutter wuchtete den Riesenplastiksack aus dem Auto. Mit der gesammelten Kleidung für uns. Die Nachbarn haben neidisch zugeschaut. Die Chefin war eher nervös. Ich glaube, sie will nicht, dass wir andere Leute kennen außerhalb ihrer Pension. Wir standen da, auf der einen Seite Papa und Mama, auf der anderen Lauras Mutter, in der Mitte ich und der Plastiksack. Ich schon wieder zwischen allem.

Das war seltsam. Als ob die eine Welt von mir die andere Welt von mir plötzlich berührt.

Ich hoffte, dass Lauras Mutter nicht geschockt ist. Von unserer Pension. Von dem heruntergekommenen Hof. Aber sie hat nichts gesagt. Mama bedankte sich. Hatte für Laura einen Blumenstrauß gepflückt. Der zweite Blumenstrauß von uns heute. Egal. Papa schulterte den Plastiksack. Ich setzte mich auf den Rücksitz. Rami kletterte neben mich. Ich trat ihm gegen das Schienbein. Rami traute sich nicht, etwas zu sagen. Lauras Mutter gab Gas. »Wird schon gut gehen«, sagte sie und zwinkerte mir im Rückspiegel zu.

Rami stieg ein wenig ängstlich aus dem Auto. Ich glaube, er war das erste Mal so weit weg von den Eltern, ganz allein. Fast hätte er mir leidgetan.

Laura kam aus dem Haus gestürmt. Fiel mir um den Hals. Sie roch zehn Meter gegen den Wind. Nach irgendwas zwischen Zuckerstange und Autoduftbäumchen. Ihr erstes Parfum. Ich fragte mich, ob sie es selbst ausgesucht hat oder Opfer ihrer Oma geworden ist. Trug ihre schöne neue Jeans. Und ihre Silberstöckelschuhe. War auf einmal viel größer als ich.

Sie schaute auf mich herunter und sagte: »Man

kann von oben deinen Scheitel kaum sehen, weil du so viele Locken hast. Echt heftig.«

»Zieh die Schuhe aus«, tönte Lauras Mutter aus dem Haus. »Du wirst im Garten hinfallen.«

»Nix da«, hat Laura geantwortet und ist eisern geblieben, obwohl sie nach nur einer Stunde riesige Blasen bekommen hat und bei jedem dritten Schritt im Rasen stecken blieb. Dann musste sie stehen bleiben und das Bein mit einem Ruck heben. Sie sah ein wenig aus wie ein aufgetakelter Storch. Roter Lippenstift. Sonst trägt sie nie roten Lippenstift. Es sieht fremd aus in ihrem Gesicht. Zu erwachsen. Ich mag das nicht.

Wir haben die Tische gedeckt, die Lampions im Garten aufgehängt, ein buntes Schild mit HAPPY BIRTHDAY über der Terrassentür befestigt. Die Torten, die Pizzen und die Salate hinausgetragen. Den Grill angeworfen. Dieser spezielle Duft von Essen über dem Feuerplatz. Gemüse und Käse und Fleisch. Fast wie bei uns, wenn wir früher gefeiert haben. Ein lauer Sommerabend mit Grillenzirpen und vollem schönen Mond über den Baumwipfeln. Sterne, die sich erst ganz zart gegen den etwas dunkler werdenden Himmel abzeichnen, fein wie Stickerei.

Ich war einerseits ganz glücklich und andererseits traurig. Hier kann Damals einfach nicht ersetzen. Gegenwart kann Vergangenheit nicht ersetzen. Ist einfach so. Gegenwart kann die Vergangenheit nur abschwächen, sie verschleiern, sie überdecken. Dann spürt man sie nicht mehr so tief und schneidend. Aber sie ist dennoch da. Und wenn Laura und unsere Schulkameraden in den rosa getönten Himmel sehen und lachen, kennen sie nur diesen Himmel, nur diese Wolken, nur diese zwitschernden Vögel, die sich schlafen legen wollen und die wir mit unserem Radau wach halten. Ich aber kenne andere Sterne, andere Tiere, andere Gerüche, und sie sind mir noch immer nahe. Und wenn ich sehe, wie Laura von ihrer Oma umarmt wird, macht es mich wehmütig, weil mir meine Oma auf einmal so heftig fehlt. Aber das tut mir auch leid, weil ich Lauras Fest durch meine Traurigkeit nicht stören will. Ich lächle also und ich lächle. Auch, als Lauras Oma wieder geht und ihr noch ein Kuvert zusteckt und dabei verschwörerisch schaut. Laura mag ihre Oma nicht so. Ich habe ihr oft gesagt, sie soll froh sein, dass sie ihre Oma hat. Echt.

Ich greife nach meiner Träne, die ich um den Hals trage. Streiche über den Stein, der an meiner Haut ganz warm geworden ist, und verspreche mir selbst, dass ich Oma wiedersehen werde. Ich warte darauf. Und dann schüttle ich den Kopf, schüttle die Gedanken ab, nehme ein Stück Pizza und schlucke das Gefühl, das aufkommt, mit dem ersten Bissen hinunter.

Laura ist im Geburtstagsrausch. Sie spricht schnell mit schriller, fast kippender Stimme. Nach einer Stunde ist sie bereits heiser. Sie lacht. Sie ist wirklich und wahrhaftig glücklich und zu zweihundert Prozent überdreht.

Rami sitzt im Wohnzimmer vor dem Riesenfernseher und spielt endlich, endlich seinen Assassinen. In echt virtuell. Mit Markus. Rami ist noch glücklicher als Laura, bei ihm tippe ich auf dreihundert Prozent.

Er gibt keinen Laut von sich, weil er sich so auf die Steuerung konzentriert. Seine Knöchel treten ganz weiß hervor. Er hat Flecken im Gesicht. Es würde mich nicht wundern, wenn er jetzt vor lauter Ekstase krank wird. Seine Aufgabe, auf mich aufzupassen, hat er völlig vergessen. Er ist Altair und hat Wichtigeres zu tun.

Laura rennt zwischen dem berstenden Geburtstagstisch und dem Eingangsbereich hin und her. Es läutet im Fünfminutentakt. Ich wiederum renne neben Laura her wie ein kleiner Hund. Einerseits, weil sie mich ansteckt und ich schon so aufgeregt bin, dass ich es nicht aushielte, irgendwo rumzusitzen. Andererseits, weil Laura mich braucht, ohne mich würde sie ständig umknicken.

Der Garten füllt sich. Lauras Mutter lässt einen Korken knallen. Es gibt Sekt. Ich habe den Eindruck, dass sie selbst am meisten davon trinkt. Das langstielige Glas ist in ihrer Hand festgewachsen. Sie trägt ein Kleid, das so golden glitzert wie die perlende Flüssigkeit, ein rückenfreies Kleid mit Pailletten. Sie ist auch aufgeregt und sehr, sehr stolz. Ich fotografiere Laura und ihre Mutter. Vor dem Apfelbäumchen, das gepflanzt wurde, als Laura auf die Welt kam. In seinen Zweigen hängen eine bunte Lichterkette und zwei große leuchtende Plastikflamingos. Lauras Gesicht im rosa Widerschein wirkt fiebrig.

Sie umarmt mich so fest, dass ich kaum noch Luft bekomme. Auch wegen ihres Parfums. »Heute vor fünfzehn Jahren, genau da«, flüstert sie mir ins Ohr. »Da hat Papa ihn hier gepflanzt. Er ist so alt wie ich.«

»Das ist gut«, sage ich. »Sei froh, dass du keine zwei Flamingos auf dir hängen hast. Das steht dem Baum eindeutig besser.«

Lauras Vater ist nicht da. Wie immer. Ich habe ihn noch nie gesehen. Laura erzählt nicht viel von ihm. Ich weiß nur, dass sie ihn alle paar Monate trifft. Kurz.

Laura hat ein ganzes Glas getrunken. Ich hüte mich und habe nichts getrunken. Es ist neun, und bald wird Papa auftauchen. Ich hoffe inbrünstig, dass Lauras Mutter zu diesem Zeitpunkt nicht vollkommen beschwipst ist.

Markus kommt und sagt mir, dass Rami auf dem Sofa eingeschlafen ist. Seine Bitten, die Energy Drinks mit ihm zu teilen, seien unerhört geblieben. Gut so. Ich wäre sonst sehr böse auf Markus gewesen.

Markus sagt: »Ich schau mal, ob meine alte Spielkonsole auf dem Dachboden noch funktioniert. Dann hast du mehr Ruhe vor ihm.« Und er umarmt mich einfach kurz.

Über uns Lampions aus Reispapier. Bunte Flecken aus Licht auf der Haut. Mir wird ein wenig schwindlig, obwohl ich nichts getrunken habe. Ich könnte für immer hierbleiben. Es wäre schön. Sogar wenn Rami mitmuss. Wir könnten überhaupt einfach alle hier zusammenleben. Das Haus ist riesig, es wäre Platz für alle. Der Markusarm liegt noch eine Sekunde um meine Schultern. Ich berühre seine Finger. Am Handgelenk hängt eine superdicke silberne Uhr, die mich an eine Gefängniskugel erinnert, die er irrtümlich am Arm statt am Bein mit sich herumschleppt. Vielleicht eine Astronautenuhr. Mit der kann man bestimmt allein durch den Kosmos schweben und weiß trotzdem, wie spät es ist. Ich schaue auf das Zifferblatt: Es ist halb zehn. Meine Kutsche wird sich gleich in einen Kürbis zurückverwandeln, ich werde fliehen und einen gläsernen Turnschuh verlieren. Und irgendwo in mir flammt die kleine, ganz geringe Hoffnung, Markus würde nach mir suchen.

Ich gehe zum Gartenzaun. Sehe Papas Figur im Halbdunkel die Straße heraufkommen. Er geht zügig. Er marschiert, wie er marschiert ist, als er uns durch die Berge weg von zu Hause führte. Aufmerksam und kampfbereit.

Dann bleibt er stehen. Wir sehen uns über den Zaun hinweg an. Ich öffne ihm das Gartentor. Papa tritt in den Garten. Angespannt und ernst, mit seinem schönsten Hemd, mit einer gebügelten Hose. Die Hose sieht furchtbar altmodisch aus. Habe ihn schon seit Ewigkeiten nicht in gebügelter Hose gesehen. Es ist schwer, ans Bügeleisen der Chefin zu kommen. Das wird Mama irgendeinen Gefallen gekostet haben, den sie nun schuldig ist. Ich schwöre mir, dass ich ihr helfen werde, was immer das jetzt sein könnte. Das haben sie beide nur für mich gemacht. Das ist sehr lieb von ihnen.

Papa ist ganz angespannt, folgt Lauras Mutter, die ihm Alkohol anbieten will und sich im letzten Moment erinnert, dass ich sie davor gewarnt habe, sie bietet ihm also Saft an und lotst ihn an den Feiernden vorbei. Er hasst Säfte, aber er ist zu höflich, um abzulehnen, er nimmt das Glas und nippt daran. Ich trotte hinter ihnen her und nehme ihm das Glas bei nächster Gelegenheit wieder ab. Sie macht eine weite Bewegung, die den ganzen Garten beschreiben soll, und fragt, ob er Rasen mähen kann. Und Sträucher schneiden.

»Ja«, sage ich, ohne seine Antwort abzuwarten. »Ja, das kann er. Wir hatten einen großen Garten.«

»Na, war ja nicht so schlimm«, sagt Laura am Montag. »War doch ganz okay. Er hat sich nicht aufgeführt. Mama hat jetzt einen Gärtner, und dein Vater hat einen Job, und wir haben Ruhe. Eine klassische Win-Win-Win-Situation … Gott ist mir schlecht. Ich glaube, ich übergebe mich.«

Laura ist beeindruckend grün im Gesicht. Ein zartes Pistaziengrün. Sie hat am Sonntag mit Mutter, Oma und Freunden der Familie nochmals angestoßen.

»Lass uns bitte schnell aufs Klo gehen.« Sie muss rülpsen. Es riecht nicht gut. »Dein Vater ist ja offensichtlich lernfähig. Im Unterschied zu meinem.«

»Wieso, was ist mit deinem Vater?«, frage ich sie erstmals direkt.

Sie wirft mir einen Blick zu, der ein wenig trüb wirkt, aber ich weiß nicht, ob das nicht die Folge des Feierns ist und keine weitere Bedeutung hat. »Ach, lass mal meinen Vater raus«, sagt sie. »Irgendwann erzähl ich dir davon.«

Sie sieht vollkommen fertig aus. Augenringe, Strubbelhaare. Ihr ist schlecht. Ich gehe mit ihr aufs Klo, in jeder Pause. »Ich glaube, ich muss kotzen«, sagt Laura ein ums andere Mal und kotzt dann doch nicht.

Ich stehe neben ihr in der engen Kabine und halte den Arm um ihre Schultern, während sie vor der Schüssel kniet. Auf der Wand neben uns stehen lauter Botschaften. *Hier auf dem Klo da lebt ein Geist, der jedem, der zu lange …* Der Rest ist dick mit Filzstift durchgestrichen. Und AUA daneben geschrieben. *Liebe macht krank*, steht auf meiner Nasenhöhe. Na ja, nicht nur Liebe.

Lauras Rücken wölbt sich, sie würgt. Aber außer Spucke kommt nichts. Wenn sie sich zur Seite dreht, um mit mir zu sprechen, schwimmt im Spülwasser das Spiegelbild ihres halb abgewandten Gesichtes. Und dahinter eine verschreckte Hälfte von meinem. Ich frage mich, was ich tun soll, wenn sie zusammenbricht. Die Klospülung ist defekt, es rinnt beständig ein wenig Wasser. Unsere Spiegelgesichter in kleinen Wellen.

»Was guckst du dauernd in die Kloschüssel?«, sagt Laura gereizt. »Glaubst du, wir finden einen Schatz da drin?«

Am Hals hat sie einen roten Fleck. Ich weiß genau, was das ist, aber ich tue so, als sähe ich ihn nicht. Dieser Fleck macht mir Angst.

»Ich habe alles durcheinandergetrunken«, sagt Laura. »Das war blöd.«

Ich habe keine Ahnung, was sie mir mitteilen will. Ich nicke, damit sie sieht, ich nehme sie ernst. Zum Fleck sagt sie gar nichts. Das macht mich nervös. Ich will wissen, mit wem sie geknutscht hat in dieser Nacht an ihrem 15. Geburtstag und nachdem ich gehen musste.

Den ganzen Heimweg lang lässt Laura ihr Handy nicht aus den Augen. Alle paar Minuten schaut sie nach, ob Nachrichten, wohl vom knutschfleckenden Schweinerüssel, da sind. Ich fühle mich fehl am Platz.

Der Depp aus dem zweiten Stock ist übrigens nicht wieder aufgetaucht. Das ist unheimlich. Ich habe nicht gedacht, dass hier Leute wie zu Hause verschwinden können. Ich hoffe, es ist ihm nichts zugestoßen. Die Polizei war noch mal da. Alle sind vernommen worden. Ich habe gesagt, dass ich finde, er hat begonnen, komisches Zeug zu erzählen.

Einer der Polizisten ist hellhörig geworden. »Was genau?«, hat er gefragt, und ich habe Angst bekommen, dass er glaubt, ich bin irgendwie beteiligt an dem Ganzen.

»Schwachsinn halt«, habe ich ausweichend gesagt. »Weiß nicht mehr, was genau.«

Bin so schlecht drauf, dass ich es wage, Amina zu fragen. Weil schiefgehen kann heute eigentlich nichts mehr. Ich frage sie ganz direkt. Fang sie am Gang ab und ziehe sie mit aufs Klo. Da sind wir ganz allein. Sie sieht mich an, als ob ich sie gefragt hätte, ob sie morgen mit mir auf den Mond auswandern möchte.

»Was haben sie denn über mich erzählt?«, schnaubt sie. Sie fletscht die Zähne. Sie sind spitz und hell. Links oben fehlt ein Zahn. Wenn sie die Lippen so zurückzieht wie jetzt eben, sieht man das ganz genau.

»Genau genommen gar nichts. Deswegen frage ich ja.«

»Geht dich das was an?«

»Eigentlich nicht. Ich will nur wissen, was los ist.«

»Sie verachten mich. Das ist los.« Amina macht Anstalten, den Raum zu verlassen, ich haste ihr nach.

»Ich nicht.«

»Als ob das helfen würde.« Und schon ist sie rausgerauscht. Und ich hinterher.

»Du kannst jetzt doch nicht aufhören, bitte, ich verstehe euch alle nicht mehr. Bitte«, flehe ich.

Amina zuckt mit den Schultern. »Das ist alles nicht so leicht, wie du glaubst.«

Ich frage mich, ob das, was sie gesagt hat, stimmen könnte. Vermutlich ist etwas dran. Ich trotte hinter ihr her und denke: Wie Papa mit meiner Tante umgeht, das ist nicht in Ordnung. Ich denke das zum ersten Mal. Vorher war es für mich völlig normal, wie sie behandelt wurde. Weil es eben so war. Und weil sie unerträglich war. Und ich sie, seit sie bei uns ist, kaum anders erlebt habe. Vielleicht ist das nicht fair.

Laura textet jetzt dem Neuen, den sie über Markus kennengelernt hat. Jeden Tag, ständig. Fünfzig Nachrichten pro Person. Ihr Handy ist immer griffbereit. Am Küchentisch, wenn wir lernen oder zumindest so tun, als ob. Wenn wir in ihrem Zimmer auf dem Teppich liegen und Musik hören oder Zeitschriften lesen. Sobald es vibriert, dreht sich Laura schnell mit einem erwartungsvollen Lächeln weg und schaut aufs Display. Und grinst und grinst. Und antwortet dann aber nicht gleich. Wirkt auf mich nicht gerade so, als würde er sie nicht beschäftigen, aber was weiß ich denn schon. Ich hätte ja nicht mal ein Handy, um mit jemandem zu schreiben. Noch dazu wüsste ich auch nicht, mit wem.

Die Tür geht auf, und Markus schaut herein, sieht mich kurz an und teilt Laura mit, dass ihre Mutter heute Abend zur Abwechslung auswärts essen gehen will. »So gegen sieben.« Macht eine kurze Pause und sagt dann: »Und du? Kommst du mit?«

»Nein«, sage ich.

»Schade.«

Er wirkt immer gelangweilt, wenn er redet. So cool. Erwachsen. Mir fällt auf, was für lange Arme er eigentlich hat. Er steht im Türrahmen und streckt die auch noch durch. Wahnsinnig lange Arme, wie ein Affe. Und ich muss schmunzeln. Markus, der Affenjunge. Er bemerkt es, sieht mich noch einmal so seltsam an – diesmal kann ich sogar ein wenig Unsicherheit in seinem Blick erkennen – und verschwindet.

Lauras Handy vibriert, sie kichert und dreht sich weg. Und ich widme mich wieder meiner Zeitschrift oder tue wenigstens so.

Mama hat gefragt, ob ich mich für unsere Familie schäme. Na ja. Für unsere Familie nicht. Aber dafür, wie wir hier leben, schon. Sie hat die Lippen zusammengekniffen, als hätte ich ihr die Schuld daran gegeben. Klar kann sie nichts dafür. Aber es ist mir dennoch unangenehm, die Enge und dass wir uns nichts leisten können und dass Papa sich so benimmt. Dass ich einfach immer herausfalle, auch wenn ich mich noch so sehr bemühe, hineinzukippen in das Leben hier. Scham ist etwas Widerliches, noch widerlicher ist es, wenn man sich sogar für die Scham noch schämt.

Laura hat heute keine Zeit. Bestimmt wegen dem Saugrüssel. Der blöde Fliedertyp ist das, Christian, ein Freund von Markus. Der, mit dem sie schon einmal Händchen gehalten hat vor ein paar Wochen. Mehr sagt sie nicht. Sonst erzählt sie immer alles. Ich bin alarmiert und ein bisschen böse, und ich bin durcheinander. Weiß nicht, warum. Ich darf Mama und Papa niemals erzählen, dass Laura Alkohol getrunken hat. Sonst darf ich sie nicht mehr sehen, so viel ist sicher.

In Geschichte nehmen wir jetzt den Zweiten Weltkrieg durch. Die Bilder kommen mir wie Echos aus meiner eigenen Vergangenheit vor. Hier haben sich Menschen auch abgeschlachtet, es ist nur länger her als bei uns. Und die Lehrerin erzählt mit so einer salbungsvollen Stimme, wie schrecklich es gewesen sei. Als ob sie dabei gewesen wäre. Sie zeigt uns Fotos von Soldaten, von Gefangenen, von Leichenbergen und von Gehängten.

Ich erinnere mich, wie wir aus dem Dorf hinausgegangen sind, um die Leichen der Gefallenen einzusammeln, die nach dem Bombenhagel auf den Feldern lagen. Manche lagen da, als ob sie schliefen, andere mit abgerissenen Gliedmaßen. Oder nur mehr formloses rotes Fleisch in Stücken. Mitten in den Feldern so richtig große Trichter. In den Trichtern Körperteile. Oder nur Erde. Manchmal war der Lehm unter meinen Füßen aufgeweicht vom Blut. Ich habe einmal Schuhe einfach weggeworfen, die voller rostrotem Schlamm waren. Um nichts auf der Welt hätte ich die wieder angezogen.

Bald darauf gingen wir. Das war gut, denn ich hätte das nicht noch einmal durchgehalten, glaube ich. Wir sammelten tote Menschen ein in der beständigen Angst, die Flugzeuge würden wiederkehren, bevor wir fertig waren. Wir waren viele, hauptsächlich Frauen und Alte. Einige übergaben sich. Nur Männer lagen im Erdreich vor uns. Und Liegenlassen war keine Option, die Körper mussten beerdigt werden, damit sie diese Welt endgültig verlassen konnten. Wir zollten ihnen letzten Tribut, indem wir sie zur Ruhe betteten. Ich war manchmal dort. Mama oft. Amina ging jedes Mal hinaus. Sie ging mit einer Leidenschaft, als ob ihr Mann davon wieder lebendig würde. Aber vielleicht hatte sie einfach keine Angst. Von den zurückkehrenden Flugzeugen erwischt zu werden. Oder von den Kämpfern, egal welcher Seite. Sie war weit weg, weit weg von unserer Angst und unserem Zittern.

Und die Lehrerin erzählt, wie man hier Menschen wie Vieh zusammengetrieben hat und sie umbrachte, mit Kalkül und mit Ordnung und Sauberkeit. Stacheldrahtzäune, Baracken, Gasöfen. Ich kann mir das alles sehr gut vorstellen. Unser Krieg war schmutziger. Chaotischer. Weniger effektiv. Aber nicht, weil unsere Kriegsführer edler gewesen wären. Die hätten es genauso präzise gemacht, wenn sie gekonnt hätten. Und obwohl ich das nie laut gesagt habe, habe ich das Gefühl, ich muss das jetzt mit der Lehrerin teilen. Keine Ahnung, warum. Vielleicht, weil es ähnlich ist, was da passiert ist. Weil es mich erinnert, dass die und wir auf eine Art die gleichen Dinge erlebt haben. So wie vermutlich der Rest der Welt. Menschen töten. Überall.

Ich melde mich und sage: »Ich habe auch erlebt, wie man Menschen tötet. Bei uns zu Hause.«

Sie schaut komisch und räuspert sich und sagt: »Das tut mir sehr leid.«

Ich bin im selben Augenblick enttäuscht von ihr. Obwohl das sicher unfair ist. Diesen Satz kann ich nicht mehr hören. Er kommt, wenn einer nicht weiß, was er mir sagen soll, und es gut mit mir meint. Aber mir bringt das nichts. Echt nicht. Ich will kein »Es tut mir leid«. Ich will einfach nur teilen, was ich gesehen habe. Es sagen dürfen. Vor anderen. Und ich fange wieder an.

Diesmal unterbricht sie mich und sagt: »Das gehört jetzt nicht zum Lehrstoff.«

Mona kommt in der Pause zu mir und sagt: »Spar dir deine Schauermärchen.« Und sie lässt die Luft durch die geschürzten Lippen in mein Gesicht entweichen.

Das klingt wie ein Furz. »Du willst dich nur wichtig machen.«

Ich spüre, wie meine Hand sich sofort zur Faust ballt. Und diese Faust würde ihr am liebsten mitten in ihren lachenden Mund fliegen. Und noch mal. Bis ihre Zähne wackeln. »Du hast keine Ahnung von gar nichts«, höre ich mich sagen.

Einer, der mich sonst immer ignoriert, sagt: »Madina hat recht.«

Ich bin überrascht und auf einmal sehr froh. Ich schlage nur deswegen nicht zu.

Die Eltern vom Depp sind auch weg. Umgezogen. Nicht abgeschoben. Jetzt werde ich nie erfahren, was mit ihm passiert ist. Ich habe ein wirklich komisches Gefühl.

Papa war bei Lauras Mutter. Immer wenn er zurückkommt, wirkt er ein bisschen glücklich. Und wir haben jetzt etwas Geld. Das Erste, was er damit gemacht hat, war, Rami neue Turnschuhe zu kaufen. Und für mich ein T-Shirt. Hat weder für Mama noch für sich etwas ausgegeben. Das ist total lieb.

Lauras Mutter hat Papa Einweckgläser mitgegeben. Mit Pastete und mit Gemüse und mit Kompott. Einen Kühlschrank haben wir ja keinen, und sie hat mitgedacht. Mitgedachte Hilfe ist die allerbeste.

Ich fühle mich total wohl in meinem neuen T-Shirt. Mein eigenes. Nicht von irgendwem gespendet. Ich meine, dass mein Vater mir Sachen kauft, ist ja normal. Ein schönes Gefühl, dass wir normal sind. Ein bisschen jedenfalls.

Mama ist selig, dass Papa und ich einen Weg gefunden haben. Sie ist so stolz darauf, als wäre diese Verhandlung Weltpolitik gewesen. Und als wäre sie die Weltenretterin. Sie singt vor sich hin, das macht sie wirklich selten. Sie küsst Papa. Papa lehnt sich an sie und macht die Augen zu. Sie sitzen aneinandergekuschelt da auf ihrer Matratze, mit der Decke über den Füßen, und Mama singt leise, und Papa hört ihr zu. Meine Mutter hat eine sehr schöne Stimme, im Unterschied zu Amina. Wenn Mama erzählt, wie gerne sie Sängerin werden wollte, schaut die Tante abfällig. Sagt aber nichts, wie üblich. Mama seufzt kurz und schüttelt ihren Kopf, als ob sie ihre alten Wünsche so loswerden könnte, wie ein Pferd mit seiner Mähne die Fliegen abschüttelt. Mein Großvater hatte es ihr verboten, und Mama hatte gehorcht. Sie war ja die brave Tochter.

Mir tut Amina wirklich leid. Es ist nicht schlimm, jemanden nicht zu heiraten, den man nicht heiraten will. Hier würde das keiner machen. Und niemand fände das falsch.

Habe abends Mama gefragt, ob sie fürs Bügeln etwas machen muss. Ja, natürlich. Umsonst gibt es hier gar nichts. Treppen putzen und Gänge wischen. Am Wochenende. Ich wollte eigentlich Laura sehen, einen Ausflug zum Badeteich machen. Egal, ich werde Mama nicht im Stich lassen.

»Du, ich helfe dir«, habe ich gesagt.

Sie sah froh aus. Die Wasserkübel sind schwer, und es gibt keinen Lift.

Die Wasserkübel hinauf- und hinunterzuschleppen ist anstrengend, und sie hat Kreuzschmerzen. Das sehe ich, weil sie sich den Rücken hält und den Bauch vorwölbt, als wäre sie schwanger. Rami muss natürlich nicht mithelfen, obwohl er auch auf dem Fest war. Bei dem Gedanken habe ich wieder ein ziehendes Gefühl, aber ich zwinge mich, es hinunterzuschlucken, in meinen Bauch, in dem schon recht viel lagert. Auf diese eine Portion kommt es auch nicht mehr an.

Wir schrubben die ekelhaften alten Stufen hinauf und hinunter. Die Stufen sind aus Holz, das Holz ist alt, der Lack abgesplittert. Man muss höllisch aufpassen, damit man sich keinen Splitter unter die Haut zieht – noch schlimmer, unter die Nägel. Dort tut es am längsten weh. Mamas Finger war einmal entzündet, der schwoll an und sah wie eine kleine Aubergine aus.

Die netten Nachbarn gehen nicht über die Treppenstufen, bis alles trocken ist, wenn es sich verhindern lässt, wenn sie nicht dringend irgendwohin müssen. Die, die gemein sind, machen das absichtlich, damit wir hinter ihnen her noch mal aufwischen müssen. Eine Alte, die mit meiner Mutter immer Streit wegen Amina hat, passt meistens ab, ob Mama schrubbt, und geht dann extra über den Gang oder steigt Treppe. Und Amina dankt es Mama nicht sehr, dass sie sie immer irgendwo beschützt oder verteidigt. Die Treppe hat sie jedenfalls noch nie mitgeschrubbt.

Wir wischen also heute vor uns hin, und natürlich kommt die blöde Alte aus dem dritten Stock sofort raus, wartet, bis zwei Treppenabschnitte sauber sind, und trampelt dann mit Straßenschuhen nach unten.

Auf einer Stufe vor uns rutscht sie aus und schlittert kreischend an uns vorbei, die Hand fest ins Geländer gekrallt. Ich muss lachen. Davon wird sie noch wilder. Sie sitzt am unteren Ende der Stufen und schimpft. Aber sie ist wohlerzogen, ihr kommen keine wirklich groben Worte über die Lippen. Nur so halbherzige Beleidigungen, die die Situation noch lustiger machen. Kein Mensch würde bei uns in der Schule so schimpfen. Nein, vor der habe ich echt keine Angst. Sogar Mama grinst verstohlen in sich hinein. Ich habe sie so lieb in diesem Moment.

Und dann, als wir fertig sind und die Wasserkübel, die Wischtücher und den Besen in der Abstellkammer eingesperrt und der Chefin den Schlüssel zurückgegeben haben, gehen wir uns duschen. Mama lässt mich vor. Sie wartet vor der Tür, bis ich fertig bin.

Seit einiger Zeit nutze ich es immer aus, wenn ich ganz allein mit mir bin. Hinter sicher abgesperrter Tür. Nur ich. Meine Haut, mein Haar. Betrachte mein Spiegelbild. Mein Gesicht verändert sich, wird schmaler, die Wangenknochen treten hervor. Laura mag meine Wangenknochen. Ich bin sie noch nicht so gewohnt. Ich schaue diesmal nur ganz kurz in den beschlagenen Spiegel, um Mama nicht noch länger warten zu lassen. Sie steht auf dem Gang vor dem Bad, das Handtuch über dem Arm und die Zahnbürste in der Hand, ein richtiger Hygieneritter mit Schild und Schwert. Ich husche an ihr vorbei, schlüpfe in unser Zimmer, meine Haut dampfend warm, mein sauberes Nachtgewand darüber, ein so herrlich gereinigtes Gefühl.

Im Zimmer herrscht ein angenehmes Halbdunkel. Rami ist schon längst eingeschlafen. Papa sitzt am Tisch und liest. Später kommt Mama zu mir, nimmt mir das Handtuch ab, das ich um die nassen Haare geschlungen habe. Sitzt hinter mir in meinem Bett, ich lehne mich zurück, sie ist warm und auch ganz sauber. Es riecht ein wenig nach Kindheit und nach Seife, die aber nicht wie die Seife riecht, die wir zu Hause hatten. Ich schließe die Augen, sie frottiert meine Haare vorsichtig trocken, teilt anschließend Strähne für Strähne. Nimmt meinen Kamm und zieht ihn ganz, ganz langsam vom Scheitel bis zu den Spitzen durch, so vorsichtig, dass es nicht ziept und damit mir ja keine Haare dabei ausgerissen werden, als wäre jedes einzelne eine Kostbarkeit. So wie viel früher zu Hause im Kinderzimmer.

»So glänzendes, festes Haar«, sagt sie. Und dann, nach einer Weile: »Ich besorge dir Rosenwasser.« Und dann: »Du bist so unglaublich schön geworden.«

Und sie küsst mir in den Nacken.

»Ich bin sehr stolz auf meine Tochter«, sagt sie so leise, dass ich das gerade noch hören kann.

Wir sind in einem Muttertochterkokon eingesponnen. Ich will da niemanden dabeihaben. Ich blende Rami und Papa und die Tante bewusst aus. Das geht. Wenn man das übt. Und ich drehe mich zu Mama um und umarme sie und fühle mich ganz bei ihr, als wäre ich wieder klein, obwohl wir beide ganz genau wissen, dass das nicht mehr so ist.

Das ist so cool. Papa geht jetzt einmal in der Woche zu Lauras Mama und arbeitet. Er ist hochzufrieden. Er pfeift den ganzen Tag vor sich hin. Blöd, dass wir erst jetzt darauf gekommen sind. Vielleicht hätte mir das den ganzen Ärger mit ihm erspart. Na ja. Wieder etwas dazugelernt.

War heute beim Briefkasten. Wie immer keine Briefe. Aber irgendwann muss doch einer kommen.

Der, der mich vor Mona in Schutz genommen hat, heißt Paul. Eher unscheinbar, still. Aber er liest gern. Kommt zu mir in der Pause. Und sagt: »Kannst du mir mal mehr erzählen? Ich habe ja auch keine Ahnung. Aber wenigstens das weiß ich.«

Das freut mich. Aber es ist mir auch sofort zu viel. So ganz alleine mit einem darüber zu reden, den ich gar nicht kenne. Ich stottere.

Laura hat uns beobachtet, kommt rüber und umarmt mich. Und sagt: »Du, das ist schwer für sie, mir hat sie auch noch nichts erzählt.«

Und ich sage: »Ich kann grad nicht. Aber ein andermal gerne.«

Habe Papa in die Betreuungsstelle, die für uns zuständig ist, begleitet.

Ein neuer Beamter. »Warum sind Sie da?«, so fing es an. Und so ging es weiter: »Nein, wir können noch nicht sagen, wie lange es noch dauert. Ich weiß rein gar nichts über Ihre Familie.« Er kannte unsere Geschichte offensichtlich noch gar nicht. Ein paar dumme Fragen, und schon war es wieder so weit. Papa wurde wütend. Er wird immer schneller wütend. Er kann diese Fragen nicht mehr hören. Er kann es nicht mehr sehen, wie ich als sein ständiges Sprachrohr agiere, er ist in seiner Luftblase der Sprachlosigkeit eingeschlossen. Er kann nicht hinaus aus dieser Blase. Und auch nicht aus seiner Haut. Ich eigentlich auch nicht. Aber ich muss dann seine bösen Worte bei den Zuständigen abliefern. Und ich sehe deren strenge Gesichter und lüge neuerdings und korrigiere seinen Text in einen freundlicheren, unterwürfigeren, weil, wenn er sich so aufführt wie bei mir und Mama, fliegen wir wirklich mal raus. Das befürchte ich jedenfalls.

»Bist du wahnsinnig?«, hat mich Laura gefragt, als ich ihr davon erzählt habe. »Du kannst doch nicht ändern, was er sagt! Er ist der Erwachsene und nicht du!«

Wenn mein Vater es nicht schafft, sich ohne mich zu verständigen, darf ich in den Gesprächsverlauf eingreifen. So erlaube ich mir das selbst.

Rami will ständig zurück zu Laura. Das war nicht im Sinne des Erfinders.

Paul kommt manchmal in den Pausen zu uns. Aber Laura fährt ihm so über den Mund, dass er es immer seltener macht. Das finde ich eigentlich schade.

Markus hat die alte Playstation gefunden, und sie funktioniert noch. Rami wird vor Freude rasen, auch wenn es nur noch ein paar alte Spiele für sie gibt. Kein Assassine für ihn. Aber dafür ein paar Autorennen.

Markus will sie mir persönlich übergeben, sagt Laura. Als ob seine Schwester es nicht schafft, mir das Ding auszuhändigen. Ich bin ein bisschen aufgeregt. Aber nur ein bisschen.

Heute kam Sabine mit einer neuen Haarfarbe in die Schule. Rot. Laura hat vor Neid aufgeschrien, weil die Farbe so knallig war. Und ihre längst nicht so intensiv geworden ist. Trotz Bleichen. Beim Bleichen habe ich ihr geholfen, und was soll ich sagen, wir sind eben keine Friseurinnen wie Sabines Schwester, die Sabine als Versuchskaninchen verwendet. Ihre Haare sehen jetzt auch glänzend und gesund aus. Lauras nicht. An manchen Stellen sind sie nicht blond geworden, sondern orangebraun. Auch nach Stunden. Und ihre Kopfhaut hat gebrannt. Und wir mussten ganz lang ausspülen. Und überall war dann nach dem Färben diese blöde Tönung – im Waschbecken, auf dem Duschvorhang, in den Handtüchern, sogar auf den Zahnputzbechern. Unsere Hände und Lauras Hals und Ohren übersät mit rötlichen Flecken, als hätten wir eine ansteckende Hautkrankheit. Die Nägel rosarot. Das Bad hat ausgesehen wie ein Schlachthaus. Und Lauras Mutter hat so getobt, da hätte sich sogar mein Vater eine Scheibe abschneiden können. Bei ihrem Haus und der Einrichtung ist sie gnadenlos streng. Sonst nicht. Jetzt sind Lauras Haare an manchen Stellen so spröde, dass sie abbrechen. Wenn Sabines Schwester noch Leute zum Üben braucht: Wir sind bereit. Jederzeit. Ehrenwort.

Die King mag offensichtlich keine Knallfarben auf Jugendlichenköpfen. Mindestens drei blöde Bemerkungen hat es heute gegeben. Das ist für die King ziemlich herausragend. Sonst ist sie nur so aufmerksam, wenn Jungs Hosen tragen, deren Schritt über dem Knie beginnt. Aber da hat sie recht. Ich kenne keinen, der nicht saublöd damit aussieht. Auch die mit den knackigsten Knackhintern. Das sieht einfach immer so aus, als würde eine Kackladung darin lagern, weil sie das Klo nicht schnell genug gefunden haben. Laura sagt »Windelhosen« dazu. »Volle«, sagt dann Sabine. Wir mögen diese anderen Hosen, so schmale. Dunkle. Solche, die das Bein in ganzer Länge betonen.

Markus kommt in so schmalen dunklen Hosen zur Schule und übergibt mir betont desinteressiert den Rucksack mit der Konsole. Dazu drei Spiele, die er noch in der Hand hält. »Ich könnte sie dir erklären?«, sagt er mit einem Fragezeichen hintendran.

Ich drehe mich gleich wieder um. Ich schaffe es nicht, mich zu bedanken. »Ich kenne mich damit sowieso nicht aus«, quetsche ich heraus und flüchte.

»Warte, bleib stehen«, ruft er mir nach. »Du hast seine Spiele vergessen.«

Wenn ich mir wenigstens ein Schokobraun färben könnte. Dann würde ich gleich viel mehr aussehen wie die anderen. Braun mit so hellen Strähnchen. Da könnte ich mir einreden, ich wäre einfach ganz, ganz lange in einem exotischen Land im Urlaub gewesen. Ich würde manchmal gern so tun, als wäre ich immer schon nur hier gewesen.

Habe heute komische Sachen geträumt. Ich war mit Laura unterwegs, dann mit Laura und Markus, später nur noch mit Markus. Wir haben Laura gesucht, aber nicht gefunden. Wir standen mitten in der Nacht draußen auf der Straße, Markus und ich, und ich weiß noch, dass ich plötzlich nah bei ihm war und seine Hände schön fand. Diese Hände, die ich wirklich schon oft gesehen habe und die manchmal wirklich beeindruckend schwarze Ränder unter den Nägeln haben. Fettere schwarze Ränder, als Rami das je hinbekommt. Und irgendwie kam er mir noch näher, und ich hatte gar keine Angst. Er legte seine Schwarzerrandnägelhände auf meine Schulter, und es fühlte sich gut an, besser fast als bei Laura, und mein Bauch wurde heiß wie ein Teekocher, ich stellte mir vor, wie der Dampf mir gleich pfeifend aus den Ohren entweichen würde. Und dann pfeift es wirklich laut und lästig, und ich brauchte echt lang, um draufzukommen, dass das mein Wecker war.

Bin vollkommen durcheinander nach dem Aufwachen. Nach dem Duschen noch, nach dem Anziehen. Greife meine Schultern unter dem Pullover an, wo er sie im Traum berührt hat, die Haut fühlt sich an, als würde sie glühen. Können Träume nachglühen? Ich glaube schon.

Später sitze ich im Bus, schau in die Regenlandschaft hinaus. Hinter mir sitzen zwei Jungs. Ich höre erst gar nicht zu, dann doch, weil sie so laut sind. Sie unterhalten sich über eine Jessica, die letztes Jahr echt noch nix war. »Kein Busen, kein Po«, sagt der eine vorwurfsvoll, als wäre es Jessicas verdammte Pflicht gewesen, ihre Körperteile rechtzeitig zu gestalten. »Aber jetzt!«, sagt der Zweite. Jessica hat offensichtlich ganze Arbeit geleistet. Sie schließen Wetten ab, wer diese endlich ausgereifte Jessica als Erster flachlegt.

Flachlegen klingt widerlich. Mir wird richtig

schlecht. Dann dreh ich mich um. Sie sind ein bisschen jünger als ich. Was Jessica an Busen und Po investiert hat, dürfte bei ihnen in die Akne geflossen sein. In die Haare ist noch mehr geflossen: Die Strähnen wirken wie mit Klebstoff zugekleistert. Ich hoffe, dass Jessica beide zum Teufel schickt.

Frage beim Nachhauseweg Laura nach Markus.

Sie sieht mich so komisch an. »Wieso fragst du?«, will sie wissen.

Und ich sage wahrheitsgemäß: »Weiß ich eigentlich nicht.« Vom Traum erzähle ich ihr aber nichts.

Schon blöd, was man glaubt, mit dem Färben der Haare alles zu verändern. Das ganze Ich.

Laura ist sauer, weil Sabine sie kopiert, dabei will Sabine nur so lässig sein wie sie. Das gelingt ihr aber nicht, weil Sabine eher brav ist und keine eigenen wilden Ideen hat. Und ausgeborgte wilde Ideen sind das Bravste, was es so auf Gottes Erdboden gibt.

Die King entführt mich wieder. Womit habe ich das verdient? Ihre Kekse stauben mir zu den Ohren raus. Und ihr wehmütiger Blick. Und ihre Erklärungen über Gott und die Welt, als wäre ich eine Wilde und wüsste nicht, wie man sich benimmt. Ich glaube, wenn ich mit einem Bananenblätterschurz daherkäme oder einem Basträckchen, sie würde sich nicht wundern.

Sabine wittert ihre Chance. Sie findet sich cool. So cool, dass sie eine Party macht, ihre Eltern fahren übers Wochenende weg. Da brauche ich nicht mal daran zu denken, dabei zu sein. Das darf ich ganz sicher nicht.

»Lüg deinen Vater doch an«, schlägt Sabine vor, die das schon öfter gemacht hat. »Sag, du schläfst bei Laura.«

»Das hat keinen Sinn. Das würde mein Vater auch nie erlauben.« Ich bin sehr geschmeichelt, dass Sabine mich überhaupt einlädt. Eingeladen hat mich hier außer Laura noch keiner. Ich wachse langsam an die Klasse an wie ein Stück transplantierte Haut, die endlich nicht mehr abgestoßen wird. Cool.

»Dann schleich dich hinaus«, sagt Sabine. »Das habe ich schon mal gemacht. Andere auch.«

Nein, das traue ich mich nie. Nie.

»Sei nicht so langweilig«, sagt Sabine, die jetzt offensichtlich glaubt, wegen der Haare die Oberrebellin geworden zu sein.

Nein, danke, ich brauche nicht noch mehr Ärger. Auf Sabines Party verzichte ich. Auch wenn es schade ist.

Bin ich froh, dass ich meine Eltern nicht angelogen habe. Alles ist natürlich rausgekommen. Alles. Ein Schmuckstück von Sabines Mutter wurde geklaut. Ein richtig teures. Und die Mutter hat sämtliche Namen aus Sabine herausgequetscht. Als sie die anderen Eltern anrief, stellte sich heraus, dass so ziemlich keiner von ihnen wusste, wo ihre Söhne und Töchter wirklich gewesen waren.

»Wieso, das ist völlig unmöglich«, sagte Pauls Vater entrüstet. »Mein Sohn hat bei seinem Freund Nikolaus geschlafen.«

»Nikolaus war doch bei Stefan«, sagte dessen Mutter.

»Wie bitte? Stefan war bei seiner Freundin Anna.«

»Anna war bei Laura«, sagte Annas Mutter.

»Laura war die ganze Zeit zu Hause und allein«, sagte Lauras Mutter.

Das stimmte sogar. Wer nämlich nicht lügen muss, weil er sowieso viel darf, der bleibt auch mal zu Hause, wenn er Lust darauf hat. Sogar bei einer Party.

Geendet hat das alles jedenfalls mit einem Riesenskandal. Sabine darf für lange, lange Zeit nicht mehr feiern. Und die anderen haben Ausgangssperre in unterschiedlichen Zeitlängen. Das ist hier wie bei einer Tombola, man weiß nie, welches Los man zieht, wenn es um Strafen geht.

Ich weiß, dass ich die bin, die am wenigsten darf und am meisten bestraft werden würde, wenn ich etwas Verbotenes täte. Ich will aber nicht lügen. Ein Teil von Lügen ist Verschweigen. Und Verschweigen hasse ich. Wenn man lügt, muss man ganz viele Dinge beachten, damit die Wahrheit nicht ins Rollen kommt wie so ein kleiner Stein oben auf einem Berg, der dann immer größere Steine mitreißt und am Schluss eine Lawine auslöst. Und dann ist der ganz große Ärger da.

Der Saugrüssel hat Laura eine Szene gemacht, weil sie ihn angeblich zu oft anruft. Wenn er möchte, ruft er allerdings so oft an, wie er will, und Laura beschwert sich nie darüber.

Und dann schreibt er ihr auch noch vor, wie sie sich anziehen soll. Nicht so abgefuckt, hübscher, Röcke und so. Laura hat das ein paarmal gemacht und sich nicht wohlgefühlt. Ich habe es ihr angesehen. Das ist einfach nicht sie, so hosenlos fühlt sie sich angreifbar. Immerzu hat sie an ihrem Rock herumgezupft und herumgezogen.

Ich kenne das. Ich muss auch Sachen tragen, die ich hasse. In denen ich am liebsten verschwinden will, damit mich keiner sieht. Man ist verkleidet mit etwas, das man nicht anziehen will, und die anderen glauben, man hat sich diese modische Verwirrung auch noch selbst ausgesucht.

Als ich noch nicht mit Laura befreundet war, ganz am Anfang unseres Hierseins, da hatte ich einen entsetzlichen braunen Ledermantel. Wir waren im Winter angekommen. Es war kalt, es hat geschneit, und wir hatten keine warmen Sachen, gar nichts für kältere Jahreszeiten, nicht einmal warme Schuhe. Schuhe sind schwer, Stiefel noch schwerer. Wenn man für vier Personen Schuhe mitnimmt, muss man sie den ganzen Weg tragen. Mit den neuen Winterstiefeln hier hatte ich Glück. Da bekam ich ganz hübsche, gefütterte aus der Kleidersammelstelle. Sie sahen vollkommen ungetragen aus. Ich war unglaublich froh, dass jemand sie nicht mehr haben wollte und ich sie haben durfte. Aber dann war das Glückhaben auch schon wieder vorbei: Die Kinderanoraks waren mir zu klein. Kindersachen sind oft fast wie neu, wenn sie noch nicht lang im Umlauf waren. Ich habe verzweifelt probiert, mich in so einen roten Anorak zu zwängen, weil ich schon gesehen hatte, dass es sonst nur ein einziges Teil in meiner Größe gab. Nur noch dieses braune Ungetüm aus Leder, das mir an den Schultern wegstand. Ich sah aus wie ein schmaler Schrank. Das Leder war gefüttert. Ich habe nie gefroren in dem Ding. Das schon. Der Mantel war aber so einer für alte Damen. Er roch nach alter Dame. Er hat bestimmt einer alten Dame gehört.

»Schau, wie schön der gearbeitet ist«, hat mich meine Mutter aufgemuntert, als ich weinend in der Tür stand, um das erste Mal mit dem Ungetüm auf die Straße zu gehen. »Gute Nähte, gutes Material.«

»Das ist mir egal«, habe ich geheult. »Ich schau aus wie eine Idiotin.«

»Lungenentzündung sieht noch blöder aus«, hat mein Papa gesagt, und damit war die Manteldiskussion beendet.

Den ganzen Winter über habe ich mich jeden einzelnen Tag geniert. Jeden Tag. Ich habe mich wie eine Figur aus einem Märchen gefühlt, die eigentlich ein Mensch ist, aber verzaubert wurde. Wie in der Geschichte mit dem Seehundfell, das eine Meerfrau trug, die unbedingt zu den Menschen wollte. Oder die Froschhaut der Froschprinzessin, die eigentlich eine Herrscherin und Zauberin war, aber verflucht wurde. Nur um Mitternacht nicht. Mir gehörte aber überhaupt kein Reich, weder das Land von früher noch

das Land jetzt. Legte ich diese widerwärtige Leder-
haut ab, war ich wieder ich. Ich hätte sie, wie in den
Märchen üblich, am liebsten verbrannt, um mich
nie mehr verwandeln zu müssen. Habe mich immer
so wahnsinnig gefreut, in beheizte Räume zu kommen.

Ich wünsche Laura nicht, dass sie sich auch nur ein
bisschen so fühlen muss, auch wenn sie es tut, weil
sie dem Saugrüssel gefallen will. Dann erst recht
nicht.

»Hör auf damit«, sage ich ihr. »Zieh doch das an,
was du magst.«

»Das sagst ausgerechnet du«, fährt sie mich an.
Laura mag keine Kritik, wenn es um den Saugrüssel
geht. Da wird sie radikal. »Du darfst gar keine Hosen
tragen, hast du gesagt. Obwohl sie dir gefallen. Und?
Trägst du etwa welche?«

Ich habe geschwiegen.

Laura hat sich auf die Lippe gebissen.

Ich weiß, sie wollte mich nicht kränken. Und ich
weiß, dass ich den Saugrüssel immer schlechter darstellen möchte, als er vielleicht ist. Weil eifersüchtig
bin ich schon. Die ganze Zeit.

»Du bist doch meine beste Freundin«, sagt sie
schnell dazu. »Da darf ich dich auch kritisieren, oder?
Eben.«

»Ich habe Angst, dass du ihn lieber hast als mich«,
sage ich endlich, endlich, endlich.

Laura lacht ungläubig. »Warum sollte ich?«, sagt
sie und umarmt mich ganz fest. »Du bist du, und er
ist er.«

Ich war so erleichtert. Man soll nichts wochenlang mit sich herumtragen. Das wiegt immer schwerer und macht alles größer, je länger man darüber schweigt. Finde ich.

»Kommst du noch mit, am Nachmittag?«, fragt sie. »Wir machen uns was zu essen und hauen uns vor die Glotze.«

Klar will ich. Ich will so gut wie immer zu ihr mit. Bei Laura fliegt die Zeit immer dahin. Es ist immer etwas los. Markus oder Kochen mit ihrer Mutter oder einfach abhängen, satt und ganz entspannt.

Nach dem Abendessen liegen wir in Lauras Zimmer, schauen ein bisschen fern und quatschen. Es ist so vertraut, als wäre sie meine Schwester, als wäre sie ein Teil von mir. Ihre Haut fühlt sich an wie meine, die gleiche Temperatur. Wir halten unsere Hände aneinander, sie sind ungefähr gleich groß, gleich lang. Meine Haut ist etwas dunkler. Wenn wir die Finger ineinander verschränken, sieht es aus wie eine Collage oder ein Modefoto.

»Warum hast du dich mit mir angefreundet?«, frage ich. Ich muss es wissen. Ich habe das Gefühl, sie hat mich nicht einfach so gefunden. Sie hat nach mir Ausschau gehalten. Stelle ich mir vor. Bis ich kam.

»Weil ich weiß, wie das ist«, sagt Laura.

Ich kapiere nichts. Ich schau vertrottelt drein.

»Weil ich weiß, wie es ist, wenn du nicht dazugehörst. Scheiße ist das.«

»Stimmt. Richtig scheiße.«

Ich drehe mich auf die Seite, nehme ihren Arm und lege ihn um meine Schultern als festen, warmen Schal.

Als Rüstung. Ich kann es mir leisten, mich von ihr wegzudrehen. Wir wissen unausgesprochen, was wir denken.

Manchmal ist Reden echt nicht nötig. Es zerstört mehr, als dass es etwas bringt. Laura weiß das auch. Sie schweigt. Unsere Atemzüge gleichen sich einander an. Wir holen gleichzeitig Luft und atmen gleichzeitig aus. Warmer Hauch in meinem Nacken. Sie riecht nach Pfefferminze, nach Kaugummi, ein wenig nach Schweiß. Der Schweiß stinkt nicht. Ich kenne kaum Menschen, deren Schweiß nicht stinkt. Wir liegen ineinandergeschmiegt da. Noch besser als mit Mama. Ich betrachte ihre Lavalampe, in der grüne Ölklumpen auf und nieder steigen, träge und langsam, um immer wieder von vorne in noch größere Klumpen zurückzusinken, bis sich erneut ein grünes Teil bildet, das nach oben steigt.

Hinter uns läuft der Fernseher. Wir hören nicht hin. Der Fernseher rauscht im Hintergrund, webt einen unregelmäßigen Teppich von Stimmen und Musikfetzen und Schüssen und Reifen, die quietschen. Ich könnte jetzt einschlafen. Meine Lider sind schwer, aber ich will nicht. Will daliegen und ins Grün der Lampe starren, ganz wach. Und schweigen. Das ist ein schönes Schweigen, ganz anders als das meiner Eltern. Ein Schweigen, das verbindet und keine Fragezeichen ausstreut oder Ausrufezeichen. Immer diese Rätsel und das Verborgene. Ich hasse es.

Im Augenblick hasse ich es.

»Kann ich hier schlafen?«, frage ich.

Und Laura sagt: »Klar.«

Wir fahren mit dem Bus zur Schule. Ich habe schon unterwegs so ein komisches Gefühl im Bauch. Werde immer unruhiger, je näher wir dem Betongebäude kommen.

Laura lacht mich aus. Ich soll mir keine Sorgen machen. Warum ich mir dauernd Sorgen mache. Voll unnötig. Echt. Ihre Mutter hat doch extra für mich in der Pension angerufen. Und wenn sich meine Eltern wirklich Sorgen gemacht hätten, hätten sie sich doch bei ihrer Mutter gemeldet.

Ich will ihr so gerne glauben.

Der Bus bleibt vor dem Eingangsbereich stehen. Ich schau aus dem Fenster und sehe einen kleinen Auflauf vor der Tür. Mehrere Lehrer. Gestikulieren alle mit den Armen und schreien. Sensationslüstern stehen die Schüler herum, glotzen blöd.

Da kommt Paul aus meiner Klasse und tippt mir mit dem Finger leicht auf die Schulter. Irgendwie mitleidig. Und schaut mich ganz komisch an und sagt: »Ich glaube, dein Vater ist da.«

Aber ehrlich gesagt: Ich bin total enttäuscht von Laura. Sie hat mich so richtig im Stich gelassen. War einfach weg. Den ganzen Schultag in jeder Pause weg. Das ist echt nicht fair. Im Nachhinein betrachtet.

Also. Ich stehe da wie in die Erde eingegraben. Jeder Fuß wie knöcheltief versunken. Ich muss übermenschlich stark sein, um meinen linken Fuß zu heben und vorzuschieben und wieder auf den Boden aufzusetzen. Dann den anderen. Das ist echte Schwerstarbeit, die paar Schritte zu den Lehrern. Ich blicke mich nach Laura um. Sie ist verschwunden. Ich komme ganz langsam näher.

Herr Bast steht da und Frau King. Und ein paar Kollegen. Die meisten kenne ich nicht. Und sie schreien durcheinander. »Bitte beruhigen Sie sich«, versucht die King immer wieder mit ihrer dünnen Stimme gegen den Tumult anzureden. »Bitte beruhigen Sie sich, wir gehen hinein und besprechen alles im Haus. Gut? Gut?«

Und in der Mitte mein Vater. Tobend wie ein Affe. Steht da und schreit. Und natürlich nicht auf Deutsch. Der Kopf ist granatapfelrot. Schweiß auf der Stirn. Schaut furchterregend aus und auch unendlich lächerlich in seinem verrutschten Hemd, in seinen abgetragenen Schuhen. Er tut mir leid, und ich geniere mich gleichzeitig in Grund und Boden. Ich weiß gar nicht, was schlimmer ist von all diesen Gefühlen.

»Papa«, rufe ich ihn. »Papa, was ist los?«

Und er dreht sich um. Und sieht mich an. Und ist im ersten Augenblick erleichtert.

Hört erst auf zu schreien. Senkt die Fäuste. Dann stürmt er auf mich zu. Wo ich gewesen sei, wo ich verdammt noch mal gewesen sei. Er wäre gestorben vor Sorge um mich. »Was für eine Verräterin! Was für ein Ungeheuer!«

Und währenddessen holt er aus, und dann schlägt er auf mich ein.

Ich merke das zuerst gar nicht. Ich merke nur, wie mein Kopf plötzlich herumfliegt und ich nicht mehr ihn und den Lehrerpulk sehe, sondern die Bushaltestelle und die Straße. Und dann, dass es brennt. Und ich fange erst spät an zu schreien, erst, als er schon meinen Oberarm gepackt hat. Die Tasche mit meinen Büchern halte ich dabei so fest, als ob sie mich wie ein Heißluftballon einfach aus der Situation hinausheben könnte, und ich schwebe an sie geklammert davon, über die Schule drüber und über die Felder dahinter.

Und dann stürzen sie sich alle auf einmal auf ihn und halten ihn fest und ziehen mich weg, und wir schreien beide wie verrückt. Er kämpft, wie er im Krieg gekämpft hat, er schlägt um sich, er brüllt wie ein Tier.

»Bitte, Papa, bitte hör auf«, schreie ich immer wieder. »Bitte hör auf, wir werden alle Ärger bekommen. Bitte. Bitte.«

Ein Polizeiauto kommt mit Blaulicht. Ich sitze auf den Stufen vor dem Eingang, mein Zopf hat sich gelöst, und mir hängen die Haare in breiten Strähnen ins Gesicht. Schwarzer Lockenfilter. Ich kralle mich immer noch in meine Tasche. Der Biolehrer steht immer noch schützend vor mir.

Ich sehe, wie sie meinem Vater den Arm auf den Rücken drehen, ihn ins Auto stopfen und wegfahren. Im Auto reißt er den Kopf nach mir herum und schreit immer noch.

Ich kann nicht glauben, dass das alles wirklich passiert.

»Willst du nicht die Tasche abstellen?«, fragt Herr Bast ganz ruhig.

Am Abend bringen sie ihn in die Pension zurück. Alle stehen an ihren beschissenen Fenstern und auf dem Gang und vor dem Haus und schauen zu, wie er mit dem Polizeiauto abgeliefert wird. Wie ein beschissenes Postpaket. Mein Vater kann gut dafür sorgen, dass alle blöd herumstehen und noch blöder glotzen. Wie heute früh.

Meine Mutter nimmt ihn weinend in Empfang. Rami hängt ihr dabei am Bein wie eine Klette und heult ebenfalls. Meine Mutter fällt ihm um den Hals. Ich stehe hinter ihnen. Wie es mir geht, interessiert niemanden. Dabei tut es mir leid. Sogar sehr.

Die Tante hat sich als Einzige nicht von ihrem Posten am Fenster entfernt. Sie muss ja auf den Mond warten und auf die Sterne, die ohne sie nicht am dunkel werdenden Nachthimmel erscheinen würden. Sie feilt an ihrem Finsterblick.

Wir sitzen im Zimmer rund um unseren kleinen Tisch. Mama lächelt wie mit der Pinzette gezogen. Bietet Tee an. Was anderes hat sie ja nicht. Papa und ich sitzen uns gegenüber. Ich zittere. Damit man das nicht sieht, halte ich mich am Tisch fest. Die Knöchel sind ganz weiß. Mein Vater zittert auch. Er hat gerötete

Augen. Aber seine Hände sind vollkommen ruhig. Die Tasse, die er hält, schwebt bewegungslos vor seinem Mund.

Und er sagt: »Wenn unser Antrag jetzt abgelehnt wird, bist du schuld. Du.«

Ich weine sofort los, obwohl ich irgendwo in einem hinteren Winkel meines Verstandes genau spüre, dass es falsch ist, was er sagt. Ich habe ihn nicht gezwungen, vor der Schule zu toben. Ich kann doch nichts dafür, dass die gemeine Pensionschefin den Anruf von Lauras Mutter einfach nicht weitergeleitet hat und meine Eltern nicht gewusst haben, wo ich bin. Und natürlich haben sie sich wüste Sorgen gemacht. Aber ich kann trotzdem nichts dafür!

Meine Mutter lächelt und lächelt, streicht ihm über die Stirn und flötet ihn an. Mit einer Nachtigallenstimme spricht sie auf ihn ein, nein, mit einer Taubenstimme, so gurrend und so einschmeichelnd. Dass ich das nicht absichtlich gemacht hätte. Ein Fehler, gewiss, aber nicht aus Bosheit. Lauras Mutter hat ja angerufen. Nur hat die Wirtin ihnen nichts ausgerichtet. Einfach gar nichts. Und mir würde es ja so leidtun. Ich wusste es doch nicht. Ich wollte das nicht.

Und trotz all den Tränen und dem Schuldgefühl spüre ich auch, dass ich ein Stück weiter wegstehe als vorher. Wenn unsere Familie ein Haus wäre, stünde ich jetzt auf der Schwelle, mit einem Fuß im Garten, die Gartentür in Blickweite.

Und er schreit wieder, knallt die Tasse auf den Tisch und schüttelt ihren Arm von seinen hochgezogenen Schultern.

»Wir dachten, dir sei etwas passiert! Wie konntest du das machen?«

Ich heule. So richtig schlimm. Zwischen Rotz-Hoch-ziehen und Nach-Luft-Schnappen bekomme ich nur stoßweise Wortbröckchen hin.

»Ich wollte das nicht, ich wusste es doch nicht! Ich dachte, ihr wisst, wo ich bin!«

Und Mama und Papa schauen beide so, als hätte ich wieder etwas Falsches gesagt. Ich versuche es doch zu erklären! Ich habe doch schon gesagt, wie leid mir das tut.

»Dass wir nicht wussten, wo du bist, ist nur eine Sache.« Papa spricht, als wäre ich eine kranke, störrische Kuh. »Noch schlimmer ist, dass du mutwillig eine Nacht außer Haus verbringen wolltest.«

»Das machen hier alle so«, schniefe ich. Die Wut, die durch den Schrecken und das Mitleid mit ihm und mit Mama tief in meinen Bauch abgesunken war, beginnt sich zu regen wie ein Drache, der lange braucht, um wach zu werden.

»DU machst das nicht! Du bist nicht eine von denen!«

»Das ist hier aber ganz normal!«, schreie ich. Der Drache bricht aus, ohne Rücksicht auf mich zu nehmen. Mein Kopf und mein Bauch werden so heiß, dass ich fürchte, die Worte werden als Flammenzungen zwischen meinen Lippen hervorkommen. »Du wirst es nie verstehen! Nie! Nie! Wenn wir nicht hierbleiben dürfen, dann liegt es nicht an mir! Sondern an dir! An dir!!«

Mama stellt sich zwischen meine Feuersbrunst und

Papa. Arme Mama. Eine Hand auf meiner Schulter, eine auf Papas Arm, wie aufgespießt zwischen uns. »Bitte, Eli«, sagt sie. »Sie meint das nicht so. Sie meint das anders. Bitte. Sonst kommt die Polizei gleich noch einmal.«

»Was soll sie denn anderes meinen«, brüllt mein Vater los. »Die ist doch genau wie deine Schwester! Du weißt, was mit Mädchen passiert, die so sind. Du weißt, was solche Liederlichkeit bedeutet!« Und er dreht sich der Tante zu, die immer noch beim Fenster sitzt. »Solche enden wie die da! Hast du deine Tochter nicht besser erziehen können, als die erzogen wurde?«

Da steht die Tante auf, steht ganz gerade, ganz ruhig. Und macht sich groß. Und größer. So, dass es mir vorkommt, als reiche sie gleich bis zur Decke. Von ihren Schultern fällt ihr schwarzes Tuch lautlos hinunter. Wie dunkler Schnee. Im Gegensatz zu seinen Schultern sind ihre ganz gerade. Sie macht sich breit. Sieht nicht mehr aus wie eine Katze. Sieht aus wie eine Kobra vor dem Angriff. Alle werden wir ganz still.

Und meine schweigsame Tante öffnet den Mund und spricht sehr laut.

»Du brauchst mir nichts zu erzählen von Anstand. Du bist schuld, dass ich so leben muss, wie ich lebe. Und du weißt das.«

Es entsteht eine Pause. Mein Vater hält den Mund.

Dann sagt Amina müde: »Du weißt, was du mir und meinem Mann schuldig bist. Ich muss dich nicht daran erinnern. Du hast uns verraten.«

Sie dreht sich wieder um. Sinkt zusammen, hebt ihr Ziegenhaartuch auf, zieht es sich fest um die Schultern, wendet sich wieder dem Fenster zu und ihrer unermüdlichen Mondarbeit.

Trotz allen Schreckens dieser Tage bin ich wie elektrisiert. Dieses Ungreifbare, das Amina umgibt, hatte sich für einen Augenblick gelichtet. Und ich spüre eine Geschichte dahinter, von deren Dimension ich keine Ahnung habe, aber die auf einmal konkret ist. Es gibt eine Geschichte hinter dem Schweigen. Eine Geschichte hinter den Schleiern, mit denen alle ihre Vergangenheit bedecken. Wir haben zwei Vergangenheiten. Eine vor dem Krieg und eine danach. Eine gemeinsame Vergangenheit, mit Städten und Dörfern, der Arbeit und Sport, mit Gärten, Schulen und schönen Straßen mit Cafés und Restaurants, mit Autos und Bussen und Ferienreisen. Alles harmlose, normale Dinge, alles Alltag. Und mit der Trennlinie, die der Krieg zwischen all das und uns gezogen hat, hinter dieser Linie beginnt das Nichtgemeinsame. Das, was jeder von uns dann erlebt hat und nur für sich allein weiß.

In der Schule tuscheln sie jetzt noch viel mehr als vorher. Wegen Papa. Danke, echt. Es tuscheln sogar die, denen ich vorher egal war.

»Das nächste Mal kommt hier einer von denen noch mit Bomben an«, sagt der Schnösel aus der Nebenklasse. »Die kapieren es einfach nicht.« Und die beiden Trottel neben ihm lachen.

Laura geht demonstrativ mit hoch erhobenem Haupt und Arm in Arm mit mir an denen vorbei. Zu dem Schnösel sagt sie laut: »Ist was? Was hast du für ein Problem? Zisch ab!«

Ich habe ihr immer noch nicht gestanden, wie verlassen ich mich gefühlt habe, als sie vor der Schule einfach weg war. Einfach nicht da.

In der großen Pause kommt Frau King in die Klasse. Sie sieht in ihrem schmalen schwarzen Kleid elegant und gleichzeitig auch wie eine Vogelscheuche aus. Dabei hat sie selbst etwas von einer Krähe. Streng, aufmerksam, hager, schwarz, mit vornübergebeugtem Kopf und langer, spitzer Nase.

Ich verstehe gar nicht, warum sie die Krähen nicht mag, die sind doch ihre nächsten Verwandten. Ich sage das zu Laura. Die prustet laut raus. Sie wird ab jetzt nur noch »Krähenking« sagen. Ich weiß es jetzt schon.

Krähenking kommt also in die Klasse, zuerst der Kopf, späht hinein mit ihren dunklen Augen, dann die Schultern, dann die ganze Person. Sie nimmt mich beiseite. Laura will dabeibleiben. Sie bittet Laura zu gehen. Mir wird ein wenig schlecht. Laura winkt mir zu und dreht sich zum Fenster. Frau King führt mich hinaus. Draußen steht eine Frau, die ich noch nie gesehen habe.

»Das ist Frau Wischmann«, sagt die King und lächelt. Dieses Lächeln sieht bei ihr noch unheimlicher aus, als wenn sie streng schaut. Die Strenge ist nämlich echt.

Ich weiche zurück. Wie eine von der Polizei sieht die Frau aber nicht aus. Auch nicht wie eine Beamtin von den Behörden, wo ich mit Papa gewesen bin. Aber was weiß ich, wie die hier noch aussehen können, die Beamten. Frau Wischmann hat ein rotes Kleid an. Ein schönes Rot. Und grüne Sandalen. Und die Zehennägel sind grün lackiert. Und ein Doppelkinn hat sie auch. Und eine rote Brille auf der Nase. Ich versuche sie einzuschätzen.

»Frau Wischmann möchte mal mit dir reden«, sagt Krähenking.

Frau Wischmann sagt: »Hallo«, und streckt mir die Hand hin.

Ich nehme sie und sage auch: »Hallo.«

Sie sieht mir direkt in die Augen, ihr Händedruck ist genau richtig, nicht zu fest, nicht zu lahm. Ich schüttle ihre Hand und denke: Nicht schon wieder. Nicht schon wieder diese endlosen Befragungen, diese Papierbögen zum Ausfüllen, meine ganze Geschichte von vorne und wieder von vorne, und bei jeder Wiederholung wird sie noch ein bisschen absurder und meine Vergangenheit noch unverständlicher, weil ich sie jedes Mal durch die Augen meines Gegenübers sehe, bei jeder Wiederholung. Und die Gesichter spiegeln Unverständnis. Und Mitleid. Und dieses »Oh mein Gott, was redet die denn, armes Ding« oder »Ich hoffe, sie steckt mich nicht mit etwas Exotischem an«.

Die King wiederholt: »Frau Wischmann möchte mit dir sprechen.«

Ich möchte aber nicht mit Frau Wischmann sprechen, so viel ist mir klar.

»Es läutet gleich«, sage ich hoffnungsvoll.

Krähenking zuckt mit ihren schwarzen Schultern und sagt: »Ich gebe dir die Stunde frei.« Sie geht in die Klasse hinein und schließt die Tür hinter sich.

Ich und Frau Wischmann stehen alleine auf dem Gang.

Sie strahlt, als ob das das Schönste auf der Welt wäre, mit mir im leeren Schulgang zu stehen, und sagt: »Kommst du mit.«

Es ist keine Frage.

Ich trotte hinter ihr her zum Schularztraum, der abgeschlossen ist. Kein Schularzt heute. Sie muss aus dem riesigen Schlüsselbund ziemlich lange nach dem passenden Schlüssel suchen und stößt etliche Schlüssel in die silberne Öffnung des Schlosses.

Dass sie mit mir sprechen will, hat sicher mit meinem Vater zu tun. Ich könnte ihn würgen. Aber ich weiß, dass ich ihn sicher nicht weiter in Schwierigkeiten bringen werde. Ich weiß nur noch nicht, wie ich das machen soll. Ich will nicht lügen. Ich kann das gar nicht. Ich werde dann rot und schwitze und weiß nicht, wo ich hinschauen soll. Nein. Ich werde nicht lügen. Im schlimmsten Fall werde ich schweigen. Mir ist so schlecht.

Sie lädt mich mit einer ausladenden Armbewegung in den Raum hinein. Ich sehe die Liege und das dunkle Patchworktuch darüber, starre in die Muster und mache mich bereit, in meinen Märchenwald zu flüchten. Strecke die Hand aus und berühre die Wand, stelle mir vor, sie wäre ein Baumstamm. Fast höre ich ein Blätterrascheln über mir. Halbdunkel im Schatten der dichten Baumkronen. Vogelschreie.

»Madina«, sagt sie.

»Setz dich«, sagt sie.

Und dann noch einmal, lauter: »Madina!«

Meine Hand liegt nicht auf einem Baumstamm, sondern an der Schulwand. Sie ist kühl und trocken.

Frau Wischmann macht es sich hinter dem Schularzttisch bequem, schlägt die Beine übereinander und lächelt mich an. »Ich möchte mal mit dir über den Vorfall letzte Woche sprechen.«

Sie beugt sich erwartungsvoll nach vorn.

Das war klar. Was denn sonst. Ich kreuze die Arme vor der Brust, sie öffnet ihre demonstrativ entspannt. Ich habe es schon verstanden. Ich soll glauben, sie sei vertrauenswürdig.

»Papa kann nichts dafür«, sage ich. Und schaue zu Boden. »Er hatte große Angst um mich.«

»Das glaube ich auch«, sagt sie. Und nimmt mir damit den Wind aus den Segeln.

Ich fahre mit Laura im Bus. Wir schauen aus dem Fenster. Es ist doch mehr Raum zwischen uns, der mit Unpassendem gefüllt ist, als ich dachte. Ich will ihr nah sein und sie mir auch, aber da ist dieses andere. Das, was immer wieder dazwischenfunkt. Sie versucht es zu ignorieren, ich weiß, und ich versuche es zu überwinden, aber manchmal holt es uns einfach ein und ist da, mal kniehoch und mal ein Bergmassiv. Es liegt nicht an uns. Ehrlich. Wir versuchen es ja. Und wir schaffen es auch immer wieder. Das andere ist unberechenbar. Wir haben es nicht in der Hand.

Lauras Mutter hat mich nicht eingeladen wie sonst. Heute wär unser Pizzatag. Egal, ich habe sowieso keinen Hunger.

Ich komme nach Hause. Die Katze läuft mir entgegen und schmiegt sich an mein Bein. Ich habe heut keine Energie für sie. In meinem Kopf schwirrt noch das Gespräch mit Frau Wischmann. Ihre Vorschläge, die eigentlich keine Vorschläge sind, sondern Befehle. Und die Gewissheit, dass es sehr schwer werden wird, Papa von dieser Notwendigkeit zu überzeugen.

Ich höre meine Eltern schon von der Treppe aus

streiten. Bleibe dann vor der Tür stehen. Lehne mich an die Flurwand.

Ein Nachbar kommt die Treppe runter. »Na, du kannst dich auf was gefasst machen«, sagt er genüsslich.

Meine Eltern werden immer lauter.

Ich könnte jetzt die Tür aufmachen. Ich tue es aber nicht. Ich höre ihnen zu.

»Das geht so nicht«, schreit mein Vater. »Nicht in meinem Haus!«

»Als ob du eines hättest.« Das war die Tante.

»Du hältst das Maul!« Die Stimme meines Vaters wird noch lauter. Gleich ist er heiser.

Meine Mutter gurrt. Wie kann sie das nur?

»So geht es nicht weiter. Rami soll auf sie aufpassen.«

»Das meinst du doch nicht ernst«, sagt meine Mutter.

Ich spüre, wie die Wut in mir aufsteigt.

Wie bitte? Mein Vater muss komplett übergeschnappt sein. Rami, der Furz! Meine Hand liegt schon auf der Klinke, ich will hineinstürmen und ihn fragen, ob das wirklich sein Ernst ist, dass mein siebenjähriger Bruder auf mich aufpassen soll, der sich nicht einmal die Turnschuhe so zubinden kann, dass die Schnürsenkel auch halten, der immer auf diese offenen Schnürsenkel steigt und auf die Schnauze fällt! Der heult, weil er nicht ins Kino darf wie die anderen!

Aber irgendwas hält mich davon ab.

Ich lehne mich zur Tür hin.

»Dafür bin ich nicht gegangen! Dafür habe ich nicht den Weg auf mich genommen!«

»Sei doch froh, dass es zu Ende ist«, sagt meine Mutter. »Sei doch froh, dass wir hier in Sicherheit sind. In Sicherheit, vergiss das nicht!«

»Damit sie hier allen Anstand verliert! Ein junges Mädchen, das sich die Nächte um die Ohren schlägt!«

Und Mama wieder sanft: »Sie war erschöpft. Sie haben so viel gelernt an diesem Abend.«

Das ist wirklich süß von ihr, ich habe nämlich die Hausaufgabenhefte nicht einmal aus meiner Tasche geholt, als ich bei Laura blieb. Wie schon öfter.

»In Häusern, in denen Männer schlafen!«

Ich weiß zuerst gar nicht, was er meint. Mir wird heiß und kalt, als ich eins und eins zusammenzähle. Markus. Das alles nur wegen Lauras Bruder. Ich könnte lachen, wenn es nicht so schlimm wäre. Nicht so verdammt unlustig.

»Wer wird sie so heiraten wollen?«

Heiraten? Ich könnte kotzen, auf der Stelle.

Und meine Mutter: »Sie ist doch noch so jung. Warum denkst du jetzt daran? Sie hat doch noch Zeit.«

Danke, Mama.

»Dieses Land macht uns kaputt. Du vergisst alles, was war. Du vergisst, was sich für uns gehört. Das wird böse enden.«

»Wir wären doch alle umgekommen«, sagt meine Mutter. »Sei doch froh, dass wir hier sind. Ich bitte dich, komm zur Vernunft.«

»Ich werde nicht zuschauen, wie meine Tochter

hier … hier …« Er würgt, er stößt einen Seufzer aus, er ringt da drin nach Worten.

Ich ringe draußen nach Luft. Gleich. Gleich spricht er es aus. Und ich weiß, ich weiß, das ist das Ende zwischen uns, und ich will kein Ende haben zwischen uns. Das ist doch mein Papa. Auf dessen Schoß ich saß. Dem ich vertraue. Den ich liebe. So oder so.

Aber er sagt es nicht. Er seufzt, er stampft mit dem Fuß auf, aber sagt das Wort nicht, vor dem ich solche Angst habe. Kein Wort über meine oder seine Ehre.

»Und wenn sie vor die Hunde geht hier, bin nur ich schuld«, sagt er plötzlich nicht mehr laut.

Ich drücke mein Ohr gegen die Tür und spüre den rissigen Lack auf meiner Wange.

»Ich habe sie hergebracht. Es liegt an mir.«

»Du trägst doch keine Schuld am Krieg«, sagt meine Mutter.

»Aber ich trage Verantwortung. Für alles, was war. Für alles, was kommt.«

Mama sagt gar nichts mehr. Wahrscheinlich umarmt sie ihn, denn als er wieder zu sprechen beginnt, klingt seine Stimme so gedämpft, als würde er in ihren weichen Bauch sprechen, in ihren Busen hinein, in ihre Arme.

»Das war ein Fehler. Wir hätten nicht weggehen sollen.« Und dann lange Stille.

Und dann wieder Mama: »Du hast uns gerettet.«

Und Papa: »Damit wir hier vor die Hunde gehen. Meine Mutter zu Hause und wir hier. Ich weiß gar nicht, was schlimmer ist. Und wenn sie uns wieder hinauswerfen und sie kommt zurück … Kommt so zurück, wie sie jetzt ist, oder noch schlimmer, wie sie noch werden wird. Als so ein Mädchen. Eine Schande.«

Und Mama: »Was redest du denn da?« Und auf einmal ist auch ihre Stimme härter. »Was ist los mit dir? Du hast doch zu Hause nie so gesprochen. Wieso denn jetzt auf einmal?«

»Weil. Hier. Alles. Anders. Ist.«

Papas Worte verlassen seinen Mund wie Geschosse. Ich muss an die Kugeln denken, die besonders schwere Verletzungen im Körpermaterial anrichten. »Körpermaterial« sagte mein Vater immer zu dem blutigen Fleisch, zu der zerfetzten Haut, den gebrochenen, weiß hervorragenden Knochen, bevor wir darangingen, mit Alkohol zu desinfizieren, Knochen zusammenzufügen, Nähte zu nähen. Und einer musste den Verletzten den Mund zuhalten, damit sie niemand im Keller schreien hörte. Ich weiß, wie sich ein Männermund anfühlt, den man mit aller Kraft zudrücken muss, die harten Bartstoppeln unter den Fingern, die trockenen Lippen. Diese Kugeln drangen ein und gingen im Körpermaterial auf wie entsetzliche Stahlblumen mit scharfkantigen Rändern, die sich in der Feuchtigkeit öffneten. Ein Totblühen. Da war er ruhig. Da hat er nie getobt, nie geschrien, mir nicht misstraut. Nein, er glaubte mir damals. Er war der Chirurg, und ich war seine Assistentin. Er war stolz auf mich. Und ich war auch stolz, wenn ich mich nicht gerade hinterm Haus übergeben musste.

Und Papa schießt weiter scharf. »Weil wir hier fremd sind. Und zusammenhalten müssen. Weil uns dieses Land sonst frisst. Was bist du schon ohne deine Vergangenheit? Nur ein Nichts hat keine Geschichte. So. Genug.«

Und Mama versucht es wieder auf die Taubenart. Sie ist unermüdlich darin. Erschreckend zäh, so zäh wie er, nur anders. »Sie schlägt sich tapfer hier. Sie hilft uns. Du kannst dich auf sie verlassen.«

»Natürlich hilft sie uns! Wir sind doch eine Familie!«

»Eben«, sagt Mama. »Kannst du dich ohne sie verständigen? Ich nicht.«

Papa knurrt irgendetwas, das durch die Tür nicht verständlich ist.

»Vertrau mir. Vertrau ihr. Sie kennt dieses Land besser als du.«

Und mein Vater schreit wieder los. »Gar nichts kennt sie! Sonst hätte sie das nicht getan! Ab sofort werden hier andere Regeln aufgezogen, bevor es zu spät ist. Nein, lass mich los. Lass mich in Ruhe!«

Ich höre, wie ein Stuhl rückt und auf dem Boden aufschlägt.

Ich richte mich schnell auf und trete einen Schritt von der Tür zurück. Sicherheitshalber.

Und er macht drei laute Schritte auf die Tür zu, jeder einzelne bringt das Zimmer zum Beben, reißt sie auf, weil er flüchten will vor den Blicken meiner Mutter, vor ihren Zärtlichkeiten, und steht mir gegenüber.

Ich halte seinem Blick stand.

Er räuspert sich. Mama erstarrt, mit beiden Händen krallt sie sich in die Stuhllehne.

Ich nehme alle Kraft zusammen, die ich habe. Ich habe das Gefühl, beim Luftholen alles zu mobilisieren, was mir möglich ist. Ich. Muss. Das. Schaffen. Jetzt.

»Papa, ich muss mit dir reden«, sage ich.

Er grinst, halb aggressiv, halb hilflos. »Ach ja. Tatsächlich.«

Und meine Mutter im Hintergrund: »Liebling. Bitte!«

Er sagt: »Komm herein.« Er nimmt meine Hand, wie er sie genommen hat, als ich noch klein war und wir gemeinsam auf der Landstraße unterwegs waren. Er nimmt meine Hand, wie er sie nahm, als wir unsere Rucksäcke schulterten. Ich entziehe sie ihm nicht. Er führt mich ins Zimmer. Wir setzen uns an den Tisch. Meine Tante verlässt augenblicklich den Raum.

»Die Schule will, dass wir uns alle zu einem Gespräch zusammensetzen«, sage ich.

»So, wollen sie das? Wollen sie auch die Polizei noch einmal rufen und mich wie einen Schwerverbrecher abführen lassen?«

»Du bist dort ausgerastet. Was hätten sie tun sollen?«

»DU hättest dich benehmen sollen!«

Darauf reagiere ich nicht, so, wie es mir Frau Wischmann vorgeschlagen hat. »Wir müssen mit ihnen sprechen, Papa.«

»Ich habe es dir ja gesagt. Wenn wir jetzt abgelehnt werden ...«

»Papa, die Schule will uns helfen. Die haben eine Frau geschickt, die bei uns vermitteln soll. Damit wir eben keinen Ärger bekommen. Wir müssen nur mit-machen. Bitte.«

Mein Vater explodiert wie ein Vulkan. Sogar sein Kopf wird augenblicklich lavarot. Gleich glühen seine Lippen. Er springt auf.

»Ich spreche doch mit keiner wildfremden Frau über das Verhalten meiner Tochter«, poltert er los. »Es steht überhaupt nicht zur Diskussion, etwas zu besprechen, was niemanden außer uns etwas angeht!«

»Doch, Papa. Wenn du mich öffentlich schlägst, dann geht es alle etwas an. Das ist hier so.«

Mein Vater beginnt, immer schnellere Kreise um den Tisch zu ziehen, an dem ich immer noch sitze. Ich bin nicht sicher, ob er mich mehr an einen Haifisch er-innert, der sein Opfer einkreist, oder an ein Modell-flugzeug, das außer Kontrolle geraten ist.

»Nicht in meinem Haus! Nicht in meiner Familie!«

»Papa«, sage ich. »Wenn du willst, dass wir wieder ein eigenes Haus haben, dann müssen wir das jetzt. Wenn wir nicht mitmachen, wird es eine Anzeige ge-ben. Und das, Papa, das ist wirklich Ärger. Das weißt du doch selbst.«

Mama mischt sich erstmals in unseren Zweikampf ein. »Madina hat recht. Es geht doch nur darum zu zeigen, dass wir hier zurechtkommen und uns an ihre Regeln halten. Bitte. Denk an uns alle.«

Er seufzt. »Das wird Konsequenzen geben. Auch für dich, Madina. Ja. Ich gehe auf sie zu, ich verstehe den Punkt. Aber ich werde auch Maßnahmen ergrei-fen. So geht es nicht mehr weiter.«

»Papa«, sage ich, »es ist doch nur ein Gespräch.

Wir haben schon so viele Gespräche gehabt, die sinnlos waren. Das hier ist sinnvoll.«

Er grummelt etwas. Aber ich sehe schon, er ist kein Vulkan mehr, sondern eher eine versiegende Lavaquelle, in der der Druck absinkt. »So hast du früher nie mit mir gesprochen«, sagt er. »Du hast mich nicht angezweifelt.«

»Papa, ich habe dich doch lieb«, sage ich, und mir kommen die Tränen, weil ich spüre, wie ein Riss zwischen uns aufklafft, von dem ich nicht weiß, ob er sich jemals wieder schließen wird.

Er bleibt stehen, stützt sich auf den Tisch und senkt den Kopf. Ich spüre, wie die Tränen meine Wangen entlangrinnen und auf meinen Hals tropfen. Mama tut gar nichts. Nicht, weil es ihr egal ist. Eher, weil sie wirklich nicht weiß, was sie tun soll.

Er atmet schwer. Reibt sich die Brustgegend, als ob er Schmerzen hätte. Der Kopf ist immer noch feuerrot. »Ich lasse mir nicht von einer Frau vorschreiben, was ich zu tun habe und was nicht. Auch nicht von mehreren Frauen«, sagt er schließlich.

»Das kannst du hier nicht so machen.« Bevor ich mir auf die Zunge beißen kann, weil alles eigentlich schon in den richtigen Bahnen läuft, zumindest irgendwie, höre ich mich schon sagen: »Das macht man hier nicht so.«

Er wirft mir einen Blick zu, der mir ein ganz klammes Gefühl im Magen bereitet. Wild, hasserfüllt. So hat er mich noch nie angesehen.

Ich schlucke. Zwinge mich, ihn anzusehen. Seine Lippen zittern. Und seine Hände.

Er holt tief Luft, wartet, bis die Hände nicht mehr unkontrolliert beben, und sagt: »Sie haben dich gestohlen.«

Ich will jetzt meine Ruhe haben. Ich sitze unter der Treppe neben der Kellertür, die Knie bis zum Kinn hochgezogen. Mein Po ist schon ganz kalt. Es riecht modrig. Ich bin so müde, dass mir ab und an die Augen zufallen. Ich sitze hier unten und habe keine Angst. Es ist nicht wie der Keller, in dem wir saßen, als die Bomben fielen. Ich sitze mit voller Absicht hier.

Ich will spüren, dass dieser Keller ein anderer Keller ist und nicht unserer. Unser Bombenkeller, in dem Mama und ich Rami Märchen erzählt haben, damit er schneller einschläft. Ich habe erzählt, und dabei habe ich geheult, aber so ganz leise bis lautlos.

Ich sitze da und spüre, wie meine Beine taub werden und die Arme zu kribbeln beginnen. Den Rücken fest gegen die Wand gedrückt und mein Tagebuch neben mir auf dem Boden. Das trage ich in letzter Zeit immer mit mir herum wie einen Mitverschwörer.

Ich habe keine Lust hinaufzugehen. Wahrscheinlich suchen sie mich. Egal. Irgendwann schalten sie das Licht auf dem Gang aus. Irgendwann ruft meine Mutter nach mir. Nicht mein Vater. Ich antworte nicht. Und noch ein bisschen später höre ich vorsichtige Schritte, nehme mein Tagebuch und schiebe es mir unter die Jacke, damit es keiner sieht. Beuge mich etwas vor und sehe Rami im Halbdunkeln die letzten Stufen zum Keller herunterkommen. Die Angst steht ihm ins Gesicht geschrieben, er zwingt sich, die Stufen hinunterzusteigen. Mit einer Hand hält er sich ganz fest am Geländer, die andere hat er in der Hosentasche zur Faust geballt. Eine Stufe nach der anderen zwingt er sich hinab. Das strengt ihn so an, dass ihm ein kleines Stückchen Zunge aus dem Mund ragt. Ich habe ihm das schon so oft gesagt: Er soll das nicht machen. Er soll aufpassen. Nie mit Zunge raus herumlaufen. Er hat es mir versprochen. Aber er merkt es nicht, wenn es ihm passiert. Wenn er jetzt stolpert, beißt er sich voll auf die Zunge.

»Hallo«, sage ich, damit er mich gefunden hat und sich nicht allein im Keller weiter fürchten muss, weil er ja nicht weiß, ob er da allein ist mit der abgestandenen Luft und den seltsamen Schatten, die die aufgetürmten Kartons am Eingang werfen. Ich mag diese Schatten, da sieht man mich nicht sofort, wenn das Licht an ist.

Er hebt den Kopf und schaut suchend, die Zungenspitze verschwindet. Sieht immer noch aus wie ein kleiner Angsthase. Und als er mich endlich sieht, macht er ein ernstes Gesicht. Die Augenbrauen sind über der Nasenwurzel zusammengezogen und die Mundwinkel nach unten. Wie Papa das macht. Er trägt ein buntes T-Shirt mit einem Bären darauf und kurze Kniehosen, die einmal lang waren. Und er stemmt seine dünnen Arme in die Seite und sagt streng: »Du kommst jetzt mit mir mit.«

Ich muss lachen. Und sage: »Sicher nicht.« Aber er kann sich gern zu mir setzen, wenn er will.

Er überlegt kurz, was er nun tun soll, und sagt:

»Doch. Du musst mitkommen. Ich bin der Zweit-wichtigste nach Papa, und du musst tun, was ich dir sage.« In seinem Gesicht kämpft ein wilder Stolz mit wilder Verzweiflung. Schon cool, endlich ein Zweit-mann der Familie zu sein. Und voll scheiße, wenn kei-ner darauf reagiert.

»Weißt du was«, sage ich zu ihm. »Ich komm mit. In einer halben Stunde. Setz dich hin und warte mit mir, okay?«

»Das darf ich doch nicht«, sagt er. »Papa wird böse.«

Ich kenne das. Ich weiß, wie das ist, wenn man sich vor Papas Ausbrüchen fürchtet, die nur selten, dafür aber umso heftiger ausfallen. Er wirft mit Geschirr, mit Möbelstücken, mit allem, was ihm unter die Hand kommt, er tobt, er brüllt. Nachher tut es ihm meist leid, und wir sammeln die Bruchstücke wieder ein. Früher, als noch kein Krieg war, hat er uns schöne Dinge gekauft für die, die er zerstört hatte. Es hat ihm wirklich leidgetan. Im Krieg tobte er fast nie. Etwas musste schon gewaltig schiefgehen, um ihn in Wut zu versetzen. Im Krieg ist das so, man weiß, was wirklich Ärger ist. Man reißt sich die ganze Zeit zusammen. Und dann ist das Nervenkostüm später oft so dünn, dass noch viel geringere Kleinigkeiten ausreichen.

»Setz dich, Rami«, sage ich.

Er kommt zwar gehorsam zu mir, bleibt aber als Kompromiss fordernd stehen. Seine Unterlippe zit-tert, gleich wird er anfangen zu weinen.

»Ist ja schon gut«, sage ich. Stehe auf, hebe meine Jacke hoch und nehme mein Tagebuch.

»Was hast du da?«, fragt Rami.
»Nix«, sage ich. »Gehen wir.«

Wenn mir mein kleiner Bruder überall nachtrottet wie ein zugelaufener Hund, drehe ich irgendwann durch.

Wie gut, dass ich einfach überall in meinen Wald gehen kann, auf meine eigene Reise. Diesen Ausweg können sie mir nicht verbieten. Wenn ich zur Tür hinausgegangen und später auch an den Wölfen vorbeigeschlichen bin, so lautlos wie zuvor an dem Steinblick der Tante, beginnt das dunkelste Dunkel des Waldes. Dort, wo sich die Wölfe nicht hintrauen. Da trau ich mich auch nicht hin. Aber man kann den Wald nicht durchqueren, ohne diese Finsternis zu kreuzen. Ich bin öfter auf hohe Bäume geklettert und habe über die riesige graugrüne Fläche der Baumwipfel gesehen. Der Wald erstreckt sich nach links und nach rechts. Ich sehe in ein Meer aus Grün, dunkel und hell. Zarte Triebe, alte, absterbende Äste mit Moos dran. Wipfel, die sich neigen wie Wiesengräser. Der Wind reißt an den Haaren. In weiter Ferne, am Horizont, eine flache Ebene, hinter der sich eine rostrote Bergkette erhebt, und dann ist auch das Meer nicht mehr weit. Aber um zum Meer zu kommen, müsste ich zuerst ins Finstere hinein. Ich weiß, dass ich das nicht kann.

Meine Laurawut ist vollständig verraucht, es bleibt nur noch eine Lauraangst übrig. Sie fehlt mir, und ich werde immer unsicherer.

Mama bespricht mit Papa, wer mit in die Schule geht. Er sagt, sie nicht. Mama gehorcht.

Amina sieht sie verächtlich an. »Ich würde mein Kind nicht im Stich lassen«, sagt sie.

Mama fährt zusammen. »Ich lasse meine Kinder nicht im Stich.«

»So, wie ihr uns nicht im Stich gelassen habt?«, fragt meine Tante. »Ich gebe keinen Heller darauf.«

Und Papa stürmt auf sie los.

Ich stelle mich ganz schnell dazwischen. Denn noch eine Schlägerei in unserer Familie in diesem Land ist ganz bestimmt eine Schlägerei zu viel.

»Papa«, schreie ich. »Das kannst du nicht machen!« Und zur Tante sage ich: »Geh bitte hinaus.«

Amina macht das sogar. Hört auf mich! Ich folge ihr und schließe die Tür ganz fest hinter mir.

»Provozier ihn doch nicht«, sage ich. »Willst du, dass wir abgeschoben werden?«

Sie schaut nur.

»Was ist los mit euch? Seid ihr verrückt? Was soll das?«

»Du hast doch keine Ahnung«, flüstert sie. Ihr Gesicht versteinert so plötzlich, wie die Zuwendung zu mir davor plötzlich und seltsam war.

»Dann sage mir doch bitte endlich, was los ist. Du siehst doch, ich versuch uns allen nur zu helfen.

Mama sagt, du hast gegen den Willen deines Vaters geheiratet. Das kann doch wohl nicht der ganze Grund gewesen sein.«

»Du willst es wissen, ja?«, fragt Amina. »Warum fragst du nicht deine Eltern? Deinen feinen Vater?«

»Weil er mir nur Schwachsinn erzählt.«

Sie sieht zufriedener aus. »Also gut«, sagt sie. »Wenn du darauf bestehst. Aber ich warne dich. Mit den Folgen musst du selbst zurechtkommen.«

Ich habe keine Ahnung, warum sie mir das sagt.

»Erst heirate ich den, den ich liebe. Was für ein Verbrechen! Und dann ... dann beginnt dein Vater, den Held zu spielen. Den selbstlosen Heiler. Die ganze Show. Und macht alle auf uns aufmerksam. Die waren ja nicht blöd. Die wussten, wer alles in eurem Haus behandelt worden ist. Sie wussten, wer da ein und aus ging. Aber abbekommen haben das Schlimmste ich und mein Mann. Seinetwegen.« Sie zuckt mit den Schultern, halb hilflos, halb wütend. »Nur weil wir mit euch verwandt sind. Nur deswegen.« Ihre Stimme ist völlig verändert. Dumpf. Das Lächeln ausgelöscht. »Und jetzt, da mein Mann tot ist und ich gesucht werde, genauso wie dein sauberer Herr Vater, jetzt tut er so, als wäre ich nichts wert. Und keiner ist da, um mich zu schützen. Mein Mann hat für deinen Vater bezahlt. Und dein Vater spuckt mir noch ins Gesicht dafür.«

»Mein Papa würde das nicht tun«, stammele ich. Ich will es so gerne glauben. Ich will es wirklich sicher wissen. Aber das Wissen und das Wollen klaffen in diesem Moment auseinander. Und das, was im Spalt erscheint, macht mir Angst, mehr als alles.

»Ich will nichts mehr dazu sagen.«

»Ich versuche doch zu verstehen. Vielleicht ... vielleicht kann man es ja lösen. Oder?« Alles kann man lösen, hat unsere Lehrerin gesagt. Wenn man nur bereit ist, darüber zu reden, um es zu ändern. Ich will so gerne daran glauben, dass man alles lösen kann.

Amina lacht. Ganz gruselig. Ich habe sie seit langer, langer Zeit nicht mehr lachen gehört.

Frau Wischmann hat sich schön gemacht. Diesmal ein grünes Kleid und rote Strümpfe und rote Ohrringe. Ein bisschen wie der Tannenbaum, der im Dezember in der Schuleingangshalle steht. Eigentlich mag ich keine Gesichter mit Doppelkinn. Aber ihres sieht irgendwie nett aus. So gemütlich. Und der rote Lippenstift steht ihr auch gut. Eine Gegenfigur zur Trauergestalt von Krähenking. Frau King trauert ja wirklich. Über Trauer will ich mich eigentlich nicht lustig machen. Ich würde auch nicht wollen, wenn sich jemand darüber lustig macht, dass ich meine Oma vermisse. So ein Vermissen macht einen immer irgendwie lächerlich, weil man so bedürftig wird und so auffällt. Die meisten hier haben ja genug liebe Menschen um sich herum und fühlen sich sicher.

Wir sitzen da um den Tisch im Ärztezimmer: ich, Papa, Frau King und Frau Wischmann. Mama ist bei Rami geblieben.

Frau Wischmann hat eine Thermoskanne vor sich und schenkt allen Tee ein. »Milch?«, fragt sie mit einer so glockenhellen Stimme, dass man sie am Telefon für in etwa so alt halten könnte wie mich. »Zucker?«

Mein Vater bedankt sich artig, nimmt Zucker in

seinen Tee und sitzt so angespannt da, dass diese Unruhe auf alle übergreift. Trotz aller Angst bemerke ich erleichtert, dass die King kein Shortbread mitgebracht hat.

Frau Wischmann erklärt, dass man in diesem Land keine körperlichen Strafen einsetzen darf. Das ist verboten. Das muss mein Vater akzeptieren, und wenn es nicht noch einmal vorkomme, gebe es keine Anzeige. Sie versteht, dass er außer sich vor Sorge war. Aber.

Er will was sagen, doch sie lässt sich nicht aus dem Konzept bringen. Dieser Moment ist für mich eine totale Tortur: Ich müsste aufhören, ihm zu übersetzen, was sie sagt, und anfangen, sie mit ihm gemeinsam zu unterbrechen.

Aber Frau Wischmann bleibt ganz höflich, lächelt freundlich. Ich wünschte, ich könnte das so wie sie. »Die Sorge ist vollkommen verständlich. Aber Gewalt kann nicht geduldet werden. Wir müssen die Situation im Auge behalten.«

Ich bleibe unter Beobachtung, für die nächste Zeit. Das könne nur in seinem Interesse sein, dass es seiner Tochter gut geht, sagt Frau Wischmann.

Das Gesicht meines Vaters ist eine Betonwand. Grau und undurchdringlich. Nachdem er vorher nicht zu Wort kam, das er sich selbst einräumen wollte, will er nun gar nichts mehr sagen. Als Strafe. Es ist schade, dass Herr Bast nicht dabei ist. Dann wäre wenigstens ein anderer Mann mit am Tisch.

»Ihre Tochter lebt sich hier gut ein«, sagt Frau Wischmann. »Vielleicht ist diese Veränderung schwierig für Sie. Ich verstehe, dass Ihnen manches unverständlich vorkommt.«

»Ich verstehe sehr gut«, sagt mein Vater. »Ich verstehe gut. Ich glaube nur nicht, dass es für meine Tochter gut ist.« Und dann sagt er noch: »Sie haben nicht gesehen, was ich gesehen habe. Sie haben nicht erlebt, was meine Tochter erleben musste. Sie glauben, meine Tochter ist hier sicher. Ich bin lieber vorsichtig.«

»Aber Sie können doch nicht Ihren Sohn damit beauftragen, auf die ältere Schwester aufzupassen!«

»Natürlich kann ich das. Wenn Sie mich verstehen würden, würden Sie so etwas nicht sagen.«

Am Ende des Gespräches hat sich Frau Wischmann davon überzeugen können, dass Papa stur ist wie ein Esel. Aber das hatte ich ihr schon zuvor gesteckt.

Auf dem Weg nach Hause räuspert er sich in einem fort. Kurz vor der Pension bleibt er plötzlich mitten am Weg stehen. »Es tut mir leid, dass ich dich geschlagen habe«, quetscht er heraus. »Ich wollte nicht so heftig reagieren. Es tut mir leid.«

Mir auch, Papa. Mir auch.

Ich habe so Angst, dass Laura mich nicht mehr mag. Weil sie jetzt gesehen hat, wie sich mein Vater aufführt. Wie ein Verrückter. Lauras Mutter hat mich nicht mehr eingeladen. Ich halte das nicht aus, wenn Laura weg ist. Ich halte das nicht aus, wenn ihre Mutter nicht mehr will, dass wir befreundet sind. Wenn Laura weg ist, ist Markus auch weg. Ich habe doch sonst nichts hier. Ich will gar nicht daran denken.

Ich gehe mal die Katze suchen.

Laura war heute in der Schule nicht mehr so abweisend wie vorher. Ich fahre jeden Tag mit so einem Bauchweh vor lauter Laurasorgen hin, dass ich noch vor der Glocke aufs Klo sausen muss und in der Pause darauf schon wieder. Bitte, lass Laura nicht böse sein.

Papa ist ein Volltrottel. Echt.

Ich mag nix mehr schreiben. Ich setze mich runter zur Katze. Sonst habe ich Lust auf nichts.

Immer noch keine Lust. Egal.

Rami heult den ganzen Abend. »Madina macht nicht, was ich sage«, rotzt er durch die Gegend. »Ich weiß nicht, was ich machen soll!«

Und Mama lächelt ihr Mamalächeln, für das ich sie im Augenblick schlagen könnte, und sagt: »Du machst das schon.«

»Aber wenn ihr was passiert, bin ich schuld?«, heult Rami weiter. »Ich bin dann schuld.«

»Nein, mein Schatz«, sagt meine Mutter. »Du bist nicht schuld.«

Er glaubt ihr nicht.

Eigentlich ist er auch arm dran. Papas Ideen sind idiotisch. Jetzt wird's lustig, denke ich mir. Jetzt wird es echt schräg. Ich frag mich, wer von uns daran kaputtgehen wird, ich, Rami oder meine Eltern. Ich tippe auf Rami.

He! Laura setzt sich wieder in den Pausen zu mir.

Frau Wischmann sagt, sie will noch ein Treffen. Mein Vater verweigert sich. Ich werde alleine hingehen. Mir kann er es ja nicht verbieten.

War mit Laura beim Getränkeautomaten. Wir haben Coca Cola getrunken und wenig geredet.

Papa und Mama streiten schon wieder wegen mir. Ich gehe dann meistens raus. Manchmal höre ich sie sogar bis in den Hof hinunter.

Höre, wie mein Vater schreit. »Immer muss ich funktionieren, immer muss ich für die anderen funktionieren, immer bin ich Vater, und immer bin ich Ehemann und Verantwortlicher!«

Und meine Mutter widerspricht mittlerweile manchmal auch. Warum er sich auf einmal so an das klammert, was früher war? So kenne sie ihn gar nicht!

Und er brüllt noch lauter, weil er das nicht gewohnt ist. »Weil wir nicht hierhergehören! Schau dir doch an, wie sie mich behandeln! Als ob ich nichts könnte! Als ob ich nichts wert wäre!«

Und Mama sagt: »Sie haben uns aufgenommen.«

Und mein Papa: »Das sind Almosen, widerwillig gegeben!«

»Du wolltest doch hierher!«

»Überleben wollte ich!«

Es ist elend. Elend. Ich brauche Laura dringend, wenn ich nicht in sinnloser Wut ersaufen möchte.

Die King fragt, wie es mir geht. Schlecht geht es mir. Sie erinnert mich daran, mich bei Frau Wischmann zu melden. Ja, ausnahmsweise ist das keine schlechte Idee.

Frage mich, ob Laura das uncool findet, die Frau Wischmann und dass ich jetzt alle paar Wochen zu ihr hinrenne. Ich hoffe nicht. Die Besuche bei der King hat sie uncool gefunden.

Ich warte drauf, dass Laura fragt, wann wir uns wiedersehen. Ich traue mich nicht. Laura fragt aber nicht. Hat, wenn sie mit mir spricht, so was im Gesicht, wie jemand, der auf dem Seil balanciert und sich sehr darauf konzentrieren muss. So balancieren wir jede dahin, jede auf dem eigenen Seil. Ich würde gerne zu der Plattform hin, wo ihr Seil hinführt. Und sie bewegt sich auf Sabine zu. Die immer darauf gewartet hat. Das tut weh.

Paul nutzt die Gelegenheit und setzt sich öfter zu

mir. Ich mag ihn, und es ist gut, nicht ganz allein zu sein, aber er ist nicht Laura. Ich kenne ihn kaum. Er macht mich nervös.

Ich schreibe Laura einen Brief im Deutschunterricht. Die King ist so beschäftigt, dass sie es nicht mitbekommt, obwohl ich in der ersten Reihe sitze. Ich schreibe nicht viel, nur: *Ich mag dich.*

Laura nimmt den Zettel, wartet quälende Minuten, bis sie ihn öffnet. Liest. Lächelt. Kritzelt etwas dazu und schiebt mir das zerknüllte Stück Papier zurück. Darauf ein Smiley. Und: *Ich dich auch, du Depp. Scheiß dich nicht an.*

Ich bin so erleichtert. Nehme das Papier und stecke es in meine Tasche, als ob das ein Liebesbrief wäre. Wenn ich wieder Zweifel bekomme, schau ich in Zukunft immer darauf.

Wir wissen beide, Laura und ich, da ist was passiert, das für uns zu groß ist, um es gleich zu verstehen. Aber ich hoffe doch, dass wir das Stück für Stück gemeinsam schaffen.

Lauras Mutter hat mich wieder eingeladen, aber ich darf nicht hin. Vielleicht kann Laura mich ja besuchen. Jetzt bin ich so traurig, dass es mir egal wäre, wie es hier aussieht.

Pustekuchen. Laura darf auch nicht zu mir.

Wir dürfen zusammen laufen gehen. Morgen. Auf halber Strecke zwischen Lauras Haus und der Pension. Erwachsene sind total bescheuert. Alle. Rami muss mich begleiten und jault schon, weil wir ihm zu schnell sind. Genau. Darauf lege ich es auch an.

»Muss dein Bruder wirklich mit?«, fragt Laura gleich als Auftakt. Ungläubig. Angefressen. Genervt.

Ich habe fürchterliche Angst. Ihre Stimme klingt nicht gut. Sie klingt wie das Rumpeln in den Wolken, bevor ein Unwetter losbricht. So leise, aus der Ferne, aber dennoch eine Gefahr.

Und Rami sagt ganz wichtig: »Ja, natürlich.«

Laura zuckt mit den Schultern. »Wenn du meinst«, sagt sie zu mir. Aber ich sehe genau, es stört sie total. »Dann mal los.«

Wir geben Gas, übers Feld und in den Wald hinein. Da gibt es knorrige Wurzeln mit Moos darauf, denen muss man ausweichen oder über sie springen, wenn man nicht stürzen möchte. Rami schafft das nicht und fällt mehrmals hin. Ich warte das erste Mal noch, bis er sich wieder aufgerappelt hat. Dann nicht mehr. Hinter der Waldwegbiegung sieht man ihn nicht mehr. Rami schreit hinter uns her, ich tue so, als ob ich ihn nicht hören würde. Irgendwann werden die Schreie leiser.

»Das ist doch vollkommen daneben«, sagt Laura. »Entweder du nimmst ihn mit oder nicht, aber das ist jetzt bescheuert. Der verläuft sich ja im Wald.«

Ich sage gar nichts. Laufe weiter. Heule. Sie bemerkt es nicht.

»Komm schon«, sagt sie. »Wir drehen um. Ich habe keinen Bock, ihn stundenlang zu suchen.«

Ich würde Rami am liebsten gemeinsam mit der Krähenking in eine Abstellkammer sperren und den Schlüssel wegwerfen. Ich gehe jetzt schlafen. Gute Nacht.

Laura hat ihre Mutter x-mal angebettelt. Sie darf mich abholen und mit mir draußen etwas unternehmen. Rein ins Haus soll sie aber nicht. Als ob es drin mordsgefährlich wäre. Was glaubt Lauras Mutter eigentlich? Ich lebe seit zwei Jahren hier.

Ich hole Laura beim Eingang der Pension ab. Sie guckt. Laura ist echt etwas aus der Fassung. Das grässliche Haus, die abgeschlagenen Wände, die kreischenden Kinder. Die verschleierten Frauen. Einer von den Männern grinst sie an. Vermutlich nett gemeint. Vielleicht auch nicht. Babylonisches Stimmengewirr im Hof. Der Geruch, der von der Großküche unten herweht. Laura beißt sich auf die Lippe. Einer von den jungen Männern, die vor Kurzem erst angekommen sind, lümmelt vorn bei der Küchentür herum und pfeift Laura nach. Laura zuckt zusammen. Ich nehme sie fest an der Hand. Und stelle mich dazwischen. Zwischen alles, was sie schrecken könnte und das meinen Alltag bestimmt.

»Zisch ab«, sage ich zu ihm. »Mach, dass du wegkommst.«

»Ich möchte hier nicht mehr herkommen«, sagt Laura beim Abschied. »Es ist furchtbar hier.«

Habe mich noch nie so dreckig und unansehnlich gefühlt wie heute.

Bin am Abend heimgekommen und habe mich in mein Bett gelegt, die Decke über den Kopf gezogen und zu schlafen versucht. Das Abendessen habe ich ausgelassen. Keine Lust, irgendwen zu sehen. Nicht mal Laura. Wenn Rami mich heute noch mal anspricht, dresche ich ihn grün und blau.

So. Ich fahre jetzt in die Schule. Rami soll sich bloß von mir fernhalten. Das blöde Arschloch.

Der Unterricht zieht sich. Ich höre niemandem zu. Ich werde aufgerufen und weiß nichts zu sagen. Der Bast schaut rügend und droht mir mit einem Minus. Soll er doch. Ich warte sehnsüchtig auf die Mittagspause. Dann schnapp ich mir Laura und kläre alles. Ich halte dieses Nichtausgesprochene nicht mehr aus.

Laura ist ganz niedergeschlagen. »Es tut mir so leid«, sagt sie ein ums andere Mal. »Es tut mir so leid, dass du dort wohnst.«

»Besser als auf der Straße«, sage ich.

»Aber nur ein bisschen«, sagt sie und grinst sogar ein wenig. »Du könntest zu mir ziehen. Wir haben Platz für dich.«

»Und was mache ich mit meinen Eltern?«, frage ich. »Soll ich sie in eure Rumpelkammer stecken?«

Mein Vater tut dauernd so, als ob nun alles in Ordnung wäre. Gar nichts ist in Ordnung.

Der nächste Brief von Oma ist da. Ich tröste Papa diesmal nicht. Aber es gibt auch wenig Grund, ihn zu trösten: Oma geht es gut. Und Opa auch. Sie war sogar mit Papas Bruder, meinem Onkel, in der Stadt, beim Arzt und bei Freunden. Keine Bomben derzeit. Die Gefechte haben sich verlagert. Bei uns im Dorf ist es ruhig, und die Nachbarn machen sich daran, die Schäden wieder zu reparieren. Dächer werden geflickt. Fenster und Türen gerichtet. Wer Geld hat, setzt sich neues Fensterglas ein, wer kein Geld hat, bessert mit Papier und Plastik aus. Das ist schön. Ich denke an unseren Garten, an unsere Ziegen. An die Blumen und die Obstbäume, die anders aussehen als die hier und auch anders riechen. Nur die Ziegen stinken gleich. Ziegen stinken weltweit gleich.

Mir fällt immer dann ein, wie sehr Oma mir fehlt, wenn ich wieder von ihr höre. Sonst habe ich zurzeit eigentlich recht wenig an sie gedacht. Das ist mir sehr unangenehm. Wie konnte ich bloß meine Oma vergessen. Ihr Lachen, ihr Essen, ihre Umarmung, ihre Augen, die so dunkel sind wie die einer Schildkröte, einer Meeresschildkröte. Ich stelle mir unwillkürlich vor, wie Großmutter majestätisch in die Meerestiefen abtaucht und mit eleganten Armbewegungen zwischen silbernen Fischschwärmen schwimmt, im Dunkelblau dahinschwebt, mit einem Panzer auf dem Rücken und ihrem Blümchenkleid an. Ich muss lachen, und ich kriege das Bild einfach nicht mehr aus dem Kopf. Umso detailreicher wird es, je weniger ich es mir vorstellen will. Das ist so, wie wenn man sich sagt: Jetzt nicht an rosa Elefanten denken. Und an was denkt man dann? Eben.

Rami ist bloß das Vizearschloch. Das Oberarschloch ist eindeutig mein Vater. Aber es ist leichter, auf Rami böse zu sein. Warum muss ich eigentlich fair bleiben, wenn es die anderen auch nicht sind?

Oma hätte bestimmt gewusst, was ich jetzt machen soll. Oma hätte gewusst, wie sie mit Papa reden soll. Und mit Rami. Ich will mich so gerne mit dem Gedanken trösten, dass meine Großmutter dieses Knäuel an Ärger wieder entwirren und schön aufrollen könnte. Ich wünsche sie mir so sehr hierher, dass es mir die Luft zum Atmen nimmt.

Laura findet das dumm. Kein Jugendlicher in unserem Alter hängt so an seiner Oma wie ich. Für sie ist das lächerlich. Kunststück, sie sieht ihre Oma täglich, wenn sie will. Die andere Oma nicht, die wohnt weiter weg. Aber wenigstens eine. Ich habe ja nur eine Oma. Meine Mutter ist früh Halbwaise geworden und hat bei Verwandten gelebt, bis ihr Vater wieder geheiratet hat. Und die neue Frau, sagte sie mir oft, die mochte Amina absolut nicht. Von Anfang an nicht. Weil sie so schön war, die schöne, stolze Amina. Und die neue Frau war nicht ganz so schön. Und meine Mutter hat sich – im Unterschied zu ihrer Schwester – Mühe gegeben, damit die Stiefmutter sie endlich liebt. Sehr viel Mühe.

Manchmal möchte ich sie streicheln und sagen: Du hast dir so viel Liebe erarbeitet, Mama. Sei froh. Wir sind alle da. Und wir lieben dich.

Aber dann kommt mir das doch komisch vor, und ich mache es nicht.

Laura ist fast normal jetzt. Wir verbringen die meiste Zeit wieder gemeinsam. Ein wenig vorsichtig wie zwei Schlittschuhläufer auf neuem Eis. Aber darüber gesprochen habe ich noch nicht mit ihr.

»Hast du Angst vor meinem Vater?«, frage ich sie, als wir die Schule verlassen.

Sie stockt. »Nö. Angst habe ich keine.«

»Aber?«

»Nix aber.«

»Ich sehe es doch, Laura.«

Laura schaut so komisch. »Ach weißt du, Madina ...«, sagt sie. »Ich halte das nicht aus, wenn Männer schreien und solche Dinge machen. Ich halte es einfach nicht aus.«

Ich nicke eifrig. »Ich auch nicht«, beeile ich mich zu sagen. Jetzt bloß nicht den Draht zu ihr verlieren. Meine Hände sind feucht.

»Du hast doch keine Ahnung«, sagt Laura plötzlich.

Und ich denke daran, dass ich ihr nie von Mori erzählt habe, nie von den Kranken, von den Entstellten und den Toten. Weil ich wollte, dass sie ein Teil eines schönen Abschnitts von meinem Leben ist. Ein sauberer, schöner Abschnitt in einem sauberen, schönen

Land mit sauberer, schöner Zukunft. Und ich weiß, dass ich auch jetzt nichts davon erzählen werde. Wozu auch. Es würde nichts ändern.

»Mein Vater«, fängt sie noch mal an und hört wieder auf. »Also gut. Ich erzähl's dir. Aber nicht hier, ja? Ich erzähle es dir zu Hause.«

»Ich darf doch nicht mehr zu dir ohne Rami, Laura.«

»Ach verdammt. Das ist so öde.«

Und ich habe gleich wieder Angst, dass sie sagt, es reicht jetzt. Dass sie geht. Aber Laura ist cool. Sogar noch, wenn sie Angst hat.

»Weißt du was? Wir gehen zu McDonald's nach der Schule. Nein, noch besser, wir gehen eine Stunde früher.«

»Wenn das rauskommt, bringt mich mein Vater um.«

Dann fällt uns ein, morgen entfällt Turnen. Ich habe meinem Vater das Mitteilungsheft noch nicht gezeigt. Und nichts daraus übersetzt. Ich werde es einfach nicht machen. So. Und wenn er blöd fragt, übersetze ich falsch. Selber schuld, soll er doch Deutsch lernen. Er glaubt, ich komme gegen vier Uhr nach Hause. Soll er in dem Glauben bleiben.

Wir sitzen bei McDonald's. Ich linse immer zum Fenster und habe Angst, dass jemand vorbeikommt, der das meinen Eltern erzählen könnte. Die Chefin zum Beispiel. Die freut sich über solche Gelegenheiten, und sie nimmt mir übel, dass wegen mir Fremde kommen und sie stören. Dabei kann sie echt froh sein, dass ich sie nicht verpfeife, weil nie Seife und nie Klopapier da ist, oder die Köchin, die ständig unser Essen mitnimmt.

Ich bin so nervös, dass ich meinen Burger nicht einmal zur Hälfte essen kann. Ich fahre mit dem Finger in der Soße herum, die zwischen den Brötchenhälften hervorquillt und tropft. Male Kringel und Spiralen. Dann passe ich nicht auf und setze meinen Ellbogen in mein Kunstwerk. Super. Ein roter Fleck auf dem hellen Pulli. Laura ist auch nicht so entspannt und locker wie sonst. Aber nicht wegen mir.

»Ich habe dir doch gesagt, bei uns war auch nicht alles so einfach, weißt du noch?«

Ich nicke.

»Nicht ganz so einfach ist ziemlich untertrieben. Es war ganz, ganz furchtbar«, sagt Laura und bemüht sich, ruhig zu bleiben. Und ich sehe, wie ihre Lippen zucken und dann gleich darauf das Kinn. Und als sie anfängt zu sprechen, zittert auch ihre Stimme. »Meine Eltern haben sich scheiden lassen, ja?« Und ihre Stimme wird höher und brüchiger.

Ich denke an die Fotos, die in ihrer Wohnung hängen, von denen ein Teil fehlt. Weggeschnitten, wo der Vater drauf war. Durch das Wegschneiden ist er dennoch nicht weg, eher das Gegenteil.

»Es war alles so was von scheiße, Madina. So was von scheiße.« Sie knüllt die Verpackung unserer Burger zusammen. Sie zerpflückt die Papierauflage auf unserem Tablett zu Konfetti. Und dann sehe ich die erste Träne ihre Backe herunterrinnen. Sie lässt ihre roten Haare ins Gesicht hängen, halb trotzig, halb schämt sie sich. Ich rühre mich nicht.

»Mama hat geschrien. Papa hat Mama durch die Glastür getreten.« Laura sinkt in sich zusammen und wird immer kleiner. »Überall Scherben und Blut. Du hast doch ihre Narben auf dem Bauch gesehen … Überall … Und Markus hat die Polizei gerufen …« Sie redet abgehackt und immer schneller, als ob ihr die Luft, die sie einatmet, nicht zum Erzählen reichen könnte. »Und Papa hat eine einstweilige Verfügung bekommen. Ich weiß nicht … Ich weiß nicht, was passiert wäre, wenn er … wenn er …« Sie bricht in Tränen aus.

Ich erwache aus meiner Starre und umarme sie ganz, ganz fest, sie drückt ihren Kopf an meine Brust und schüttelt ihn gleichzeitig, wie um das alles zu verneinen.

»Gehen wir raus«, schnieft sie. »Die schauen alle schon.«

Stimmt. Tun sie. Sogar die Kassiererin. Ich nehme sie so fest an der Hand, wie Papa das bei mir manchmal gemacht hat. Laura lässt sich führen, so wie ich das bei Papa meistens auch getan habe. Wenn einer das mit genug Nachdruck macht, glaubt man, der weiß, wo es langgeht. Dabei stimmt das nicht unbedingt. Ich weiß zum Beispiel nur, wie wir ins Freie kommen, weg aus dem Licht, weg von Zuschauern. Wie es dann weitergeht, da habe ich noch keine Ahnung. Aber ich lass mir nichts anmerken.

»Mama hat eine Affäre gehabt«, flüstert Laura. »Mit dem Nachbarn. Jeder hat es dann gewusst, als es aufgeflogen ist. Und der Nachbar war auch verheiratet. Und der hat sich nicht scheiden lassen. Schuld war ja Mama. Hat das ganze … das ganze Dorf gesagt. Und alle haben sie sich das Maul über uns zerrissen … Und ich war noch klein. Keiner wollte mit mir befreundet sein … keiner … Mit Markus auch nicht.«

Wir sitzen im Hinterhof. Auf einem Karton als Unterlage. Neben den Mülltonnen. Es stinkt.

»Wenn Markus nicht gewesen wäre, wäre ich erledigt gewesen. Zu keinem einzigen Kindergeburtstag wurde ich eingeladen. Als ob ich eine ansteckende Krankheit gehabt hätte! Papa hat sich scheiden lassen. Mama hat das Haus behalten. Steckt auch ihr ganzes Erbe drin. Mit uns wollte er nicht mehr viel zu tun haben. Ich mit ihm auch nicht. Markus trifft ihn noch ab und zu. Markus tut es leid, dass Papa seinetwegen verhaftet worden ist. Aber was hätte er denn tun sollen? Ich sehe das Blut immer noch, manchmal, wenn ich die Glastür anschaue. Obwohl nix mehr da ist. Mama trinkt immer mehr, du hast doch die vielen leeren Flaschen gesehen, oder? Manchmal muss Markus sie ins Bett bringen. Manchmal heult sie, und ich beruhige sie.«

Laura macht eine lange Pause. Ich warte geduldig. Manchmal muss man einfach nur geduldig warten.

»Der Nachbar ist mit seiner Familie weggezogen. Alle haben meine Mutter Schlampe genannt. Über den Nachbarn hat keiner gesagt, dass er ein Hurenbock ist. Keiner. Und wir sind geblieben. Und das Gerede … auch.«

Laura streicht sich die Haare aus dem Gesicht und sieht mich an. Die Schminke ist überall, nur nicht dort, wo sie vorher war.

»Ich halte keine tobenden Männer aus«, sagt sie. »Ich halte keine Männer aus, die so was machen, verstehst du, darum bin ich weggerannt, als dein Vater ... Ich habe dann aber solche Angst ... Ich konnte nicht anders, tut mir so leid, ich konnte einfach nicht ...«

Ich streichle sie, den Rücken, die Schultern. Ich kenne diese Angst. Ich kenne das Gefühl: Man ist nackt im Schnee, ganz wehrlos.

Laura krallt sich an mir fest wie ein Affe. Ich glaube, sie war mir noch nie so nah wie jetzt. Ihre Wimperntusche verteilt sich mit Rotz gemischt auf meiner Jacke. Und ich sage ihr dasselbe, was Mama und Oma zu mir immer gesagt haben: »Alles wird wieder gut.«

Das ist natürlich Schwachsinn, weil das, was geschehen ist, ja nicht wieder gut werden kann. Aber das Gefühl, das kann besser werden. Das, was jetzt ist. Wenn etwas ganz schlimm war, dann kann es manchmal keine Vergangenheit werden, weil es sich zu sehr an der Gegenwart festgebissen hat. Es bricht immer wieder ins Sichere und ins Neue hinein. Es bleibt als ungebetener Gast. Aber dieses Hereinbrechen wird weniger. Mit der Zeit.

Ich muss nicht weinen. Ich bin im Verletztenpflegemodus. Ich bin wieder die, die stark ist und Ruhe bewahrt. Ich werde für Laura da sein. Das ist klar. Ich streichle sie weiter, ihr Körper wird ganz weich und zementsackschwer. Sie lehnt sich an mich und heult und heult. Sie ist warm und an manchen Stellen weich, an anderen spüre ich ihre Knochen, ihre Schultern sind spitz und bohren sich in meine Brust hinein. Ich streiche ihr über das Haar, über die Wangen, als wäre sie ein Kind und ich die Mutter. Als wäre ich ihre Familie. Ein bisschen fühlt es sich an, als wären wir eine Knutschbrezel geworden, aber eine sehr unglückliche. Ich mag ihre Wärme an mir.

Und ich bin entsetzt, dass man hier auch Ähnliches macht wie bei uns. Ich kenne das, wenn Menschen die Kontrolle verlieren. In die Häuser der Nachbarn gehen und alles zerstören, was nicht niet- und nagelfest ist. Leute schlagen, Leute töten. Diese verzerrten Gesichter, die Arme, die sich heben und Dinge machen, die nie wieder gutzumachen sind, und ich kenne die Reue danach. Nach dem Gewaltrausch. Da werden sie oft kleinlaut und jämmerlich und wimmern Entschuldigungen. Sie heulen einem die Ohren voll, dass sie es nicht gewollt haben und dass das nicht ihre Entscheidung war. Und ich habe damals schon gewusst: Natürlich ist das ihre Entscheidung. Mein Papa hat schließlich auch eine Entscheidung getroffen. Dass er nicht mitmacht. Das kann man. Das geht.

Die King und Frau Wischmann erinnern mich an unseren Termin. Wie könnte ich den vergessen. Er ist in meinem Kalender rot eingeringelt. So rot, wie Laura die Haare gerne hätte und wie Sabine sie hat.

»Du hast einen Anruf bekommen«, sagt die Chefin, die mir im Flur aufgelauert hat wie ein Nachtgespenst im Halbdunkeln. »Da wollte ein Markus dich sprechen.« Sie hat einen komischen Unterton in der Stimme. Das kann sein, weil sie von der Schule einen ordentlichen Ärger bekommen hat, weil sie regelmäßig wichtige Telefonate nicht weiterleitet. Die Wischmann hat ihr schon mit Konsequenzen gedroht. Ich liebe Frau Wischmann dafür. Die Wischmann ist mein mobiles Schutzschild geworden, das sogar noch aus der Ferne wirkt, wenn man es braucht.

Ich weiß nicht, warum er angerufen hat. Mein Herz macht einen kleinen Sprung. Ich weiß nicht, ob aus Freude oder vor Schrecken.

Die Treffen mit Frau Wischmann versetzen mich immer in eine komische Stimmung. Sie scheint alles zu verstehen. Das ist mir unheimlich. Niemand versteht einfach alles, vermutlich nicht mal Gott. Falls es ihn gibt. Gott ist jedenfalls bestimmt nicht Frau Wischmann. Ich überlege, ihr vom Wald zu erzählen und von den Sternen und vom Schiff. Von den Bomben erzähle ich ihr nichts.

Oma hat gestern geschrieben. Sie hat Torten gebacken. Und die neuen Nachbarn waren bei ihr Tee trinken. Ich würde sie so, so gerne wiedersehen. Umarmen. Oder wenigstens hören. Geschriebene Worte sind nicht zu überprüfen, eine Stimme zeigt viel mehr.

Ich wache viel zu früh auf, gehe leise hinaus. Alle schlafen noch. Mit bloßen Füßen laufe ich durchs kühle Gras, auf dem die Tautropfen glänzen. Spüre die feuchte Erde. Schaue ins Tal hinunter. Ein paar Autos sind schon unterwegs. Das ist Zeit nur für mich. Es ist schön, hier draußen ins Tagebuch zu schreiben, wo mir niemand über die Schulter schauen kann. Später will ich Oma einen Brief schreiben, ihr von Laura erzählen. Dass ich eine Freundin gefunden habe, eine richtige Freundin. Ich will ihr erzählen, dass ich fast schon so erwachsen bin wie sie, weil ich andere gut trösten kann. Und dass ich stolz darauf bin, wenn ich die Nerven behalte in bestimmten Situationen. Das habe ich von ihr gelernt.

Am Abend will Mama, dass ich Papa aus dem Gemeinschaftsraum hole, weil ihr Rücken wieder vom Treppenwischen schmerzt und es schon spät ist und sie sich erst entspannt, wenn alle wieder da sind. Vorher schläft sie nie ein. Rami liegt schon im Pyjama an sie gekuschelt neben ihr unter der Decke.

Ich schlüpfe in meine Hausschuhe und gehe die Treppe runter. Im ersten Stock ist ein Licht ausgefallen. Die Dunkelheit erschreckt mich nicht mehr so wie früher. Ich bemerke es erst, als ich fast wieder im Hellen bin. Früher hätte ich mich schon von Weitem davor gefürchtet. Im Fernsehen laufen Spätnachrichten. Normalerweise ist es immer laut und verraucht hier. Die Männer sitzen rund um den Plastiktisch, unterhalten sich. Es ist wie in einem Gasthaus hier. Frauen kommen kaum her.

Papa sitzt etwas abseits. Er will noch nicht hinauf, das sehe ich an seinem Gesicht.

»Mama wartet«, sage ich.

»Warum hat sie Rami nicht geschickt?«, fragt er.

Ich bin sofort voller Wut und starre auf den Fernseher, um nichts zu sagen. Die nächste Schlagzeile. Blaulicht. Sirenen. Ein aufgeregter Sprecher vor einer rauchenden U-Bahnstation, die mit rot-weiß-rotem Band abgesperrt ist. Menschen mit versengten Haaren, mit Blut überm Gesicht, schreiende, weinende Menschen, Menschen, die auf Tragen liegen und lachen, Feuerwehrleute. Einige schreien auf.

»Wo ist das?«, fragt einer.

»Bestimmt weit weg, hier ist es sicher«, sagt ein anderer beschwichtigend.

Aber die genannte Stadt ist nicht weit weg. Nicht hinter den sieben Bergen, nicht übers weite Meer. Sie ist in Europa. Sie ist sogar mitten in unserem neuen Leben.

Meine Knie werden weich. »Das war hier«, sage ich zu Papa.

Menschen laufen schreiend durcheinander. Polizisten fahren mit behandschuhten Händen in die Kameras, man sieht ihre Finger in Großaufnahme. Eine junge Frau sitzt in zerrissener Hose, aus der ein nacktes Knie ragt, auf dem Gehsteig und weint. Ihr fehlt nichts, schluchzt sie. Aber ihr Freund ist noch unten. Ein alter Mann mit verbranntem Gesicht wird verarztet. Er gestikuliert wild und hindert die Sanitäter an der Arbeit. Die Adern auf seinen Händen sind dunkelblau. Hinter ihm kann ich mit Plastik abgedeckte

Körper erkennen. Ich bin froh, dass man nicht mehr erkennen kann als dieses Plastik. Der alte Mann mit dem Vlies im Gesicht schaut aus, als hätte er den Kopf einer Zeichentrickfigur auf einem Menschenkörper. Es sieht irgendwie lächerlich aus. Lauter verwirrte, ungläubige Blicke. Sie kennen so was nicht. Wir schon. Mir fällt erst jetzt auf, dass die Aufnahmen von heute stammen, von heute Morgen. Es ist hell. Die Schatten, die die Menschen werfen, sind noch lang. Es wird gegen zehn Uhr vormittags sein.

Papa steht mit einem Ruck auf.

»Was sagen die, was sagen die?«, bedrängen mich alle.

Ich beginne zu schwitzen, meine Füße geben nach.

»Wir gehen«, sagt Papa. »Fragt jemand anderen.«

Ich kann den Blick nicht abwenden. Sie zeigen Fotos. Unscharfe Kameraaufnahmen von Männern mit Rucksäcken. Sie zoomen näher. Mein Magen krampft sich zusammen. Einer von ihnen erinnert mich an den Depp aus dem zweiten Stock. Aber die Aufnahme ist verwackelt, schwarz-weiß, und man sieht das Gesicht nie von vorne. Außerdem trägt er eine Baseballkappe. Die hat der Depp nie getragen. Und ich habe ihn auch immer nur in Farbe gesehen.

Mir wird schwarz vor Augen. Ich sinke zur Seite. Werde aber doch nicht ganz ohnmächtig, sondern nur so ein bisschen. Sitze einfach angelehnt an der Wand.

Papa beugt sich zu mir und greift mir an die Stirn. Sie ist nass. »Schnell, Serviette und Wasser her«, ruft er.

Einer drückt mir etwas widerlich Kaltfeuchtes in den Nacken, Wasser rinnt mir in den Kragen.

»Papa, das war doch unser Nachbar«, flüstere ich.

Und Papa schnauzt mich an: »Ganz sicher nicht! Schlag dir das aus dem Kopf! Und misch dich nicht ein!« Und er zerrt mich hoch und schleift mich die Treppen hinauf.

»Sprich nie wieder davon«, sagt er vor unserer Tür. Seine Stimme klingt ängstlich. »Er war das nicht. Aus. Basta. Vorbei.«

Sitze bei der Wischmann und zittere vor Weinkrämpfen. Heule so, dass sie gar nicht mehr nachkommt mit Taschentuchreichen. Die Schachtel, die sie immer einladend auf dem Tisch stehen hat, ist schon fast leer. Ich versenke meine Nase in den weichen, parfümierten Taschentuchstoff. Vielleicht bin ich an allem schuld. Vielleicht war das zu verhindern. Vielleicht hätte ich dem Polizisten mehr sagen sollen.

Die Wischmann lässt mich fertig schluchzen und sagt ganz ruhig: »Du bist dir doch nicht einmal sicher, ob er es war.«

»Nein«, heule ich.

»Eben«, sagt die Wischmann. »Wenn du der Polizei noch etwas sagen willst, machen wir das gemeinsam.«

»Warum wollte Papa nicht mit mir darüber reden?«

»Er hat Angst um dich. Das ist doch klar.«

Glauben Sie, der Depp könnte etwas damit zu tun haben?, will ich sagen, aber ich traue mich nicht.

Sie scheint das zu spüren. Sie lächelt. Und sie sagt: »Dein Vater möchte, dass ihr hier ohne Gefahr ein neues Leben beginnen könnt. Er möchte nur, dass du in Sicherheit bist. Das ist alles.«

Frau Wischmann ist so eine feine rote Linie, die das Unaushaltbare vom Alltäglichen trennt. Wenn ich mit ihr rede, sieht alles gleich viel einfacher und klarer aus. Und wenn ich heimkomme, stelle ich jedes Mal fest, dass es weder klar noch einfach ist.

In der Pension wird geflüstert und gemunkelt. Außer mir hat offensichtlich niemand Ähnlichkeiten mit dem Deppen festgestellt. Das beruhigt mich. Aber irgendwie ist die Sicherheit, die wir hier alle gesucht haben, erschüttert. Alle sind aus dem Häuschen. Die einen sagen, es sei hier immer noch alles viel besser als zu Hause. Andere heulen in ihren Zimmern. Die Chefin geht alle Stockwerke durch mit einem Gesicht, als ob sie in exakt jedem Raum Bomben unter dem Bett finden würde. Sie geht einfach überall hinein und öffnet Schränke, hebt Bettüberwürfe hoch. Natürlich findet sie nichts.

Laura tröstet mich in der Pause. Dabei habe ich ihr nicht viel erzählt, ich bin nur sehr still. Sie ruft Lynne an. Sie versucht mich aufzumuntern. Ich liebe sie dafür.

Lynne geht mit uns Eis essen. Markus kommt vielleicht mit. Und Rami natürlich auch. Christian, der

Saugrüssel, aber nicht. Was mich eher freut, Laura ist enttäuscht. Ich habe gestern unfreiwillige zwanzig Minuten Telefondrama mit anhören müssen. Den ganzen Weg nach Hause. Wie sie ihn angebettelt hat. Und seine faulen Ausreden. Trotzdem sind mir solche Streitereien um so vieles lieber als die zu Hause. Mit Laura tritt immer eine absurd unbegründete Normalität ein. Wenn wir zusammen sind, ist alles irgendwie überschaubarer. Mit Markus kommt eine Prise Unberechenbarkeit dazu. Aber gerade die richtige Dosis Unberechenbarkeit. Eine, die mir noch keine Angst macht. Nur Herzklopfen.

Rami bewundert Markus. Hängt an seinen Fersen wie mit Superkleber befestigt. Und Markus geht das offensichtlich nicht auf die Nerven. Zumindest noch nicht.

»Wieso hast du die Haare so lang wie ein Mädchen?«, fragt Rami. »Ist dir das nicht peinlich?«

Markus lacht. »Lange Haare sind ein Zeichen von Freiheit«, sagt er.

Rami hört mit offenem Mund zu.

»Warum wäre es denn peinlich, wie ein Mädchen auszusehen?«

»Weil Mädchen nichts dürfen«, sagt Rami.

»Mädchen sind super«, sagt Markus.

Lynne lacht in ihren Eiskaffee, die aufgeschlagene Sahne wird dabei über den Tisch gepustet, Rami steckt seinen Finger hinein und schleckt ihn ab. Ich werde rot.

Wie so oft in den letzten Tagen wünsche ich mir, mit Laura zu tauschen. Einfach sie zu sein. Ihre Familie zu haben, ihr Haus, ihre Vergangenheit. Aber ich weiß, dass das nicht geht.

Kleiner Nachtrag: Eigentlich will ich gar nicht tauschen. Laura heult sich gerade die Augen aus wegen ihrem Saugrüssel Christian. Er meldet sich nicht. Er geht nicht ans Telefon. Er schreibt auch keine Nachrichten mehr. Und Laura ist verzweifelt. Dieser Christian ist jetzt immer anwesend, wenn wir zu zweit sind. Sitzt bei uns am Tisch, lernt mit uns für die Prüfungen, geht mit uns spazieren. Sie spricht nur noch von ihm. Jedes zweite Wort ist »Christian« und jedes dritte »das Arschloch«. Und jeder vierte Satz lautet: »Ich habe ihn aber doch so lieb.« Das ist echt wie eine Krankheit. Da kann man nicht aufhören, wenn man will, wie Kotzenmüssen.

Laura ist schlecht drauf. Sie ist genervt von allem. Laura beginnt den Christian abzuschreiben, aber sie ist noch nicht ganz durch damit. Ich hoffe sehr, dass wir bald wieder ungestört zu zweit sind. Nur wir beide. Und vielleicht auch ein bisschen dabei: Markus.

Laura ist echt unverbesserlich! Der Saugrüssel ist noch nicht einmal völlig von der Bildfläche verschwunden, da flirtet sie ungeniert mit einem anderen! Zweimal hat der schon angerufen gestern. Wollte sie ins Kino einladen.

»Hol mich doch von der Schule ab«, hat sie ihm vorgeschlagen. Und zu mir geflüstert: »Damit ich ihn dir zeigen kann.«

Ich habe nur die Augen verdreht. Ich kenne ihn ja sowieso. Von früher, als ich Laura noch besuchen durfte. Eher ein Unscheinbarer. Unspektakulär. Eigentlich freundlich. Einer der Stillen, die immer im Hintergrund bleiben. Ich kann mich erinnern, wie er zwischen zwei anderen Jungs auf dem Sofa von Markus saß. Schwarze Strubbelhaare. Verwaschenes T-Shirt. Er hustete. Tat aber so, als ob er der allererfahrenste Raucher wäre, und zog verzweifelt an seiner Zigarette.

Damals hat Markus die neue PlayStation eingeweiht. Mit seinen Kumpels. Ich und Laura versuchten im Nebenzimmer Hausaufgaben fertig zu machen. Es war so laut im anderen Raum, dass wir kaum lernen konnten. Laura hatte irgendwann die Schnauze voll und sprang auf, um hinüberzugehen und sich aufzuregen. Auf der Türschwelle hielt sie inne, drehte sich um und fragte, ob wir das nicht lieber zu zweit tun wollten. Ich sah sie nur fragend an. Sie wusste genau, dass ich solche Art von Konfrontation immer vermied. Sie lächelte ihr Laurakampflächeln, während sie da so am Türrahmen lehnte, ein Bein keck über dem anderen gekreuzt.

»Markus hat einen neuen Klassenkameraden, der auch da ist. Willst du ihn dir nicht anschauen?«, fragte sie.

»Ich weiß nicht so recht«, sagte ich.

Das klang, als wollten wir uns die Raubtiere hinter Gittern ansehen. Die Freunde von Markus waren so raubtierhaft wie ein Leguan oder ein Faultier. Hingen nur herum und sagten nichts. Und wenn sie sprachen, dann so langsam und undeutlich, als ob sie ein Kilogramm Kaugummi im Mund hatten. Und wenn Laura mit ihnen sprach, noch langsamer als sonst. Sonnenbrillen und Pickel und Piercings, im gleichermaßen ansteigenden Verhältnis: je mehr Pickel, desto ausgefallener die Brille und die Piercings. Ich war schon damals neugierig, mit wem Markus seine Zeit so verbrachte. Aber ich hätte mich niemals zu ihm hinübergewagt.

»Komm schon«, drängte Laura.

Es gab zwei Möglichkeiten: Laura gehen zu lassen, bald darauf ihre Stimme durch die Wand zu hören, Murmeln, Lachen. Oder mitzugehen, klein hinter Laura zu stehen und verstohlene Blicke über ihre Schultern ins Jungszimmer zu werfen. Ich wusste nicht, was ich tun sollte.

Also entschied Laura damals für mich, nahm mich am Arm und zog mich mit über den Flur.

Was findet Laura nur an dem? Der ist doch wirklich nichts Besonderes.

Die Angst, mehr von dem Deppen zu erfahren, ebbt ab. In den Nachrichten hört man nichts mehr darüber. Menschen vergessen schnell.

Laura ist echt heftig. Jetzt lacht sie sich gerade den nächsten Kerl an, nur weil der erste sich nicht meldet! Muss sie jetzt mit jedem Freund von Markus etwas haben? Ich finde das ekelig. Ja, schon, er hat hübsche Haare. Und kein Metall im Gesicht. Aber das ist doch noch kein Grund.

»Weißt du«, sage ich zu Laura auf dem Heimweg von der Schule. »Lynne hat doch vielleicht eine Idee, wie ich Papa dazu bringen kann, Deutsch zu lernen. Er muss es tun. Es geht nicht, wenn er kein Deutsch kann.«

Und jetzt sieht sie mich kritisch an. »Ich glaube nicht, dass du ihn zwingen kannst.«

»Ich will ihn nicht zwingen. Ich will nur wissen, wie es Lynnes Vater gemacht hat.«

»Der hat hier leben wollen.«

»Das will meiner auch. Das weiß ich.«

»Aber nicht freiwillig«, sagt Laura.

Und ich werde ganz entsetzlich wütend auf sie, weil sie dumm ist und einfach nicht verstehen will, worauf ich hinauswill.

»Du bist echt blöd manchmal«, sage ich und springe auf und trete meinen Rucksack, der im Bus am Boden liegt, vor lauter Wut und stelle mich nach vorn zum Fahrer hin und steige noch vor Lauras Haltestelle aus. Ich muss jetzt einige Kilometer laufen. Oder lange auf den nächsten Bus warten.

Sie zeigt mir im Busfenster den Vogel. Und ich ihr den Mittelfinger. Bravo. Das war echt nötig jetzt.

Ich komme zu spät nach Hause. Meine Mutter

rennt im Zimmer auf und ab und ist ganz grün im Gesicht. Wo ich geblieben sei. Und warum.

»Mama, es war eine verdammte Dreiviertelstunde.«

»Das ist egal.«

Ob sich Lauras Mutter auch so viele Sorgen um ihre Kinder macht wie meine Mutter? Ob sie auch das Epizentrum ihrer Katastrophengedanken sind? Vermutlich schon, sie liebt sie ja auch sehr. Nur irgendwie anders, als ich und Rami von unseren Eltern geliebt werden. Weniger verkrampft. Aber ich versuche, es ihnen nicht übel zu nehmen. Es sind einfach andere Umstände.

Papa kommt die Treppe herauf und schreit schon, bevor er im zweiten Stock ist. »Kommt her, kommt«, brüllt er. »Ein Brief ist da! Komm her, Madina, schau nach, was drinsteht!«

Wir kommen alle hinausgeschossen wie Pistolenkugeln aus dem Waffenlauf. Also Rami zuerst, weil er zwischen uns durchwuselt, danach ich und erst dann Mama und Amina.

Er wedelt mit dem Brief. Ich nehme ihn aus Papas Hand. Ist das jetzt der lang ersehnte Brief? Der Brief mit dem richtigen Stempel und dem richtigen Absender? Mit der richtigen Antwort? Mit der Antwort, auf die alle warten?

»Was schreiben sie, Madina?«, stottert Papa, Schweißperlen auf der Stirn.

Ich reiße den Umschlag auf, meine Hände sind fahrig. Ich falte den Brief auf.

Das Glas ist halb voll oder halb leer. Es ist ein Brief vom zuständigen Amt, aber drin steht nur, dass in den nächsten vier Wochen die Entscheidung fallen werde. Nicht mehr. Und beigefügt eine Postkarte von Papas neuem Betreuer. Der sich offensichtlich doch noch eingelesen hat und ihm schreibt: Der Antrag sehe sehr gut aus. Er solle sich jetzt keine Sorgen machen. Papas Fall sei eigentlich sonnenklar, er sei zu Hause in Lebensgefahr. Er dürfe nicht abgeschoben werden. Es könne fast nichts mehr schiefgehen. Er solle noch etwas Geduld haben. Es ist noch keine verlässliche Antwort. Aber irgendwie sind wir dennoch erleichtert.

Papa rennt mit uns vors Haus. Er wirbelt mich und dann Rami herum, als wären wir wieder klein. Draußen regnet es. Er springt mit uns durch die Pfützen und lacht und lacht, legt den Kopf zurück und lässt den Regen in sein Gesicht tropfen. Ich sehe, wie sein Adamsapfel hüpft beim Lachen, beim Rufen. Die Nachbarn stehen am Fenster und schauen herunter. Mama auch. Sie weint schon wieder, aber sie lacht dabei, und sie winkt uns zu. Hinter ihr steht Amina.

Mit unbewegtem Gesicht.

Ich weiß, dass uns gerade alle beneiden, obwohl noch nichts sicher ist. Jeder da oben würde sofort mit uns tauschen. Ich bin total stolz, weil wir plötzlich etwas Besseres sind als sie. Dann schäme ich mich dafür. Aber nicht sofort. Der Stolz ist wie ein Glas voll Honig, sämig und süß und dicht, und die Scham eine Prise Salz. Wir gehören jetzt schon fast dazu. Wir sind endlich bald wirklich hier. Wir sind mitten im

Ankommen. Der Himmel ist rosarot. Es riecht nach Flieder und nach feuchter Gartenerde.

Ich kann nicht schlafen. Ich stelle mir vor, wie das wird, wenn wir eine eigene Wohnung haben. Wenn Papa sich endlich beruhigen kann. Wenn alles endlich gut wird. Starre zum Fenster hinaus. Die Nacht ist lang. Ich drehe mich im Bett wie ein Grillhuhn. Bis es zu dämmern beginnt und der erste Streifen Licht am Horizont erscheint und die Vögel draußen loslegen. Ach, ihr Vögel, denke ich. Ich werde euch vermissen, wenn wir hier wegziehen.

In ein paar Stunden kann ich es Laura sagen.

Die Chefin ruft, als ich an ihr vorbeigehe: »Für euch ist ein Brief da!«

»Ja, weiß ich schon«, sage ich. »Danke. Wir haben ihn schon gestern von Ihrem Mann bekommen.«

»Nein«, sagt sie. »Ein anderer Brief.« Und drückt ihn mir in die Hand.

Ich schaue auf den Absender: von Oma. Ich freue mich darauf, wieder etwas von ihr zu erfahren. Aber ich habe den Kopf voll mit Schulsorgen, ich muss noch viel vorbereiten, wenn ich Zeit für anderes haben will, ich muss den Streit mit Laura schlichten. Ich übergebe den Brief also an Papa und gehe in den Hof lernen. Als ich noch mal hochrenne, weil ich ein Buch vergessen habe, ist sein Gesicht vollkommen verfallen.

»Was ist los?«, frage ich.

Er sagt: »Nichts. Alles gut.«

Ich möchte ihm gerne glauben, und ich habe keine Kraft nachzubohren. Und ich muss unbedingt lernen. »Was schreibt sie?«, frage ich dennoch.

»Nichts Besonderes«, sagt er.

»Kann ich den Brief haben? Später, wenn ich fertig bin?«, frage ich.

Er sagt: »Jetzt nicht.«

Ich wundere mich. Aber was soll's, wieder eine seiner Spinnereien. Ich kümmere mich später darum. Ich nehme mein Buch und verlasse den Raum.

Habe einen schönen Nachmittag mit Laura beim Waldsee verbracht. Fische füttern. Schwimmen. In der Sonne liegen wie zwei faule Schildkröten, eine Plastikbox mit Kirschen vor uns und die Kirschkerne ins Wasser spucken. Wasserkreise zählen. Kleine flache Steine über die Wasseroberfläche schießen – wer am meisten Sprünge hinbekommt, der hat gewonnen. Der letzte Stein war ganz flach, mit einer weißen Ader quer drüber. Den haben wir gemeinsam geworfen, mehrmals die Arme geschwungen, mitgezählt und auf »Drei!« losgelassen.

Wir haben uns überlegt, was wir alles tun werden, wenn meine Familie ausziehen darf. Vielleicht bei Lauras Mutter einziehen. Im Kellergeschoss. Oder auf dem Dachboden. Das hofft Laura jedenfalls. Ich glaube nicht recht daran. Ihre Mutter wird das nicht wollen. Wir wären ja schon froh, wenn Mama bei ihr putzen könnte. Papa vielleicht doch wieder nach dem Garten sehen. Laura lässt nicht locker. Sie wird für uns kämpfen, sagt sie. Ehrenwort. Das glaube ich ihr sofort. Sie haben schon einmal Untermieter gehabt, als Laura kleiner war. Nicht weil Lauras Mutter das Geld so gebraucht hätte. Sondern weil sie sich alleine im großen Haus unwohl gefühlt hat. Wir spinnen dieses Bild des Gemeinsamen trotzdem ein wenig weiter wie ein schönes Märchen: Sonnenbaden im Garten. Feste feiern. Kochen. Und immer gemeinsam in die Schule fahren. Keine blöden Zeitauflagen bei Besuchen. Als wären wir richtige Schwestern. Wohnschwestern. Dabei fällt mir Markus ein. Ich frage sie, was er so macht. Denke an seine Oberarme, braun gebrannte, mit blonden Härchen darauf wie Lauras. Ich fand diesen goldenen Schimmer schon bei ihr so unglaublich schön. Werde tomatenrot. Sie schaut mich an. Halb belustigt, halb zornig.

»Gefällt er dir?«, fragt sie mich total direkt.

Ich werde noch röter. Vermutlich peperonirot.

»Nicht dein Ernst jetzt, oder?«, fragt sie mich. »Das ist jetzt nicht dein Ernst?« Laura ist bei diesem Thema gerade sehr empfindlich, der Saugrüssel geht mit einer anderen aus. Und sein Nachfolger gefällt ihr offensichtlich doch nicht so gut. Mit dem ist es umgekehrt, er ruft an, und sie hebt nicht ab. »Markus? Mein Bruder?«

Ich kann sie nicht ansehen.

Sie stößt mich in die Rippen, etwas zu grob, und ich kann auch darüber nicht lachen. »Na, was jetzt«, bohrt sie nach.

»Nur ein bisschen«, stottere ich.

Wir trennen uns kurz vor der Pension an der Weggabelung. Ich gehe heim und denke den ganzen Nachhauseweg darüber nach, was Laura gesagt hat. Und frage mich, warum sie so komisch reagiert hat. Ich habe immerhin schon zwei Lauraknutscher ertragen. Und Markus hat mir noch nicht einmal einen Kuss auf die Wange gegeben. Ich denke an einen Wangenkuss, und mir wird noch heißer als im Traum damals.

Zu Haus ist alles ganz seltsam. Zu schräg, um darüber zu schreiben. Echt. Die spinnen.

Ich kriege den Brief von Oma nie zu sehen. Stattdessen kehrt bei uns absoluter Wahnsinn ein. Mama heult wieder in einem fort, und weil sie heult, heult Rami gleich mit. Mich fleht Mama an, niemandem auch nur ein Sterbenswörtchen zu sagen. Ich muss das mit Ehrenwort und mit Schwur versprechen, auch wenn sie mir gar nicht sagen, um was es geht! Das ist alles so beängstigend, dass ich es tatsächlich mache. Nur die Tante ist wie immer. Sitzen, starren, schweigen. Und ab und zu gemein zu uns sein. Mama und Papa sitzen da, blicken vor sich hin. Stundenlang. Ich bin so froh, wenn der Schulbus kommt und ich wegkann.

Laura fragt, was los ist. Ob ich auf sie sauer bin wegen Markus. Nein, bin ich nicht. Ich habe gerade ganz andere Sorgen als Markus. Aber Laura darf ich auch nichts sagen. Ich habe es versprochen!

Papas Schweigen wächst und wächst. Es ist wie eine Mauer zwischen ihm und uns allen. Manchmal denke ich mir, Papa ist der Ring des Saturns geworden. Wir sind der Planet, und er umkreist uns in einigem Abstand, berührt uns nicht, ist nicht greifbar. Manchmal denke ich, wenn ich ihn anfasse, gleitet meine Hand durch ihn hindurch wie durch Nebel. Bin dann immer erleichtert, wenn meine Hand auf seiner Schulter liegen bleibt. Er sitzt da in seinem schwarz-grau melierten Pullover, den Mama ihm gestrickt hat, vor Jahren schon. Das Haar ist innerhalb eines Monats ebenso meliert geworden wie der Pulli, struppig und drahtig unter den Fingerspitzen, kein Streifenhörnchenpapa mehr. Er sitzt da und rührt sich nicht und starrt in seinen Tee. Es ist immer gleich viel Tee in seiner Tasse und gleich viel Wasser in den Augen von Mama.

Ich könnte mir in den Hintern beißen, dass ich Stillschweigen versprochen habe. So was kann man nicht versprechen. Wenn ich gewusst hätte, wie arg das wird, hätte ich es bestimmt nicht versprochen. Ich kann Laura nicht einmal sagen, dass bei uns alle durchdrehen und ich nicht einmal weiß, warum. Ich fühle mich von den Erwachsenen betrogen. Das ist alles deren Scheiß, nicht meiner.

Jetzt ist schon eine Woche vorbei, und Papa redet immer noch nicht mit Mama. Mit uns auch fast nicht. Die sind verrückt!

Rami hält das auch nicht aus. Er muss immerzu irgendetwas machen, um die Erwachsenen abzulenken. Erst kletterte er auf Papas Schoß, bis der ihn vorsichtig hinuntersetzt. Dann will er spielen. Dann Essen haben, obwohl er genau weiß, es gibt jetzt noch nichts. Dann herrscht ihn Mama an, die Tante grinst, und weg ist er, auf dem Gang. Entweder versteckt er sich irgendwo und weint. Oder er geht zu seinen Freunden. Bis zum Abendessen kommt er meist wieder, wenn er nicht da ist, gibt es noch mehr Ärger, und das weiß er.

So. Lange warte ich nicht mehr! Entweder sie sagen es mir. Oder … Oder … Ich ziehe zu Laura.

Ich ziehe zu Laura. Das klingt so fremd, dieser Satz. Ich musste ihn gleich nochmals schreiben, damit dieser ungeheuerliche Satz wirklich in meinem Kopf Platz bekommt. Ich ziehe zu Laura. Der erste Gedanke daran ist wild. Schön. Und verlockend.

Der zweite Gedanke macht mir Angst. Und jetzt kann ich ihn fast nicht mehr denken. Da wird schon eine Frage daraus: Ich ziehe zu Laura?

Und mit dem Fragezeichen hintendran weiß ich, ich gehe nirgendwohin. Egal was sie machen. Ich gehe nirgendwohin, weil sie so arm sind. Was würden sie ohne mich tun? Rami kann nicht einmal halb so gut übersetzen wie ich. Die simpelsten Amtsgespräche versteht er nicht. Ich schon. Ich kenne mich ganz gut aus. Auch wenn ich jetzt nicht einmal weiß, was jetzt ist. Sie sagen ja nichts. Ich kann sie nicht zwingen. Kann ich nicht.

Habe Mama erwischt, als gerade niemand im Raum war, habe sie umarmt, damit sie mir nicht entkommt, und mich ganz fest an sie gedrückt. Und als ich sie festgehalten habe, habe ich sie gefragt, was los ist. Sie hat wieder nichts gesagt. Dann habe ich gespürt, wie ihre Schultern ganz leicht zu beben begonnen haben, ein feines Zittern. Als ob Wind über eine Wasserfläche streicht. Diese Wellen haben sich an mir und meinen Armen, die ich um sie geschlungen habe, gebrochen, bis Mama wieder ganz ruhig dastand. Dann hat sie mich zurückumarmt. Wir haben reglos dagestanden, den Kopf jeweils auf der Schulter der anderen. Die Zeit hat sich gezogen wie der Teig, aus dem Lauras Mutter ihre Pizza macht. Langsam bekam die Zeit Risse während dem Dehnen. Dann hat Mama Luft geholt.

»Papa will weggehen.«

Ich habe geglaubt, ich habe mich verhört. »Was will Papa?«, habe ich gefragt. Ich musste mich verhört haben. Ich konnte es nicht glauben. Aber sie benahmen sich ja alle so absurd. Es musste einen heftigen Grund dafür geben, und wenn Papa weggehen wollte, wäre das sehr, sehr heftig.

»Weggehen«, hat sie gesagt. »Er will weggehen.«

Papa war den ganzen Tag nicht da, den ganzen Abend. Keine Ahnung, wo er war. Gut, habe ich mir am

Abend gesagt. Na gut, dann geht er eben. Das klang so unwirklich, als hätte ich einen Film gesehen, in dem jemand gesagt hat, irgendein Vater will weggehen. Nicht meiner. Ich weiß ja nicht einmal, wohin er geht. Wie lang er geht. Oder warum. Ich traue mich nicht, ihn zu fragen. Aber ich werde ihm einen Zettel schreiben, habe ich beschlossen. So, wie ich in mein Tagebuch schreibe, werde ich ihm schreiben, als ob er mein Tagebuch wäre. Klingt verrückt. Ist auch verrückt. Ich werde noch so verrückt wie die alle, wenn ich nicht aufpasse.

In der Nacht wandere ich durch meinen Wald. Und ich weiß, er reicht nicht mehr. Ich löse nichts, wenn ich nur an seinen Rändern herumgehe. Ich muss tiefer hinein. Ich muss einen Weg finden, der weiterführt als der, den ich bis jetzt gegangen bin. Das Licht dringt dort kaum hin, vereinzelte Lichtstrahlen zwischen den Ästen. Der Wald ist gefährlich, und man darf ihn nicht unterschätzen. Wenn ich auf die andere Seite möchte, zum Meer, dann muss ich durch das dunkelste Dickicht hindurch. Ich versuche es. Aber als die Schatten tiefer werden und ich den schmalen Pfad vor mir kaum noch erkennen kann, spüre ich mein Herz so laut und so schnell klopfen, dass ich sofort aufwache.

Ich verstehe so wenig. Ich will meine Ruhe. Ich gehe gar nicht erst in unser Zimmer, sondern gleich zum

Holzbänkchen hinter dem Haus. Mit Blick ins Tal hinunter. Parkplatz links und rechts ein paar Obstbäume vom Bauern gegenüber. Es ist mit Moos bewachsen, schief, ächzt beim Hinsetzen so, dass man die Sekunden zählt, bis es unter einem zusammenbricht. Aber es bricht nie zusammen.

Dort sitzen Papa und Rami. Papa hält gerade eine Rede. Er kann das sehr überzeugend. Man möchte ihm auf der Stelle glauben, was er sagt. Dabei weiß ich mittlerweile aus Erfahrung, dass einiges davon einfach nicht stimmt. Vielleicht früher gestimmt hat. Aber nicht heute, nicht hier.

»Du bist bald ein großer Mann. Der große Mann in der Familie. Du musst auf sie aufpassen. Auf deine Schwester. So wie immer. Aber. Hör zu. Es wird sich etwas ändern. Auf Mama musst du jetzt auch aufpassen.«

»Wieso auf Mama?«, stammelt Rami ganz verdutzt. Dann sehen sie mich und fahren zusammen wie zwei beim Äpfelklauen erwischte Kinder.

Heute ist schon Samstag. Laura ist mit ihrem Bruder weggefahren. Ich wollte nicht mit. Wollte nicht lügen und wollte der Versuchung widerstehen, ihr alles zu sagen, alles endlich zu sagen, damit sie weiß, wieso ich spinne, damit sie mich umarmen kann und ich meinen Kopf auf ihre Schulter legen, mein Gesicht an ihrer Brust verstecken kann, so tun kann, als wenn nichts wäre.

Die Sonne scheint, es ist warm. Die Nachbarn haben bunte Decken im Hof ausgebreitet und machen Picknick ohne Picknick. Nur mit Wasserflaschen und Äpfeln, die sie im Garten aufgehoben haben. Die kleinen Kinder schreien herum. Rami macht mit. Alle sind laut. Aber gut gelaunt. Ich hasse heute dieses fröhliche Geschrei, das passt so überhaupt nicht zu dieser Wattestille, die sich über uns gestülpt hat. Ich habe genau gewusst, wo Papa ist. Bin um das Haus herumgegangen, auf die Schattenseite, wo es modrig riecht und niemand gerne länger bleibt. Habe mich zu ihm dazugesetzt.

Papa raucht. Hat wieder damit angefangen. Es wäre mir vorher gar nicht aufgefallen. Der Geruch war wohl schon länger wieder in seinen Kleidern, aber gesehen habe ich ihn nie dabei. Die Zigarette war verbeult und kurz, sah so aus, als hätte er sie von der Straße aufgehoben. Ich wollte nicht daran denken, dass mein Vater von anderen weggeworfene Zigaretten raucht. Ich saß neben ihm und baumelte mit den Beinen, als wäre ich wieder klein. Er sah in die Ferne. Ich auch. Ich wusste, das wird jetzt ein Zweikampf zwischen uns. Ein bisschen wie früher, als wir uns zum Spaß immer anstarrten, bis einer blinzelte. Der hatte dann verloren. Wer zuerst geht, der verliert auch. Wer sich zuerst bewegt. Wer als Erstes spricht. Und ich habe mir gedacht: Was du kannst, das kann ich auch. Ich gebe nicht klein bei. Ich bleib bei dir, egal was du tust.

Wir saßen echt lang so da. Er schnippte die Zigarette vor sich. Der Stummel fiel als sterbende Sternschnuppe zu Boden. Er trat darauf. Dann holte er die nächste Zigarette aus seiner Hosentasche, ebenso zerbeult und fast abgebrannt wie die erste.

Ich gehe in meinen Wald. Und ich zwinge mich, dort, wo ich letztes Mal kehrtgemacht habe, stehen zu bleiben. Tief Luft zu holen. Die Augen zu schließen. Bis drei zu zählen. Augen wieder auf. Und bei drei einfach los. Schnell. Noch schneller. Äste schlagen mir ins Gesicht. Mir egal. Ich laufe da durch. Auch wenn ich gar nichts mehr sehe, auch wenn es so finster ist, dass man die Hand vor Augen nicht erkennen kann. Ich laufe und ich laufe, und ich habe den Eindruck, dass der Weg kürzer ist, als ich von außen geschätzt habe. In der Ferne sehe ich erste Strahlen, die durch die Äste einfallen. Keine Tieraugen in der Finsternis mehr. Wieder das Singen der Vögel. Von weit weg.

Ich könnte ihn böse zwicken, weil er so blöd ist und mich so quält. Ich werde furchtbar wütend auf ihn. So wütend, dass ich ihn am liebsten anbrüllen würde, er soll abhauen, abhauen, er soll endlich gehen, damit es wenigstens klar ist! Wie kann er uns das antun? Und als der Wutanfall abgeebbt ist, bin ich nur noch ein Häufchen Elend, das Angst hat. Und ein schlechtes Gewissen. Vielleicht geht er, weil er es wegen mir so schlimm findet. Vielleicht. Ich weiß, das ist schwachsinnig, aber der Gedanke kommt immer wieder. Ich will zu ihm. Ich will ihn umarmen. Ich will, dass er weiß, wie lieb ich ihn habe. Er kann es nicht wissen. Sonst würde er nicht weggehen.

Diesen Weg hat mir noch keiner verboten, und ihn kann mir auch keiner verbieten. Wenn ich zur Tür hinausgegangen und an dem Steinblick der Tante, an den Wölfen vorbeigeschlichen bin, beginnen die Nebelfelder, und dann ist das Meer nicht mehr weit. Man kann es sogar fast riechen, wenn man aus dem Nebel herauskommt.

Die Nebelfelder sind kein Dunst, der über den Boden kriecht. Die Nebelfelder bestehen aus Nebelblumen. Lange, helle Stiele, große Blütenkelche wie von verblühenden weißen Lilien. Ein zarter Duft, der betäuben kann. Ich atme deswegen flach. Tausende Ne-

belblumen, die aus dem Erdreich kommen, wabern, wenn man sie mit der Hand berührt. Reichen mir bis zur Hüfte, manche bis zum Nabel. Man kann durch sie hindurchgehen, sie zerfallen zu feinen Nebelstreifen, die sich vor und hinter mir sofort wieder schließen. Man muss aufpassen, wohin man geht. Sonst verliert man die Orientierung inmitten des hellen Dunstes und findet nie wieder heraus. Man muss ganz ruhig bleiben. Wenn ich Angst bekomme, ist es vorbei. Die Angst vernebelt einem die Sicht noch zehnmal mehr als die Blumen, aus deren geöffneten hellgrauen Kelchen weißer Nebel strömt. Sie spüren das. Der Blumennebel folgt meiner Hand, wenn ich sie auseinanderschiebe, legt sich um die Finger, als wollten mich die Pflanzen umgarnen.

Ich weiß, es gab einen, der einen roten Faden im Labyrinth ausgelegt hat, um wieder hinauszufinden, hat mir Laura erzählt. Irgendwo tief drin im Labyrinth wartete das Monster, ein Mann mit Stierkopf, und musste erschlagen werden. Die Geschichte hat mir noch nie gefallen. Wieso war der Mann mit dem Stierkopf denn ein Monster? Der hatte einfach ... wie soll ich sagen ... der hatte eben ein Außenseiterproblem. So wie ich mit meinem verdammten Ledermantel, der mich zum Ungeheuer stempelte, einen ganzen Winter lang. Es ist oft fragwürdig, etwas als Monster zu bezeichnen. Der Minotaurus hat mir jedenfalls immer sehr leidgetan. Ich hätte ihn nicht erschlagen. Ich hätte ihm hinausgeholfen. Mit Leine und mit Maulkorb versehen. Ihn dann anständig gefüttert und ihn gezähmt. Nudeln statt Menschenfleisch. Viel-

leicht sogar Tofu. Es gibt auch vegetarische Monster. Bestimmt.

Ich habe keinen Faden, den ich irgendwo befestigen könnte. Es ist sehr still hier. Irgendwo im leeren Weißen ein lang gezogenes Schreien eines Schwans. Ich sehe keine Schwäne. Es wäre auch kaum möglich, sie auszumachen. Alles ist weiß in weiß. Das Schreien klingt traurig. Aber ich erinnere mich, dass Schwäne immer so klingen, sogar wenn sie ganz zufrieden sind. Das muss ich mir ein paarmal hintereinander sagen, um es ganz fest zu glauben.

Ich muss durch diese Nebelsuppe waten wie durch einen Sumpf. Und ich muss dabei aufpassen, dass meine Füße nicht im Morast versinken. Nebelpflanzen brauchen unsteten Boden, der bereit ist, unter einem nachzugeben. Ich bin langsam. Ich muss meine schweren, vollgesogenen Stiefel mit Kraft aus dem Schlamm reißen. Manchmal ist es besser, langsam zu sein. Jeden Schritt zu überlegen. Ich wünschte, ich könnte das besser. Schritt für Schritt. So werde ich unbeschadet durch das Feld kommen. Und durch das Feld muss ich, wenn ich zum Meer kommen will. Die Küste, die hinter den Schluchten liegt. Die Schluchten liegen noch vor mir. Auf, auf, sage ich mir. Und ich atme den Nebel ein und in zwei feinen Strömen wieder aus. Sieht aus, als ob ich rauchen würde. Der Nebel hüllt mich ein. Ich darf nicht zu lange warten, sonst durchdringt er mich und füllt mich aus, und ich zerlaufe in ihm zu einem weiteren Nebelschleier, ohne Blume. Löse mich auf. Lösche mich aus. Ich darf mein Ziel nicht aus den Augen verlieren. Hier sieht

*man keine Sterne, an denen man sich orientieren
könnte.*

*Ich greife nach der Steinträne um meinen Hals. Sie
ist pochend warm. Ich vertraue darauf, dass Oma
mich erwartet. Das wird mich führen statt der Sterne.
Ich darf nicht vergessen, dass dahinter das Meer liegt.
Und die Küste. Und vor der Küste das Schiff. Mein
Schiff. Das nur darauf wartet, unter einem nacht-
blauen riesigen Sternenhimmel in See zu stechen.*

Was jetzt kommt, wird hässlich. Ich wünschte mir, es
wäre nie passiert. Aber leider. Es ist passiert. Und ich
kann noch mit niemandem darüber sprechen. Ich
hasse es, jemandem heimlich zuzuhören. Aber manchmal passiert das einfach. Das kennt wahrscheinlich
jeder. Man kommt in die Situation, in der man anderen heimlich zuhören kann, und man kann nicht damit aufhören, vor allem, wenn man merkt, es geht um
einen selbst. Dann ist man wie von einem bösen Zau-
ber gebannt und rührt sich nicht und hält nur den
Atem an, und wenn man den halben Weg gegangen
ist, soll heißen, wenn man schon zu viel gehört hat,
sitzt man in der Falle. Kann man nicht mehr einfach
hineingehen und sagen: He, ich habe alles mitgekriegt.
Eure ganzen dreckigen Geheimnisse, die auch noch
mich betreffen. Ich wusste ja, irgendwas ist bei uns
schiefgelaufen.

Aber es lief so oft irgendwas schief, und unsere Familie ist so durchzogen von Geheimnis und Nicht-
sprechenkönnen, von Stillschweigen oder Lostoben,

ohne etwas zu verraten, dass ich irgendwann müde davon war. Irgendwann will man nicht ständig nachhaken, weil nichts dabei rauskommt. Vor allem wenn man viel zu tun hat. Diese Mama-und-Papa-Welt war nicht mehr meine einzige, und ich versuche, dort dranzubleiben, wo ich sehe, es entwickelt sich etwas weiter, in eine Richtung, die sich gut anfühlt. Aber es tut mir so leid. Und es macht mir solche Angst. Und ich mache mir solche Vorwürfe, dass ich nicht lieb genug war zu meinen Eltern.

Ich komme heim, ich höre meine Eltern streiten. Das sind die Momente, in denen man am besten umdreht und leise wieder geht, um nicht in das Wortgewitter hineingezogen zu werden. Ja, das wäre wohl das Beste gewesen, einfach wieder zu gehen. Aber ich schaff das nicht. Ich schleiche die letzten Schritte, aber Vorsicht ist vollkommen unnötig, sie sind so außer sich, dass sie mich garantiert nicht hören. Ich bleibe stehen. Wenn Papa und Mama schreckliche Dinge sagen, ist das für mich so schlimm, dass ich es nicht ertragen kann, ihnen ruhig zuzuhören. Ich stelle mir dann vor, das sind nicht meine Eltern, das sind Schauspieler. Irgendwelche Schauspieler. Ein Theaterstück. Ein Film. Ein Hörspiel. Etwas, das nichts mit mir zu tun hat. Ich brauche dann nur viel Überzeugungskraft, um mir das klarzumachen. Dass ich ja nur wissen will, wie es mit dieser dummen Geschichte weitergeht, die nichts mit mir zu tun hat.

DIE FRAU: »Du hast noch gar nichts eingepackt! Wo sind denn unsere Unterlagen? Und die Hefte? Der

Sprachkurs beginnt doch gleich. Kannst du bitte mal stehen bleiben?«

DER MANN: »Den Kurs brauche ich nicht.«

DIE FRAU: »Das ist nicht dein Ernst? Das meinst du nicht!«

DER MANN: »Den Kurs brauche ich nicht.«

DIE FRAU: »Was soll ich der Sozialarbeiterin sagen?«

DER MANN: »Den Kurs brauche ich nicht.«

DIE FRAU: »Sei vernünftig!«

DER MANN: »Ich habe es dir schon mehrmals erklärt, oder?«

DIE FRAU: »Wir haben uns aber schon angemeldet!«

DER MANN: »Den Kurs brauche ich nicht. Ich werde wieder die Sprache des Krieges lernen.«

DIE FRAU: »Ich rede mit ihr, und du überlegst es dir noch mal. Ich sage ihr, dass du krank geworden bist.«

DER MANN: »Geh alleine hin.«

DIE FRAU: »Vielleicht kann man uns in den nächsten Kurs schieben. Oder … ich fange jetzt an, und du beginnst später … Bleib stehen! Schau mich an! Bitte.«

DER MANN: »Kann ich nicht.«

DIE FRAU: »Du machst dich wahnsinnig. Und mich auch. Jetzt setz dich doch hin.«

DER MANN: »Lass das!«

DIE FRAU: »Da. Setz dich.«

DER MANN: »Nein.«

DIE FRAU: »Deinem kleinen Bruder geht's nicht besser, wenn du hier den Kurs verweigerst! Du läufst in eine Falle. Sie sind geschickt. Sie wissen, wo man das Messer ansetzt.«

DER MANN: »Sie brauchen ihn nicht. Sie wollen mich.«

DIE FRAU: »Sie nehmen dich fest, und ihr verschwindet beide.«

DER MANN: »Das muss nicht sein.«

DIE FRAU: »Du weißt doch selbst, dass es so abläuft.«

DER MANN: »Diesmal vielleicht nicht.«

DIE FRAU: »Bist du sicher?«

DER MANN: »Nein, bin ich nicht. Aber du weißt, ich kann es nicht ändern.«

DIE FRAU: »Du hast die Wahl.«

DER MANN: »Ich habe *absolut* keine Wahl.«

DIE FRAU: »Es sterben Hunderte jeden Tag in diesem Land. Jeden Morgen. Jeden Abend. Aber ich will leben. Mit dir. Ich will, dass du lebst. Und die Kinder.«

DER MANN: »Ich habe noch gar nichts entschieden!«

DIE FRAU: »Dass du überhaupt überlegst … Das ist unerträglich.«

DER MANN: »Du weißt, dass ich *meiner Familie* Folge leisten muss! Ich bin der älteste Sohn meiner Mutter. Ich bin der Beschützer meiner Eltern und meines Bruders.«

DIE FRAU: »Du kannst das nicht alleine entscheiden! Das betrifft uns alle! Ist dir deine Ehre mehr wert als das Leben deiner Kinder?«

DER MANN: »Was für eine Zukunft haben sie als Kinder eines Verräters?«

DIE FRAU: »Hier haben sie eine! Was soll daran richtig sein, dass du die Alten rettest und die Kinder opferst! Wie kannst du dich umdrehen und deine eigenen Kinder zurücklassen?«

DER MANN: »Es muss richtig sein, weil die Tradition das verlangt. Wie kann ich jeden Morgen aufwachen und weiterleben, wenn ich weiß, ich trage eine Schuld in mir?«

DIE FRAU: »Dich trifft doch keine Schuld am Krieg! Und du hast niemandem etwas getan!«

DER MANN: »Ich bin aber verantwortlich für alles, was kommt.«

Vorhang. Vorstellung zu Ende. Sie schweigen.

Ich habe Schüttelfrost. Ich habe das Gefühl: Alles ist aus. Mein ganzes bisheriges Leben.

Die Nebelfelder reichen bis zu einem rostroten Gebirge. Ich habe es durch den Nebel geschafft. Ich sehe die Sonne. Den Himmel. Der Boden ist wieder fest. Rötliches, poröses Gestein. Ich wische mir den Schweiß vom Gesicht. Das war knapp. Das war wirklich knapp. Und ich muss weiter. Ich habe es fast geschafft. Fast. Ich blicke mich nicht mehr um. Die Nebelwand bleibt zurück.

Vor mir ragt ein Bergmassiv in die Höhe, spitze rote Felsennadeln. Glatte Bergflanken. Ich strecke die

Hand aus: Das Gestein ist warm wie Fleisch. Ich laufe eine Zeit lang diese Bergwand entlang, suche nach Vorsprüngen, an denen ich mich hochziehen könnte, und finde keinen Weg hinauf. Bleibe schließlich stehen. So ein Berg ist unüberwindbar. Ich kann nicht hinaufklettern. Viel zu steil. Ich bin so müde. Alles war vollkommen umsonst, die Wanderung, der Mut, den ich zusammengenommen habe. Meine Füße geben nach. Ich rutsche mit dem Rücken an den Stein gelehnt hinunter, lege meinen Kopf auf die Knie und kämpfe mit den Tränen. Ich spüre meine Steinträne zwischen den Fingern. Das beruhigt. Oma würde nicht einfach so aufgeben. Ich stehe also wieder auf und laufe weiter, eine Hand am Stein. Irgendwann finde ich einen sehr schmalen Spalt. Darin ist ein seltsames Rascheln zu hören. Andere Laute, wenn ich genau hinhöre. Wie ein entferntes Kreischen. Vielleicht ein Echo.

Ich drücke mein Gesicht gegen den Spalt und blicke hinein: Ein Weg führt hindurch, der sich weiter vorne verbreitert. Ich muss die Luft anhalten, den Bauch einziehen und mich durch die Enge quetschen. Kurz habe ich das Gefühl, ich stecke in einem steinernen Kanal fest. Ich drücke mich weiter. Die Knöpfe reißen von meiner Jacke ab und bleiben unter mir liegen. Dunkle glänzende Knöpfe wie Augen von Teddybären. Ich drücke mich weiter, die Handrücken schürfen auf. Ich schaffe das. Ich bin durch. Ein schmaler Pfad führt weiter ins Gebirge. Ich folge ihm.

Die Geräusche werden lauter. Da sind eindeutig Schreie neben dem Rascheln. Aber links und rechts von mir ist nichts. Ich schaue nach oben. Über mir schwirren seltsame Tiere mit ledrigen Schwingen in der Schlucht umher. Ein wenig sehen sie aus wie die federlosen Urvögel, aber ohne die spitzen Schnäbel, die die Ursaurier haben. Die Nasen sind rund wie die von Fledermäusen, die Köpfe auch. Breite Mäuler mit rosa Rändern. Spitze Zähne. Schwingentiere, die mit Wucht auf die Steinwände knallen, sich verletzen. Ich sehe ihre Körper hilflos zwischen den Steinmassiven hin und her flattern, mit voller Wucht aufschlagen, taumeln. Sie sind unfähig, aus der Schlucht zu entkommen. Die Schreie kommen von ihnen.

Ich stehe tief unten in der engen Schlucht. Über mir die rostroten Steinwände, zwischen ihnen nur ein schmaler Spalt blauer Himmel. Den sieht man auch nur, wenn man den Kopf in den Nacken legt. Der schmale Pfad, der durch das Gebirge führt, ist steil. Voller Geröll, über das ich klettern muss, das leicht ins Rutschen gerät. Manche Tiere stürzen ab, bleiben kurz verletzt am Boden der Schlucht liegen, springen benommen wieder hoch, flattern auf, nur um bald wieder in torkelnder Abwärtsbewegung hinunterzustürzen.

»Da geht's lang«, schreie ich. Meine Stimme wird von den Schluchtwänden zurückgeworfen. Verzerrt. Fast hätte ich mich selbst nicht wieder erkannt. »Schaut doch, da geht's lang! Ihr müsst höher hinaus!«

Sie neigen die Köpfe ein wenig, als hätten sie aus weiter Ferne etwas gehört, und werfen sich gleich darauf wieder halsbrecherisch gegen die Steine.

»Da geht's lang! Schaut doch! Über euch ist der Himmel, blauer Himmel. Seht nur.« Ich brülle mir die Seele aus dem Leib. Aber sie drehen nur hilflos die Köpfe, suchen den Klang meiner Stimme. Sie sind blind, denke ich, sie sehen mich nicht, weder mich noch die Wände, noch den Himmel. Ich denke mir, Fledermäuse können das doch auch, Fledermäuse orientieren sich in vollkommener Finsternis. Warum die nicht? Ihre schneidenden Schreie sind vollkommen sinnlos. Sind umsonst. Sie verhindern nichts.

In der Schlucht auf dem schmalen Pfad, auf dem ich stehe, liegen Klauenbruchstücke mit Bluträndern. Ich suche mir eins aus, bei dem die Form am besten erhalten ist, ein Hellbraun des Hornmaterials, das bis in die gewundene Spitze ins Ebenholzschwarz wechselt, hebe es hoch, putze den Staub ab, wische die Blutreste mit dem Ärmel weg und stecke es in meine Jackentasche. Halte es auf dem Weg durch die Schlucht in meiner Faust umschlossen, die Ränder sind scharf und kratzen. Um mich daran zu erinnern, wie wichtig es ist: den Weg hinaus zu suchen, damit man ihn finden kann.

Markus hat angerufen. Schon zum dritten Mal. Ich bin ein bisschen froh darüber, aber ich melde mich nie zurück. Ich kann das gerade nicht. Ich habe versucht, ihm einen Brief zu schreiben. Erfolglos. Was soll ich ihm auch schreiben? Dass hier alle irre geworden sind?

Oma hat auch angerufen. Das tut sie nie. Papa ist hinuntergestürmt zum Telefonapparat. Ich bin hinter ihm hergelaufen. Habe gelauscht. Aber er hat nur geseufzt.

Dieses furchtbare Gefühl, dass alles noch genauso ist wie vor zwei Wochen und dennoch völlig anders. Nur merkt man es noch nicht. Das, wovor wir Angst haben, ist noch nicht da. Und ich kann nichts tun. Nur blöd zuschauen.

Rami hat noch immer nichts kapiert. Ich nehme ihn heute mit in mein Bett. Er ist so verängstigt, dass er sich sofort an mich drängt. Er zittert. Ich decke ihn mit meiner Decke zu, mein Hintern und meine Beine schauen raus. Er hat eiskalte Füße, die er an meinen Beinen wärmt. Wenn er die Augen zumacht, hat er sehr lange Wimpern, wie ein Kitschengelchen.

»Ich passe schon auf dich auf«, sage ich ihm, als er schon schläft. »Hab keine Angst, du Familienoberhaupt.«

Alle sind fertig, nur Amina nicht. Die scheint aufzuleben. Ich bin unter lauter Wahnsinnigen. Frau Wischmann sagt, ich soll selbst auf mich aufpassen. Wenn es schon sonst keiner tut.

Ich warte zwei verdammte Tage. Zwei Tage Unruhe und Angst. Dann halte ich es nicht mehr aus. »Papa«, sage ich. »Das geht so nicht, dass ihr nur schweigt.«

Ich habe das schon einmal mit ihm durchgemacht, damals, als die Wischmann mir das Gespräch vorgeschlagen hat. Gut war das damals. Nur … damals klingt, als ob das lange her wäre. Es ist eine andere Welt, in der das Gespräch mit Frau Wischmann möglich war. Eine Welt, die, so kaputt sie mir damals noch erschien, dennoch heiler war als meine jetzige Welt.

»Bitte, Papa. Mama hat gesagt, du gehst weg. Ich habe euch streiten gehört. Was ist los?«

Er hat mich angesehen. Dann hat er mich umarmt. Ich bin kurz zurückgeschreckt. Er hatte das so lange nicht mehr gemacht. Papageruch mit altem Rauch in den Kleidern.

»Madina«, hat er gesagt. »Ich kann es nicht ändern. Und ich will nicht darüber reden. Ich kann nicht. Verstehst du?«

»Nichts verstehe ich«, habe ich gesagt und die Tränen unterdrückt. »Es war doch alles gut! Wir waren doch alle so glücklich! Wir haben den Bescheid, Papa. Wir können bald ausziehen. Lauras Mutter hilft uns, was zu finden. Wir haben alles, was wir wollten, warum machst du das jetzt?«

Papa schüttelt den Kopf. Das Gesicht bekommt kurz den weichen Ausdruck, den es hat, wenn er zeigen will, dass er mich oder Rami lieb hat. »Ich muss zurück. Oma braucht mich. Wenn du groß bist, wirst du das verstehen.«

»Ich bin schon groß, Papa. Ich verstehe euch nicht. Ich verstehe das nicht!«

»Onkel Miro wurde verschleppt«, sagt Papa.

Mir wird sofort schlecht. »Ist er tot?«, frage ich. Verschleppt, das heißt bei uns tot. Über kurz oder lang. »Und warum musst du deswegen weg?«

»Weil deine Großmutter ohne ihn nicht überlebt. Weil … «

Ich klammere mich an seinen Arm. »Kommst du wieder, Papa?«, frage ich. »Holst du Oma ab und kommst dann wieder?«

Er seufzt. Und er schaut mich nicht mehr an. Er sagt leise: »Sie wollen, dass ich mich stelle. Dann lassen sie ihn frei.«

Zurückgehen heißt sterben, glaube ich.

Habe in Papas Sachen herumgewühlt und Omas Brief gefunden. Mir war schlecht vor Angst, ihn zu lesen, schlecht vor Angst, sie erwischen mich dabei, wie ich heimlich Papas Hemden, sein Bett, seinen Koffer durchsuche. Es ist so selten der Fall, dass niemand im Zimmer ist, ein verdammtes Glück war das. Glück im Unglück. Habe den Brief gefunden, zwischen seinen Sachen. Fein säuberlich zusammengefaltet. Habe ihn aufs Klo mitgenommen. Omas Schrift ist krakelig, es ist schwer, sie zu entziffern.

Liebster und ältester Sohn, steht am Anfang. Und zwischen den Zeilen gibt es große blaue Flecke, als ob sie aufs Papier geweint hätte – oder mein Vater, was weiß ich, wer.

Ich kann nicht weinen. Ich fühle mich total tot. Ich sitze mit heruntergelassener Hose auf dem kalten Klo und halte den Brief in meinen Händen, halte ihn mir nahe vors Gesicht, um ihn leichter zu entziffern.

Sie schreibt, dass Soldaten da waren. Sie schreibt, dass sie sie umgeworfen haben, sie ist ganz grün und blau, aber Gott sei Dank hat sie sich nichts gebrochen. Ich denke an meine zarte kleine Oma, an ihr Blumengewand, an ihr Lächeln, und ich will mir nicht vorstellen, wie grobe Soldatenarme sie packen und umwerfen, wie sie vor Angst wimmert. Ich werde dieses Bild nicht mehr los, während ich den Brief zu Ende lese.

Jeder Satz bedeutet einen neuen Schrecken. Sie haben meinen Onkel gepackt, ihm einen Sack über den Kopf gestülpt, ihn mit den Gewehrläufen ihrer Waffen niedergeschlagen und rausgezerrt, während sie am Boden lag und schrie und weinte. Und sie haben gelacht und ihr gesagt, ihr ältester Sohn, der Volksverräter, möge gefälligst zurückkehren. Und sich endlich seiner gerechten Strafe stellen. Dann erst würden sie den jüngeren Sohn freilassen. Ein Leben für ein Leben. Auge um Auge. Zahn um Zahn.

Eine Woche sei nun um. Sie könnten sich kaum mehr selbst versorgen. Großvater sei schwer krank, er könne nicht mehr aufstehen. Sie wage kaum, ihn zu fragen, aber er sei nun mal der älteste Sohn und er sei für alle verantwortlich. Ob er zurückkommen könne, um den kleinen Bruder zu retten? Sie will auf ihn warten. Sie wartet.

Nein, denke ich mir. Es ist nie vorbei. Der Krieg ist

nie vorbei. Wenn er einmal begonnen hat, dann geht er weiter und weiter, auch wenn man Tausende von Kilometern weit weg ist. Er erwischt dich überall. Ich denke an die schreckverzerrten Gesichter der Menschen im Fernsehen, die bei dem Bombenanschlag verwundet wurden oder einfach nur Augenzeugen des Blutbades waren. Diese Gewalt hört nie auf, sie breitet sich aus, wie Wellen auf dem Wasser, wenn man einen Stein hineinwirft.

Es gibt Punkte, da kann man nicht mehr ins Gewohnte zurück. Das hier ist so einer. Ich packe meine Schultasche, lege noch frische Unterwäsche für morgen hinein und haue ab.

»Wohin gehst du«, schreit mir meine Mutter hinterher. Sie läuft mir sogar ein Stück nach, bis zum Tor der Pension.

»Ich muss Laura sehen«, sage ich.

»Komm bald wieder!« Das ist kein Befehlston, sondern eine flehentliche Bitte. Sie hält mich nicht auf. Sie weiß, dass es keinen Sinn hätte.

Ich nicke und gehe weiter. Zu Fuß am Abend durch den Wald. Durch den echten, nicht durch meinen Märchenwald. Ich war schon oft hier unterwegs. Meine Angst ist ein wenig abgestumpft, wie ein aufgeschlagenes Knie nach mehreren Tagen nicht mehr so schmerzt, sondern sich nur meldet, um klarzumachen, es ist noch nicht heil. Aber es ist mir egal. Ich beiße die Zähne zusammen und gehe immer weiter. Manchmal kommen Autos an mir vorbei, die Lichter wie suchende Finger zwischen den Ästen, auf dem Asphalt der Straße. Ich brauche eine kleine Ewigkeit, bis ich vor Lauras Haus angekommen bin. Lauras Fenster ist dunkel. Unten im Haus brennt aber Licht. Ich läute. Ich warte verdammt lange und will gar nicht daran denken, was passiert, wenn Laura gar nicht da ist. Nichts rührt sich. Ich rufe ein paarmal ihren Namen. Dann klettere ich über den Zaun, reiße mir dabei ein Loch ins Hemd und warte auf der Terrasse auf sie. Im Garten, den mein Vater regelmäßig pflegt. Und bald vielleicht nie wieder.

Ich wartete Stunden dort. Mir wurde kalt. Ich hatte Hunger. Ich saß mit der Decke von Lauras Mutter zu einer Schmetterlingspuppe eingerollt in der Gartenschaukel. Die Schaukel quietschte. Der Himmel war ganz dunkel, kein Mond zu sehen, keine Sterne. Der Hund vom Nachbarn bellte anfangs. Irgendwann wurde es ihm zu blöd. Irgendwann ist das Auto von Lauras Mutter vorgefahren, mit wegspritzendem Kies unter den Reifen. Ich habe Gelächter gehört, Lauras und das ihrer Mutter. Sie kamen in den Garten.

»Huch! Da sitzt wer«, sagte Lauras Mutter.

»Madina?«, fragte Laura ungläubig. »Was machst du denn hier? Komm rein, komm ganz schnell rein.« Sie umarmte mich, Bauch an Bauch, Wange an Wange. Ich spürte mich gar nicht mehr. »Du bist klamm wie ein Brunnenmolch«, sagte Laura. Wir gingen hinein.

Das Licht war wegen Markus an. Der hat den ganzen Abend mit seinen Kopfhörern Musik gehört. Es ist ihm sehr peinlich jetzt, weil ich draußen so gefroren habe. Jetzt bringt er mir Decke und Tee und Honig und entschuldigt sich permanent. Ich würde mich gern an ihn anlehnen. Aber das traue ich mich nicht.

Ich erzähle ihnen alles. Alles. Sie sitzen da und hören mir zu.

»Kranke Sache«, sagt Markus. »Soll ich Mama holen?«, fragt Laura, als ich fertig bin.

Ich bin nicht sicher. Eigentlich tut es manchmal gut, wenn ein Erwachsener sich einmischt. Ich weiß nicht mehr alleine weiter.

Und ich erzähle alles von vorne. Von Papas Patienten. Von unserer Flucht. Von dem Warten auf die Erlaubnis hierzubleiben. Von meinem Onkel und von meiner Oma und von meinem Vater, der allen Ernstes meint, sie retten zu müssen. Gleichzeitig fange ich an zu weinen, weil ich natürlich nicht will, dass meine Oma stirbt und mein Onkel und mein Großvater. Beim zweiten Mal Erzählen ist es noch ungeheuerlicher als beim ersten. Und Lauras Mutter runzelt die Stirn. Sie denkt scharf nach.

Dann sagt sie: »Aber ihr seid doch wegen deines Vaters geflüchtet. Wenn dein Vater weggeht, habt ihr keinen Asylgrund mehr. Dann müsst ihr auch gehen.«

Ich sitze mitten in der Nacht im Auto von Lauras Mutter, und wir fahren wieder zurück zu unserer Pension.

Ich muss das sofort mit meinen Eltern besprechen. Vielleicht haben sie das nicht ganz verstanden. Lauras Mutter hat recht. Papa bringt uns alle in Gefahr.

Müßig, das alles aufzuschreiben. Lauras Mutter, ganz müde, mit verschmierten blauen Lidern auf Halbmast, und meine Mutter mit ihren rot geweinten Augenschlitzen debattieren am Tisch. Ich übersetze alles. Amina sitzt abseits. Rami klammert sich an Mama, obwohl er so schläfrig ist, dass er kaum stehen kann.

»Wenn Sie gehen, verliert Ihre Familie den Asylgrund«, hämmert Lauras Mutter ständig mit der Hand auf den Tisch. »Wenn Sie gehen, glaubt Ihnen niemand mehr, dass Sie zu Hause in großer Gefahr sind. Dann muss Ihre ganze Familie zurückkehren! Dann müssen Ihre Kinder zurück! Verstehen Sie?«

Papa sagt gar nichts dazu außer: »Macht, was ihr wollt. Wie kann ich meine Mutter, meinen Vater und meinen Bruder sterben lassen?« Das wiederholt er ein ums andere Mal.

Lauras Mutter wirkt hilflos. Was soll sie schon groß sagen. Sie kann Oma und Opa und Onkel auch nicht retten.

Ich komm mir vor wie eine Akrobatin, die von einem brennenden Seil ständig aufs nächste hüpfen muss. Ich verrenke mich für alle. Ich sehe nicht ein, warum Papa das gar nicht kann.

»Ihr müsst euch Hilfe holen«, sagt Lauras Mutter.

»Wo?«, fragt Mama.

»Keine Ahnung«, sagt Lauras Mutter. »Geht zur Beratungsstelle, die euch betreut. Ihr habt doch eine Sozialarbeiterin dort, oder? Ihr wollt doch hierbleiben, oder?«

»Ja, aber …«

Für dieses »Ja, aber« könnte ich sie alle umbringen.

»Ich will hierbleiben«, weine ich. Jetzt, wo der größte Schock vorbei ist, wird mir klar, dass sie mich vielleicht genauso abholen werden und ins Auto stopfen und wegbringen wie andere, die hier wegmussten. Und ich werde schreien und weinen, und es wird mir auch nichts nutzen. Und ich sehe Laura nie wieder. Und Markus. Das gibt mir einen Stich ins Herz. Ich sehe Markus nie wieder, und Papa ist dann trotzdem verschwunden.

Lauras Mutter fährt und verspricht, morgen in der Schule anzurufen. Sie ist so verwirrt wie ich. Sie versteht das alles nicht, und sie hat selbst zu wenig Ahnung von Papas und Mamas Leben.

Ich verstehe sie. Es ist sehr, sehr kompliziert. Ich weiß keine Lösung.

Ich sitze auf dem Gang und schaue zum Fenster hinaus. Ganz wie meine Tante, das schlechte Vorbild. Ich sehe in den Wald hinaus, der jetzt nur noch eine undurchdringliche Fläche mit gezacktem Rand ist, über dem die Sterne langsam sichtbar werden. Und ich frage mich, was Amina wohl immer denkt, wenn sie so dasitzt und so rausstarrt. An ihren Mann. An alles, was verloren ist. An alles Vergangene, das ihr nah geblieben ist. Von dem sie sich nicht lösen will. Jetzt verstehe ich sie. Wenn man aufhört, an die zu denken, die weg sind, verschwinden sie. Als hätte es sie nie gegeben. Ich bin es Oma schuldig, an sie zu denken. An Opa. An meinen Onkel, auch wenn mir der weniger nahe stand. Er war lustig. Er konnte gut reiten. Er hat immer laut gelacht.

Wenn Papa nicht zurückgeht, stirbt meine Oma. Wenn Papa zurückgeht, stirbt Papa.

In dieser Nacht gehe ich durch ein finsteres Tal. Der Himmel ist schwarz. Keine Sterne, kein Mond. Der Kies, auf dem ich gehe, besteht aus glatten schwarzen Steinchen, glänzend. Sie dringen in meine Schuhe, rutschen zwischen Fußsohle und Ledersohle. Es geht kein Wind. Kein Laut. Ich bin ganz allein. In der Ferne leuchtet ein Widerschein auf. Wie der Widerschein am Himmel, als wir weggingen. Brennende Häuser, brennende Scheunen. Ich bewege mich auf dieses Licht zu, und ich bekomme Angst, dass ich genau dorthin zurückgehe, von wo wir weggelaufen sind. Zurück in den Krieg. Dabei sollte mich diese Reise nach Hause führen. Aber in das Zuhause, das ich hatte, bevor alles begann. In mein wirkliches Zuhause. In meine Kindheit.
Ich drehe mich um. Mein Fuß tritt in der Finsternis ins Leere. Steinchen rieseln hinab. Da ist kein Weg mehr. Da ist nichts. Kein Boden, auf den ich treten

könnte. Alles ist weg. Ich habe keine Wahl. Ich muss weitergehen. Hinter mir hat sich alles aufgelöst. Still und leise und ohne Vorwarnung. Gut. Dann gehe ich eben weiter. Ich beginne zu singen, damit in dieser Leere wenigstens meine Stimme da ist. Ich singe, was mir gerade einfällt. Meine Kinderlieder. Lauras Lieblingssongs.

Die Lichtquelle kommt näher und näher. Das Licht springt über die Bergwände, wirft eigenartige Schatten wie urzeitliche Riesentiere. Es wird heller und auch heißer. Wie Wind in der Wüste. Und ein Knurren. Ein Grollen wie Donner. Vor mir endet der Weg, als ob er mit einem Riesenmesser einfach abgetrennt worden wäre. Mittendurch. Vor mir klafft ein Abgrund. Und aus diesem Abgrund erheben sich zwei schauderhafte Riesenköpfe. Monsterschädel, ein wenig wie die Plastiklöwen im chinesischen Restaurant im Ort. Flammen statt Mähnen. Rollende glühende Lavaaugen. Zwischen ihnen ein gespanntes Seil, das in ihrem Atem aufglüht und glimmt. Sie sitzen sich gegenüber wie zwei riesige Wachhunde. Sie lassen sich gegenseitig nicht aus den Augen. Erhobene Klauen. Mattschwarze Krallen. Sie würden übereinander herfallen, wenn sie könnten. Das Seil trennt sie. Wenn sie nur in seine Nähe kommen, brüllen sie vor Schmerzen. Sie sind so mit sich beschäftigt, dass sie mich nicht wahrnehmen. Ich bleibe stehen. Ziehe mir Schuhe und Socken aus, stecke sie in meinen Rucksack. Strecke meine Zehen aus und steige auf das Seil. Es tut weh. Es brennt. Ich mache den ersten Schritt. Das Seil zittert und bebt.

Ich gehe langsam, mit ausgestreckten Armen, Schritt um Schritt. Meine Haut glüht. Eines der Tiere lässt einen ohrenbetäubenden Laut los, das Seil schwankt in der Zugluft, ich verliere das Gleichgewicht, neige mich auf die Seite, kralle meine Zehen in das glühende Seil. Meine Schuhe fallen aus dem Rucksack und verschwinden unter mir in der Tiefe. Ich muss weiter. Als ich endlich den Rand auf der anderen Seite erreiche, rauchen meine Fußsohlen. Ich werfe mich auf den Boden und weine vor Schmerz.

Mitten in der Nacht laufe ich aufs Klo und erbreche mich. Gleich hinterher habe ich Durchfall. Ich wünsche mir eine Hand, die mir den Kopf hält, und ich wünsche mir, dass diese Hand Laura oder Markus gehört. Es fühlt sich an, als ob alles Vertraute aus mir herausfließt. Oben, unten. Es riecht säuerlich. Mir ist total schwindlig, aber ich will niemanden um Hilfe bitten. Ich knie auf allen vieren im Klo und starre die Kacheln an. Braunrote Fliesen. Links im Eck eine weiße, da wurde etwas ausgebessert. Ich schaffe das allein. Auch wenn ich den Gang entlang zurück zu meinem Zimmer, ins Bett kriechen muss.

Frühmorgens rufe ich Frau Wischmann an und flehe um einen Termin. Sie bezeichnet mich als Notfall und schiebt mich ein. Ihr Büro ist weit weg, Lauras Mutter wird mich aus der Schule abholen und hinfahren. Die King bringt mir etwas Süßes als Trost. Ich öffne es vorsichtig – natürlich Shortbread. Und Mandarinen. Sie meint es gut. In der Pause bin ich so nervös, dass ich meine Arme blutig kratze.

»Hör auf damit«, sagt Laura leise. »Hör auf!« Und sie hält mich ganz fest und streichelt mich. Weint selber fast. »Wir werden etwas finden für dich. Uns fällt noch was ein. Bestimmt.«

Ich schwanke zwischen dem Gefühl, dass ich unbedingt will, dass man etwas für mich findet, und der Angst, meine Familie zu verraten.

Markus holt mich mit Lauras Mutter von der Schule ab. Passt mich beim Schultor ab. Nimmt meinen Rucksack. Es ist sehr schön, dass jemand etwas für mich tragen will. Laura reißt sich zusammen und sagt nichts. Schaut nicht mal böse. Wir haben keine Zeit für so einen Blödsinn.

Auf der Fahrt sehe ich zum Fenster hinaus. Sehe den Bäumen nach, die hinter uns zurückbleiben. Zähle sie. Noch bevor ich bei zehn bin, stelle ich mir schon meine moosbewachsenen Bäume vor, die in meinem Wald stehen, in dem es immer ein bisschen dämmrig ist, sogar wenn die Sonne scheint. Und ein wenig nebelig. Kippe so schnell in meinen Wald hinein, dass ich erst merke, dass wir da sind, als Markus mir an die Schulter tippt.

Lauras Mutter bringt mich in die Pension zurück. Ich gehe innerlich alle Punkte durch, die die Wischmann mir eingebläut hat. In meiner Rocktasche liegt ein gefalteter Notizzettel, auf dem ich mir alles aufgeschrieben habe, falls ich mich nicht mehr erinnern kann. Ich zähle die Punkte auf und fahre mit den Fingern auf der Papieroberfläche herum, als ob die Vorschläge in Blindenschrift verfasst wären.

Markus will mit mir aussteigen. Ich frage mich, wie Papa darauf reagieren wird. Ich will es nicht wissen. Ich bitte Lauras Mutter, kurz vor der Pension anzuhalten. Lieber laufe ich ein Stück zu Fuß. Damit niemand sieht, dass er im Auto neben mir gesessen hat. Das geht niemanden etwas an außer mir. Die Seite meines Körpers, die im Auto ganz nah an ihm war, glüht noch nach.

Im Speisesaal ist es unmöglich laut. Alle schreien durcheinander, klappern mit dem Geschirr und mit den Gläsern. Alle Geräusche stören mich auf einmal, alle Gerüche. Dieser ekelhafte Großküchengeruch. Man hört nur Gesprächsfetzen, und ich will mit Papa reden, ich will mir seine Stimme merken, seine Worte. Vielleicht reißen sie ab, und ich höre dann nie wieder etwas von ihm. Und frage mich später, in einem Jahr, wie er denn geklungen hat.

Ich muss einen Grund für uns finden hierzubleiben. Wenn Papa geht, ist Papas Problem kein Grund mehr. Dann ist sein Problem in den Augen der Behörden erfunden. Warum sollte er denn freiwillig in ein Land gehen, in dem ihm der Tod droht. Würde kein normaler Mensch machen. Eben. Ich sehe schon diese Gesichter vor mir. Strenge Blicke, geschürzte Lippen, gekämmte Haare, ordentliche Kleidung. Krawatte, Bluse. Dezenter Schmuck oder gar keiner. Und dann dieser kritische Blick. Immer dieser leicht misstrauische Blick, der uns ständig in unserer Unvollkommenheit überführen will. In unserer Unaufrichtigkeit. In unserer Gier nach fester Bleibe, die ihnen suspekt ist. Der einzige Grund, den wir haben, ist Amina. Der ebenfalls der Tod droht. Amina würde aber lieber sterben, als denen etwas zu sagen. Auch uns nicht. Wenn wir aber keinen Grund haben, werden wir alle abgeschoben.

Ich zeichne Papa. Für den Fall, dass er wirklich geht. Dann muss ich doch wissen, wie er war. Dann muss ich sein Bild in mir bewahren. Ich zeichne verdammt schlecht. Er sieht mit dem schiefen Bart, den ich ihm verpasst habe, wie Räuber Hotzenplotz aus. Aber als ich ihm nur Barthaare einzeln zeichne, sieht er aus wie ein Panzerknacker. Ich werde ein Foto machen. Irgendwie.

Was macht man, wenn man nichts machen kann? Weinen bringt auch nichts. Ich mache einfach irgendwie weiter, bis mir etwas einfällt.

Ich habe es geschafft. Ich kann es kaum glauben. All die reißenden Tiere in meinem Wald habe ich umgangen. Die Nebelfelder überwunden. Durch die Berge gekommen. Ich bin schon ganz nah an meinem Ziel. Meine Füße sind zerschunden und bluten. Aber ich bin glücklich. Nur noch den letzten Abhang hinunterlaufen zum Sand. Durch die Dünen zum Meer. Da ist eine Anlegestelle. Das weiß ich. Ich kenne sie schon. Und dort, an der Anlegestelle, wartet mein Schiff. Das liegt dort all die Zeit über vor Anker. Nur für mich. Der Kapitän kann den Sternenhimmel weit besser deuten als ich. Er hat ein Messingfernrohr, das ihn leitet, er hat Sternenkarten und Mondpläne, er kennt die Gezeiten und das Muster, das die Wellen bilden. Er kennt alles, was wir für unsere Überfahrt brauchen. Und er wartet auf mich. Wartet auf mich wie alle seine Matrosen, die nur dazu da sind, dieses Schiff in Schuss zu halten und seine Befehle auszuführen.

Ich laufe, ich stolpere, der Sand dringt in die Wunden zwischen meinen Zehen, in meine Kleider. Er ist warm. Ganz feine Körner. Ich schütze meine Augen mit der Hand und sehe aufs Meer hinaus. Da. Da ist die Stelle. Ich kann den Umriss des Schiffes ausmachen. Ich lache, falle auf die Knie in den Sand und lache, den Kopf zurücklegt, bis ich keine Luft mehr kriege. Ich stehe wieder auf und laufe los.

Ein altes Schiff mit riesigen blauen Segeln und knarrenden Schiffsbrettern. Als ich endlich auf dem Steg angelangt bin und an Bord gehen will, lassen sie mich nicht hinauf.

»He«, schreie ich. »Ich war wochenlang auf dem Weg zu euch. Was soll das!«

Ein Matrose lehnt sich über die Brüstung und schreit zurück: »Es gibt hier gar nichts umsonst, was kannst du uns als Bezahlung geben? Wir stechen noch heute in See.«

Ich lasse die Hände sinken.

»Ich habe nichts«, sage ich.

»Dann musst du hierbleiben«, antwortet er.

Meine Füße geben nach. Es kann doch nicht alles, alles umsonst gewesen sein. Das kann nicht sein. Das darf nicht sein. Ich wühle meine Taschen durch. In der ersten ist nichts. Nicht einmal mehr etwas zu essen. In der zweiten pikst mich etwas schmerzhaft in die tastenden Finger. Ich ziehe die blutige Hornkralle heraus, die ich in der Schlucht aufgesammelt habe. »Schaut«, sage ich. »Die kann ich euch geben.«

»Warte«, ruft der Matrose und verschwindet.

Ich stehe da und lasse den Blick übers Meer schweifen. Ich muss auf die andere Seite. Ich muss zu Oma.

Nach einiger Zeit erscheint der Matrose mit einem großgewachsenen Mann wieder. Dunkles Hemd, dunkle Augenringe. Blaue Augen. Bart wie Papa. Sieht Papa überhaupt irgendwie ähnlich. Das stört mich plötzlich. Ich will keine Ebenbilder haben, hier, in meiner Welt.

Sie schieben ein Brett über Bord, das auf dem Steg dumpf aufschlägt. Der Mann steigt langsam zu mir hinunter. Nimmt das Hornstück und wiegt es in seiner Hand. Seine Handfläche ist riesig im Vergleich zu

meiner, voller Schwielen und so dunkel wie die ge-
beizte Reling. Er riecht nach Meer und nach Gewür-
zen.

»Gut«, sagt er. »Kann ich brauchen.«

Ich will zum Brett hin. Er verwehrt mir den Weg.

»Was ist noch?«, sage ich. »Ich habe für die Über-
fahrt bezahlt.«

»Das ist nicht genug«, sagt er.

»Ich habe nichts mehr«, stammle ich.

Er zeigt auf meine Träne, die um meinen Hals
hängt, und sagt: »Das da wird reichen.«

Ich schlucke. Die Träne hat mich bis hierher ge-
führt. Was soll ich ohne sie machen? Andererseits
muss ich weiter, ich kann nicht zurück. Ich atme tief
ein, reiße die Kette, die ich seit meinem Aufbruch von
zu Hause um meinen Hals trage, reiße sie mit einem
Ruck hinunter und lege das silberne Schmuckstück in
seine Pratze.

Er lacht und schließt seine Finger. Das Glänzen
verschwindet in seiner Faust.

»Komm mit hinauf«, sagt er und dreht sich um und
geht vor.

Ich folge ihm über das schwankende schmale Brett.

Ich hänge am Telefon und höre dem Tuten zu. Vor
mir der Notizblock, in den ich alle wichtigen Punkte eingetragen habe. Ich hänge endlos in der War-
teschleife. Als sich die Frauenstimme meldet, bin
ich so abgelenkt, dass ich nicht sofort zu reden beginne.

»Mit wem spreche ich?«

»Mit Madina. Der Tochter von Eli.«

»Welcher Eli, welche Madina?«

Ich nenne unseren Nachnamen. Unsere Aktennummer.

»Ja?«

»Kann ich mit meiner Mutter vorbeikommen?«

»Wieso?«

»Wir brauchen einen eigenen Termin. Ich brauche Hilfe.«

»Was brauchst du?« Es klingt ungläubig.

»Hilfe und einen Termin. Es ist dringend!«

»Erst in zwei Wochen.«

»Ja, unbedingt.«

Sie hängt auf, bevor ich mich bedanken kann.

Ich habe immer Angst, ich vergesse etwas Wichtiges. Ich habe Angst, ich erinnere mich nicht mehr, wie er aussieht. Ich lege mich jeden Abend hin und setze sein Gesicht zusammen. Die Augen. Die Augenbrauen. Die Narbe auf dem Kinn, der Bartansatz hat dort eine kleine kahle Stelle. Jedes Mal fehlt mir etwas. Wie soll ich das erst schaffen, wenn ich ihn nicht mehr sehen kann, jeden Tag. An was ich mich nicht erinnern kann, das ist verschwunden. Verschwunden. Vielleicht für immer.

Markus wollte mich besuchen. Habe ich ihm verboten. Nicht jetzt.

Papa beginnt zu packen. Ich kann es nicht glauben. Ich kann es einfach nicht glauben. Aber er meint es ernst. Er verlässt uns. Er verlässt mich.

Am Abend nach dem Essen spielt Papa mit Rami Federball im Hof. Ich sehe ihnen zu. Ich bin zu müde zum Herumlaufen. Ich will Oma einen Brief schreiben. Aber ich weiß nicht, was ich schreiben soll. Halte das Blatt Papier in meinen Händen und knicke es in unterschiedliche Formen. Soll ich etwa schreiben: Bitte bleibt alle am Leben. Bitte.

Fühle mich leer. Sehe zu, wie der weiße Federball hochfliegt. Dieses Geräusch, wenn der Gummikopf auf dem Schläger aufkommt, und das Schwirren, wenn er durch die Luft fliegt. Ein monotones Hin und Her. Der weiße Federball wird geworfen, fliegt und schlägt auf. Immer wieder von vorne. Rami ist viel gelenkiger als Papa und auch schneller. Erwischt fast jeden Ball, und Papa verliert haushoch. Er ringt nach Luft. Er hält sich die Brust, wie immer, wenn er sich angestrengt hat. Wenn ich früher sah, wie er sich die Brust hielt, wurde mir mulmig.

Rami macht einen Indianertanz, als hätte er vergessen, was Sache ist. Papa fängt ihn auf und hält ihn im Arm. Ihre verschwitzten T-Shirts kleben ihnen am Körper. Der Blauregen leuchtet violett vor der Hauswand mit dem abbröckelnden Putz. Der Himmel ist noch ganz hell, und fette Maikäfer brummen durch die Luft wie kleine langsame Bronzekugeln. Es riecht nach beginnendem Sommer. Es riecht nach dem Anfang von etwas Schönem. Ich weiß, dass das eine Lüge ist.

Laura kommt vorbei und versucht uns aufzumuntern. Richtet mir aus, dass Markus mich unbedingt sehen will. Etwas für mich tun will. Das ist nett. Aber außer neben mir sitzen, kann er eigentlich nichts machen. Es gibt Momente, da kann man nichts tun, außer geduldig daneben sitzen zu bleiben. Wie ich damals neben den Kranken in unserem Keller. Wenn ich mal so richtig entscheiden sollte, was ich werden will, bin ich mir jetzt sicher. Auch wenn die King mich nicht für geeignet hält. Ich will trotzdem Ärztin werden.

Laura verspricht Rami, dass er ein Kaninchen bekommt, wenn er brav und nicht traurig ist. Ihr Nachbar verschenkt welche.

»Wirklich?« Ramis Gesicht leuchtet auf. »Ich will gern eins mit schwarz-weißen Flecken.«

»Komm doch mal vorbei und schau sie dir an«, lockt Laura. »Madina kommt mit. Oder, Madina?«

In der Nacht führen Papa und Mama wieder so ein Hörspiel für mich auf, ohne es zu wissen. Sie glauben, dass ich schlafe, so wie Rami. Ich liege da und atme flach, damit ich mich nicht verrate. Ich hasse es zu lauschen, aber ich muss wissen, was Sache ist. Schon allein, um selbst planen zu können.

PAPA: »Schlaf jetzt. Die Kinder brauchen dich.«

MAMA: »Dich brauchen sie.«

PAPA: »Ich werde wiederkommen.«

MAMA: »Wie kannst du daran glauben? Ich kann es nicht.«

PAPA: »Ich muss es glauben. Wie sollte ich sonst gehen können? Vielleicht geht es gut aus. Es können Wunder geschehen. Manchmal geschehen Wunder. Warum nicht? Dies ist ein sicheres Land in einer Glaskugel, in der es manchmal schneit ... Wir haben eine Chance! Wir können uns befreien. Mit Geld. Ich werde einen Brief schreiben! Ich werde meine Rückkehr zusagen ... Und ihnen ein Geschäft anbieten. Ich werde ein Lösegeld zahlen. Dann kommt mein Bruder frei, und wir fliehen alle.«

MAMA: »Wir haben nichts.«

PAPA: »Ich borge mir etwas aus.«

MAMA: »Wie soll das gehen?«

PAPA: »Jeder ist käuflich.«

MAMA: »Sie behalten das Geld und euch beide dazu! Das ist doch so. Wir wissen das doch.«

PAPA: »Ich werde zurückkommen und meinen Bruder und meine Eltern mitbringen. Es wird anstrengend. Aber ich kenne den Weg. Ich kenne den Weg.«

MAMA: »Das sagst du nur, um mich zu beruhigen ... Ich habe Bewegung gehabt. Genug Bewegung fürs ganze Leben. Mein Gott, wie ich mich nach Ruhe sehne …«

PAPA: »Schlaf jetzt. Wir werden gemeinsam aufwachen.«

Und ich lieg da und weiß, dass außer mir keiner mehr da ist, um etwas zu unternehmen. Nur ich. Na ja, nicht ganz. Und Laura. Und Frau Wischmann. Ich denke an ihr Doppelkinn und an ihre bunten Ohrringe, denke mir noch, wie sehr ich ihr dankbar bin. Fühle, wie meine Arme und Beine ganz schwer werden.

In der Nacht lege ich mich auf das Deck und starre in den Nachthimmel, der sich über uns ausbreitet. Die Sterne sind riesig, so groß, dass man das Gefühl hat, sie wären zum Greifen nahe. Sternschnuppen zähle ich, wie andere Leute Schäfchen zählen, wenn sie nicht einschlafen können. Sie ziehen silberne Schweife über das Samtblau des Himmels.

In der Nacht ist es still. Tagsüber schreien die Möwen, die uns begleiten und auf die Fische warten, die die Matrosen ihnen zuwerfen. Möwen sind unsere Beschützer, sagen sie mir. Seejungfrauen mögen keine Möwen. Und die Seemänner mögen keine Seejungfrauen. Zu gefährlich sind die. Manchmal sehen wir Drachenfische aus der Ferne, die ihre rot glänzenden Rücken aus dem Wasser heben. Leuchtende Mähnen und spitze Flossenzacken auf dem Rücken. Sie werden über fünfzehn Meter lang, und wenn sie einen

Menschen im Wasser erwischen, winden sie sich in goldenen Ringen um ihn und ziehen ihr Opfer mit sich in die Tiefe. Deswegen gehe ich nie ins Wasser. Die Möwen schreien mit menschlichen Stimmen, wenn sie hungrig sind.

Nachts folgen uns Schwärme von silbernen Diskusfischen und die Meerjungfrauen, die die Matrosen locken. Sie haben goldenes Haar und goldene Kämme, so wunderschöne Gesichter und zarte Hände mit Schwimmhäuten zwischen den Fingern. Blasse, glänzende Schuppenhaut. Oben hell wie Perlmutt, unten grün mit blauem Stich, so grünblau wie das Meer selbst, wenn es hell und freundlich ist und die Sonne scheint.

»Schaut nur, wie schön sie sind!«, rufe ich.

»Sieh nicht zu lange hin«, sagt einer der Matrosen, der gerade vom Mast heruntergeklettert ist. Braun gebrannte Arme hat er und eine weiße Hose. Eine weite Pluderhose, die mich mehr an die Märchen aus Tausendundeine Nacht erinnert. Dunkelbraune Augen. So einen habe ich bestimmt schon bei Petra im Fernsehen gesehen. »Sieh nicht hin, sonst gehst du über Bord.«

Ich kralle meine Finger in die Reling. Ich darf nicht ins Wasser fallen. Ich muss doch nach Hause. Ich muss den Weg nach Hause finden, zu Oma. Ich schließe die Augen. Doch ich kann sie noch immer hören. Wie sie rufen und lachen. Ihre Stimmen klingen aber nicht schön.

Wir ignorieren sie, antworten nicht und weichen den Klippen aus, auf denen sie sich postiert haben wie

Zöllner, die ihren Tribut beim Überqueren der Grenze fordern. Als wir vorbeifahren, werden ihre Stimmen plötzlich tierhaft und bedrohlich. Sie singen Lieder, die Unwetter heraufbeschwören, und lachen. Die Wolken ballen sich schnell über uns zusammen, und das Meer wechselt die Farbe: von Türkisblau zu Schiefergrau. Wellen überschlagen sich. Auch die Schuppen der Nixen verändern sich mit dem Unwetter. Werden stumpf und bleiern. Die Augen matt. Ihre Haut bekommt einen Graustich mit blauen Schatten an Achseln und Hals. Nur die blutroten Münder haben noch Farbe. Wenn sie neben dem Kiel aus dem Wasser steigen, kreischen und die Hände nach uns ausstrecken, sehe ich messerscharfe silberne Krallen. Die Gischt spritzt hinauf bis zur Reling, ich weiche zurück. Hinter mir kracht der Mast, über mir pfeift der Wind in der Takelage. Ihr Lachen begleitet unser Schiff noch lange nachdem wir an ihnen vorübergesegelt sind. Ich bin froh, nicht allein zu sein, sondern geborgen. Die Mannschaft ist eine eingeschworene Gemeinschaft, die dieses Schiff weit besser kennt als ich. Ich kann mich auf sie verlassen.

Finde einen Zettel, auf dem Papa offensichtlich Notizen gemacht hat. Notizen zu den Dingen, die er packen muss, Telefonnummern von Leuten, die ihn mitnehmen könnten, Geld für ein Flugticket hat er ja nicht, nicht einmal für einen Zug. *Kaugummi mitnehmen* steht da. Ein Buch, das er unterwegs lesen möchte. Fotos von mir und von Rami. Und ganz unten am Rand hat er noch geschrieben: *Da ist kein Ausweg ... Nur Gewalt. Überall Gewalt. Wenn ich hierbleibe: Gewalt. Wenn ich nicht hierbleibe: Gewalt. Kannst du mir erklären, wie man das lösen soll?*

Ich würde gern wissen, wen er da fragt. Sich selbst? Oder eine höhere Macht?

Ich sitze in der großen Pause mit Laura auf dem Klo und heule mir sämtliche Flüssigkeitsvorräte aus dem Körper. Sie hält mich fest und weint auch.

Die Wischmann wird mich zu meinem Termin beim Betreuer begleiten. Sie hat gesagt, sie will sich auch informieren. Sie hat versprochen, sie geht mit. Ich würde mich ganz einfach aufhängen, wenn ich sie nicht hätte.

Papa fängt schon wieder mit diesem Familienoberhaupt-Schwachsinn an. Nur glaubt ihm mittlerweile keiner mehr, nicht einmal Rami, habe ich das Gefühl.

Wenn ich mit der Wischmann irgendwo hingehe, wo es hochoffiziell ist, werde ich ganz anders behandelt. Ich komme hin und habe jemand, der nur für mich mit dabei ist. Das ist funkelnagelneu. Wenn alles nicht so furchtbar wäre, wäre ich total glücklich darüber. Sie lächeln, wenn wir in den Raum kommen. Jedenfalls alle, die wir heute getroffen haben. Kein misstrauisches Mustern bereits auf der Türschwelle. Frau Wischmann fragt und fragt. Ich darf einfach zuhören. Das erste Mal nur dasitzen und nix tun. Die Beamten sind gezwungen, uns wesentlich ausführlicher als üblich zu beraten. Frau Wischmann macht den nächsten Termin aus. Da gehen wir übermorgen hin.

Wenn Papa geht, bin nur noch ich da, die weiß, was wir tun müssen. Ich weiß es, weil ich mit dem Beamten gesprochen habe und mit der Krähenking und mit der Wischmann und mit Lauras Mutter. Mit dem Bast. Mit dem Schularzt. Gut, beim Schularzt war ich bloß, weil ich nur noch gezittert habe. Aber jetzt werde ich langsam ruhiger. Ich weiß, welche Behörde für uns zuständig ist. Ich weiß, mit welchem Entscheider – so heißen die dort – wir sprechen müssen. Ich weiß, wie man da hinkommt. Ich weiß, was wir dort erzählen werden und wie. Mama war nie dort. Mama hat keine Ahnung. Ihre Kraft braucht sie, um Papa zu verabschieden und Rami ruhigzuhalten. Für mehr hat sie keine. Die Einzige, die mir helfen kann, ist ausgerechnet Amina, die vielleicht noch weniger zurückwill als ich. Amina könnte der Schlüssel zur gut versperrten Tür sein, hinter der eine Lösung wartet. Aber leicht wird das nicht.

Papas Koffer steht gepackt hinter der Tür. Seit mehreren Tagen. Aber er ist noch da. Wartet auf eine Mitreisegelegenheit. Sitzt auf Abruf an unserem Tisch. Standby-Papa.

Mama ist dazu übergegangen, auf eine absurde Art Alltag zu spielen. Wie ein Theaterstück. Ich spiele mit, weil Nichtmitspielen bedeutet, ganz ausgeschlossen zu sein. Und ich stell mir vor, wie wir hier alleine zurückbleiben, und will mir nachher keine Vorwürfe machen.

War am Nachmittag bei Laura. Wir haben uns eine dämliche Serie angesehen. Sechs Folgen hintereinander. Und eine Schokolade nach der anderen in uns hineingeschoben.

So. Papas Anruf ist da. Übermorgen geht es los. Ich kann ihn nicht umarmen, obwohl ich gerne würde. Ich weiß, ich sollte. Ich weiß, vielleicht sehe ich ihn nie wieder. Ich kann aber nicht.

Ich hätte morgen Schule. Ich habe mich abgemeldet. Die King hat es mir erlaubt.

Ich wälze mich im Bett herum. Ich wälze mich im Bett so lange, bis ich das Gefühl habe, die Matratze schwankt unter mir. Und bald kann ich das Knirschen von Holzbrettern hören, auf denen ich liege. Greife mit der Hand neben der Matratze nach dem Boden und weiß, dass das kein Plastiklaminat mehr ist, sondern echtes, grobes Holz, dessen Risse ich mit den Fingern entlangstreifen kann. Kein Zimmerboden mehr, sondern ein Schiffsboden.

Das Schiff bewegt sich unter mir, und unter dem Schiff bewegt sich das Meer. Der Wind schlägt mir ins Gesicht. Es tut ein bisschen weh. Es regnet. Wasser unter und über mir. Es ist noch nicht Nacht, aber der Himmel ist dunkel. Die Wolken, die sich über dem Schiff zusammenballen, sind fast schwarz. Eine dunkle Wand, die sich rasend schnell ausbreitet. Ihre Ränder leuchten ab und zu auf. Donnergrollen. Ich schmecke Salz auf meinen Lippen.

»Keine Angst, es zieht vorüber«, sage ich, wie mein Vater das früher getan hat.

Matrosen rennen an mir vorbei. Einer schreit. »Beeilung! Beeilung!«

Der Mast ächzt. Wellen gehen hoch und immer höher, ein Wasserschwall kommt über Bord. Das Schiff senkt den Bug und fällt, mein Magen hebt sich, ich suche nach Halt. Wenn mich die nächste Welle erwischt, werde ich über Bord gespült, und ich weiß, keiner wird es merken. Eine Kiste rumpelt an mir vorbei. Auf der Kiste sitzt eine Katze. Sie hat keine Angst. Seit wann gibt es Katzen auf Schiffen? Ich verliere das Gleichgewicht, rutsche und falle auf die Knie, ziehe mich hoch, renne weiter, dorthin, wohin die anderen gelaufen sind, dorthin, wo mitten im Dunst ein Licht hängt. Eine Lampe.

»Vertrau dir«, sagt eine Stimme, die mir bekannt vorkommt. Das hat mir schon einmal jemand gesagt ...

Es blitzt. Geblendet schließe ich kurz die Augen, als der Donner beginnt, öffne ich sie wieder. Ich stehe auf der Kommandobrücke. Sehe mich nach dem Kapitän um. Es ist keiner da außer mir. Das riesige, alte Steuerrad dreht sich herrenlos. Ich schreie. Niemand antwortet, im peitschenden Regen sehe ich weder Kapitän noch Matrosen, ich bin ganz allein.

Mir fällt ein, wessen Stimme das war: die von der Wischmann.

Das Schiff legt sich wieder schief, ich kämpfe gegen die Schwerkraft. Bekomme das Rad in die Hände, klammere mich fest. Stemme mich mit meinem ganzen Gewicht dagegen, um es zum Drehen zu bringen. Schreie vor Wut, vor Angst, schreie vor Anstrengung. Werfe mich mit allem, was ich an Kraft und Gewicht habe, gegen das hölzerne Rad. Als ich noch kräftiger drücke, gibt es nach. Ich mache weiter. Ich klammere mich an das Steuer. Ich werde hin und her gerissen. Ich lass nicht los. Bis ich merke, wie sich das Schiff so dreht, wie ich will, bis es auf Kurs geht. Ich stehe auf der Kommandobrücke, das Steuerrad in meinen Händen. Über mir höre ich den Gesang der Sirenen, aber ich kann keine von ihnen ausmachen. Ich weiß, wie sie aussehen: gefiederte Arme, nackte Brüste, rote Lippen und offenes Haar, das im Wind hin und her geschleudert wird. Ich höre nicht auf sie. Ich habe ein Schiff zu steuern. In meinen Händen liegt das Rad, *fügt sich in meinen Willen. Ich spüre die Kraft des Schiffes, das sich mit der Kraft des Meeres misst. Ich bin die Steuerfrau.*

Als ich aufwache, weiß ich, was zu tun ist.

Am Morgen gehe ich zu Amina rüber, die ihren Posten am Fenster schon frühmorgens bezogen hat. Ich pflanze mich hinter ihr auf und versuche, mich hinkelsteinschwer zu machen. Unüberwindlich. Ich habe das vor dem Spiegel geübt. Stundenlang. Mir den Zettel angeschaut, den mir die Wischmann mitgegeben hat, und bin Punkt für Punkt alles durchgegangen, was wir aufgeschrieben haben. Ich werde mich genau an die Reihenfolge dieser Punkte halten. Wenn ich auf dieses Drahtseil steige und losgehe, kann ich mir weder ein Zweifeln noch ein Runterschauen leisten, dann verliere ich das Gleichgewicht und wir alle stürzen ab.

»Amina«, sage ich. »Es geht ums Überleben.«

Sie lächelt. »Geht es nicht immer ums Überleben?«, sagt sie.

»Meistens«, sage ich.

»Aber nicht immer gelingt es«, sagt sie.

»Ich weiß«, sage ich. »Aber in unserem Fall muss es gelingen. Wir gehen alle kaputt, wenn wir zurückmüssen.«

Sie sieht sogar erschrocken aus.

Und ich sage: »Ich weiß, dass du auch Angst hast, Amina. Ich habe auch Angst.«

Sie wendet mir ihr Gesicht zu und hat nicht einmal eine boshafte Miene.

»Ich weiß, wie wir das verhindern können«, sage ich. »Aber wir müssen es richtig machen. Wir müssen es versuchen.«

»Was meinst du?«, fragt sie leise.

»Du musst hier erzählen, was mit dir passiert ist.«

Sie stößt mich zurück. Ich versuche das Gleichgewicht zu halten.

»Niemals, niemals«, presst sie zwischen den Zähnen hervor. »Ich habe es niemals erzählt, und ich werde es niemals erzählen.«

Ich bleibe wie angewurzelt stehen. Nah bei ihr. Ich sage so ruhig wie möglich: »Dann, Amina, schicken sie uns zurück. Dann gibt es den Haftbefehl gegen dich. Und alles, was danach kommt. Du weißt es besser als ich, Amina.«

Sie zieht ihren Schal hoch, um die Schultern, um den Hals, verbirgt sogar noch ihr Gesicht darin, verkriecht sich in den Schalschatten, als ob sie sich in sich selbst zurückziehen könnte, bis ich sie nicht mehr sehen kann. Ich sehe sie natürlich trotzdem.

»Ich weiß, dass es sehr schwer ist«, sage ich. »Aber zurückgehen ist noch schwerer. Mama wird dich um Verzeihung bitten. Ich bitte dich um Verzeihung. Ob Papa das schafft, weiß ich nicht. Aber Papa geht, und wir wollen hierbleiben. Bitte, Amina.«

Sie hebt den Kopf und sieht mich eindringlich an. »Wir wollen es anders machen. Ich will es anders machen.«

Sie lacht. Ich lache nicht.

»Was soll sich schon ändern«, sagt sie.

»Unser Leben.«

»Soso. Tatsächlich?«

»Es hat sich schon viel geändert. Ich habe mich zum Beispiel geändert. Warum nicht auch ihr.«

Amina bleckt wieder ihre Zähne und ihre Zahnlücke.

Wenn ich sie jetzt anfasse, könnte sie nach mir schnappen wie ein wildes Tier. Ich fasse sie aber nicht an, sondern bewege mich ganz langsam näher. Sie wird unruhig. Aber sie zieht sich nicht mehr vor mir zurück.

»Warum sollten sie mir glauben?«

»Papa haben sie auch geglaubt.«

»Das weißt du nicht.«

»Doch«, sage ich mit Nachdruck. »Ich war dabei.«

»Er ist ein Mann.« Das kam wie ein Zischen aus ihr hervor.

»Hier werden Frauen anders behandelt. Besser.«
Amina mustert mich.

Sie überlegt.

»Denk an Lauras Mama«, sage ich. »Denk an meine Lehrerin. Denk an Frau Wischmann. Sie leben allein. Sie leben anders.«

»Sind die glücklich?«

»Ich weiß es nicht. Aber sie machen, was ihnen richtig erscheint.«

»Wenn sie mich auslachen, vergesse ich das nie«, sagt sie. Und ich spüre, sie hat schon eingelenkt.

Ich mache heute Nägel mit Köpfen, solange ich die Kraft dazu habe. Man muss seine Energie nutzen, wenn man sie hat. Rasten, wenn man nicht mehr weiterkann. Und dann aber erst recht weitermachen. So wie Papa es mir beigebracht hat.

Ich durchwühle die Schubladen im Schrank, bis ich die große Haushaltsschere finde. Die brauche ich später.

Mama ist nicht da. Das ist ungewöhnlich, weil sie sonst immer da ist. Ich suche sie, im ersten, im zweiten, im dritten Stock. Sogar bei der Wohnung des Chefs suche ich sie. Ich gebe nicht auf. Ich gehe jeden Gang einzeln ab und rüttle an jeder Bad- und Kloklinke. Im zweiten Stock höre ich ein Schluchzen durch die Klotür. Ein leises. Ich klopfe an. Das Schluchzen stoppt ganz kurz. Sie hat sich erschreckt.

»Mama«, rufe ich. »Ich bin's, Madina. Bist du da drin? Mach auf. Bitte.«

Sie zieht Rotz hoch und hantiert am Riegel. Es dauert, weil sie ihn nicht gleich aufbekommt. Dann geht die Tür einen Spaltbreit auf. »Komm rein«, flüstert sie.

Ich schlüpfe durch den Spalt. Sie hockt im Eck auf dem Boden, auf den kalten Fliesen. Das hat sie mir immer verboten. Damit ich keine Blasenentzündung bekomme. Ich kann mich nicht neben sie setzen, weil die Kabine zu eng ist. Ich quetsche mich hinein, schließe den Klodeckel, setze mich drauf und ziehe die Beine hoch bis zum Kinn. Wir schweigen ein bisschen. Ich will ihr Zeit lassen.

»Mama«, sage ich schließlich. »Du weißt, wir müssen was tun.«

Sie heult. Ich lasse sie heulen, warte ein wenig und setze von Neuem an.

»Mama, wir müssen uns was überlegen.«

Sie sieht mich mit so einem leeren Blick an, als ob drin keine Mama mehr wäre. Nur eine Haut und viel Wasser.

Ich denk an Rami. Ich denk an mich. Ich will mich nicht aufgeben. Dieses Ich, das hier gelebt hat und das so überhaupt keinen Platz mehr zu Hause hätte.

»Mama«, sage ich. »Ich will hier leben. Ich will leben. Weißt du.«

Und sie nickt und heult noch mehr.

»Du musst einen eigenen Antrag stellen«, sage ich. »Ich bin nicht volljährig, ich kann das nicht. Aber du kannst das.«

Sie sieht mich immer noch schweigend an. Fragend.

»Du kannst das«, wiederhole ich. Meine Stimme zittert nicht. »Ich ziehe das durch mit dir, Mama. Mit Rami. Und mit Amina. Amina muss aussagen. Amina muss sagen, was mit ihr und mit ihrem Mann passiert ist. Und du musst das bestätigen. Aber du musst was machen. Du musst aufstehen, und du musst es machen.«

Sie starrt vor sich hin. Ich bin unglaublich nervös, weil sie nichts sagt, und ich überspiele das. Verstecke meine Hände in den Sweatshirttaschen, damit Mama nicht sieht, wie ich mit den Fingern auf der Handoberfläche herumknete. »Mama«, sage ich, etwas lauter. »Wenn du mich lieb hast, tust du das.«

Und sie nickt, nickt eifrig wie eine Schülerin und wischt sich mit der Hand die Augen ab, die Nase, den Mund, als ob sie ihr ganzes Gesicht wegwischen wollen würde. Grob. Und lächelt mich ganz schief an. »Ja, das will ich«, sagt sie.

Obwohl das alles andere als lustig ist, muss ich fast lachen, weil es so ähnlich klingt wie ein blöder Hochzeitsspruch.

»Das ist gut, Mama«, sage ich. »Dann gehen wir morgen hin.«

Heute Nacht spule ich meine Reise im Schnelllauf ab. Durch den Wald. An den Tieren vorbei. Durch die Schlucht. Durch das Nebelfeld. Durch den Abgrund. Ich kenne den Weg, ich muss nicht einmal stehen bleiben. Zum Schiff. Sirenen ignorieren und übers Meer. Sehe das Land, das ich ansteuere, nicht, weil es Nacht ist und finster. Ich weiß aber noch, wie es ausgesehen hat, als es damals hinter uns zurückblieb: Schichten von Sand und Stein, gemasert wie Fleisch, mit einer zarten Schicht aus Gras wie Haut darüber. Abgebissen wirkt das Land, abgebissen fühlte ich mich damals auch, als wir aufbrachen, als hätte jemand die Zähne in mich geschlagen und ein Stück aus mir herausgerissen. Ich fühlte dieses Herausgerissene noch sehr lange. So was heilt nur langsam, und an den Rändern der Wunde bilden sich Narben. Irgendwann, haben sie mir gesagt, kann man dann darüberstreichen, ohne dass es wehtut. Ohne dass es Angst macht.

Alles ist wie damals, nichts ist verändert. Vögel, die in den Klippen leben, schwarze Schwärme kleiner Vögel.

Das Schiff dockt im Morgengrauen an. Ein Ruck durch den Rumpf wirft mich fast von den Beinen. Das Meer ist grau. Die Sonne geht gerade auf. Gehe von Bord, über die schwankende Planke, vor der ich keine Angst mehr habe. So lange hat alles unter mir geschwankt, dass es ganz normal geworden ist. Das bringt mich nicht mehr aus dem Gleichgewicht. Ich betrete das Land und weiß, dass sie da ist, vielleicht schon all die Zeit über dagestanden hat. Die kleine rundliche Gestalt mit dem bunten Tuch um die Schultern.

»Oma«, schreie ich. Der Wind trägt meine Worte davon, aber sie hebt den Kopf und geht auf mich zu. Ich laufe los, und wir stoßen zusammen. Sie riecht nach Muffigkeit und Rosen, wie immer. Sie ist weich und warm, ich drücke meine Wange an die Mondsichel der hellen Haut, die aus dem Kleid herausragt. Sie legt ihr Tuch um meine Schultern. Ich will in sie hineinverschwinden, wieder ganz klein sein, so klein, dass sie mich ganz umfassen kann: federleicht wie ein Baby. Spüre meinen Körper schrumpfen, Arme und Beine werden kürzer, der Hals, der Kopf ist wieder klein und rund, ich kann kaum stehen. Ich strecke meine Ärmchen nach ihr aus und weine und lache.

Und sie lächelt und sagt: »Soso«, und bückt sich und hebt mich hoch. Wir schmiegen uns aneinander, bis mein Atem ganz ruhig ist. Und dann sieht sie mich *ganz ernst an und sagt:* »Du weißt, dass du wieder zurückmusst, oder?«

Ich schließe die Augen. Ich schüttle den Kopf, ganz wild, und ich murmle: »Lass mich bitte einfach dableiben.«

Und sie streichelt mich und sagt: »Aber dein Platz ist nicht hier. Das weißt du doch.« *Und sie streift die Halskette ab, an der ein Schmuckstück, die silberne Handfläche mit dem Auge drauf, das ich ihr bei der Abreise gegeben habe, befestigt ist, und hängt es mir wieder um den Hals.*

Ich wache auf, als mein Körper in rasender Geschwindigkeit wieder zu wachsen beginnt.

Die Vögel schlafen noch. Ich bin schon wach. Draußen ist es neblig. Manchmal, wenn die aufgehende Sonne höher steigt, sieht man die Strahlen wie goldene Finger durch den weißen Dunst am Berghang greifen. Aber noch kein Morgenlicht.

Bevor wir morgens zum Bahnhof aufbrechen, sagt mein Vater: »Danke.«

Ich weiß, was er meint. Das Aufpassen auf Rami. Und auf Mama. »Du hast mir keine Wahl gelassen«, sage ich. Er sagt: »Ich hatte nie eine Wahl.«

Ich gehe vor. Und zähle meine Schritte. Zähle die Baumstämme, um mich nicht zu verlaufen. Hier gibt es auch mächtige Bäume mit grüngrauen Flechten. Aber nicht so große, nicht so hohe wie in meinem Wald. Mehr Licht. Mehr Lichtungen unterwegs. Im Märchen von Hänsel und Gretel haben die beiden Brotkrümel ausgelegt. Ich habe meine Brotkrümel gleich den Vögeln im Baum gegeben. Es tut mir nicht leid. Den Weg muss ich selber finden, da nützen Brotkrümel nichts.

Mama geht ein bisschen hinter mir. Nicht so sehr hinter mir, dass ich das Gefühl habe, ich führe uns, wie Papa uns geführt hat. Noch weiter hinter ihr geht Amina. Aminas Schritte sind so lautlos wie meine. Sie trägt Schuhe mit weichen Sohlen. Ich glaube, dass sie jede Wurzel auf dem Weg unter ihren Fußballen spürt. Auch eine Wanderin im Nebelwald. Ich spüre es. Sie hat diese Orte aufgesucht so wie ich. Aber ihre Wesen im Dunkeln sehen anders aus als meine, sie tun andere Dinge. Sie sind ihr nicht wohlgesonnen. Meine dulden mich. Sie ist immer noch dort. Sie irrt in den Nebelfeldern umher und hört die Vögel von Weitem schreien, aber sie findet einfach nicht hinaus. Ich kann ihr da nicht raushelfen, das muss sie selber tun.

Ich höre ihren Atem. Höre das Laub unter Mamas Schuhen. Der Bahnhof ist noch weit weg. Ich mag das Schweigen nicht, aber ich weiß nicht, was ich sagen soll. Also schweigen wir. Es ist kühl, Dampf steigt über dem Berghang auf, macht die Landschaft unwirklich. Ich bilde mir ein, mich selbst weit vor mir zwischen den Bäumen gehen zu sehen.

»Siehst du das, Mama?«, sage ich.

»Was?«, fragt sie. Und dann noch: »Du kennst doch den Weg?«

Und ich murmle: »Ja. Wer denn sonst.«

Bin das denn ich, frage ich mich. Bin das wirklich ich? Gehe da wirklich ich mit meiner Mutter? Und nicht meine Mutter mit mir? Wieso führe ich alle an? Und dann denke ich noch: Wohin geht diese Madina, die mir manchmal so fremd ist? Und wenn sie sich umdreht, vielleicht hat die gar nicht mehr mein Gesicht? Und was redet die, was brabbelt die vor sich hin, während sie geht und geht? Und schon ist es nicht mehr mein Gemurmel, sondern es sind andere Stimmen. Viele. Verschiedene. Immerzu rufen sie und rufen sie. So zart, so trügerisch meinen Namen aus der Ferne. »Komm zu uns«, sagen sie. Und ich weiß: Nein, nein, da darf ich nicht folgen, wenn ich dorthin gehe, gibt es keine Wiederkehr.

Seltsam, den gleichen Ort aufzusuchen, den ich mit Papa wieder und wieder aufgesucht habe. Nur diesmal ohne Papa. Ich kenne mich schon gut aus. Wir reißen unser Ticket ab, wir gehen über verwinkelte Linoleumgänge. Ich führe uns an, so wie ich sie schon im Wald zum Bahnhof geführt habe. Ihre Welt hört am Zaun rund um unsere Pension auf. Meine fängt dort an.

Wir haben eine andere Sachbearbeiterin bekommen. Nicht mehr der vergessliche Herr, mit dem Papa zu tun hatte. Sie ist von Frau Wischmann informiert worden. Sie ist freundlich. Vielleicht, weil sie mich sympathisch findet. Vielleicht, weil sie weiß, auf uns wird geschaut. Es ist gut zu wissen, dass jemand über uns Bescheid weiß.

Amina wird von jemand anderem abgeholt. Einem Mann. Sie wird ganz grün im Gesicht. Sie soll in ein eigenes Zimmer geführt werden. Zur Befragung. Sie sieht mich voller Entsetzen an.

»Ich will mit«, sage ich.

»Das geht nicht, es gibt Übersetzer bei uns. Du wirst nicht gebraucht.«

»Doch, das werde ich«, sage ich laut und bestimmt.

»Sie hat Angst. Sie hat vor Männern Angst. Sie möchte eine Frau zum Reden.«

Der Mann rollt mit den Augen.

Ich bleibe dabei. »Ich weiß, dass sie ein Recht darauf hat, von einer Frau vernommen zu werden«, sage ich. »Ich habe ihr das versprochen.«

Sie besprechen sich. Wir warten auf eine Frau.

Die, die für mich und Mama zuständig ist, lächelt mich an und legt mir die Hand auf die Schulter. »Du machst das toll«, sagt sie. Und dann sagt sie noch: »Solche wie dich können wir hier gut brauchen.«

Und wirklich, es klingt blöd, aber ich denke: Das weiß ich.

Am Abend steh ich im Bad und halte die Schere an mein Gesicht. Ich will etwas ändern in meinem Leben. Ich will alles, was war, hinter mich bringen. Oder wenigstens einen Teil davon. Ich nehme eine Haarsträhne, umfasse sie. Fahre mit den Fingern die glatte Oberfläche entlang. Wickle sie um meine Hand. Ein blauschwarzes glänzendes Band. Es wird mir fehlen, dieses Gefühl unter meinen Fingerkuppen. Die Komplimente. Vielleicht mag Markus gerade meine Haare an mir. Oder sogar nur die Haare. Egal.

Als ich klein war, habe ich so Sachen gemacht, um das Schicksal gnädig zu stimmen. Wenn ich meinen letzten Leckerbissen weggebe, dann wird meine Familie glücklich, habe ich mir da gedacht. Oder wenn ich mein Spielzeug verschenke. Als Opfergabe. Dann eben noch eins.

Ich hebe die Schere hoch, lege die Strähne zwischen die Schneideblätter, prüfe die Spannung und schneide dann mit einem Ruck die Strähne durch. Die Schere und das Haar machen zusammen ein seltsames, stumpfes Geräusch. Es ist schwerer, als ich dachte. Das nächste Mal nehme ich weniger Haar auf einmal. Die Strähne fällt in leichter Drehbewegung hinunter und bleibt als dunkle Schlange neben meinen bloßen Füßen liegen. Und die nächste. Und die übernächste. Ab der vierten Strähne fällt es mir leichter.

Mein Haar reicht mir nun bis zum Kinn. Komisch sieht das aus. Nackt. Keine Angst jetzt. Ich wende den Blick nicht ab von meinem Gesicht. Der Bast hat mal im Unterricht erzählt, dass die Haare alle Informationen über den Körper speichern.

Freude. Stress. Krankheiten. Über Jahre. Weg damit.

Ich sammle den seidigen Haarteppich zusammen und stopfe alles bis auf eine Strähne achtlos in den Abfalleimer. Die werde ich in mein Tagebuch kleben. Schaue noch einmal in den Spiegel. Ich sehe fremd aus. Streiche mir durch die Haare. Dort, wo es vorher Widerstand gab, fährt meine Hand ins Leere. Ich schließe die Tür hinter mir. Es ist gut so.

Als ich das Zimmer betrete, schnappt meine Mutter nach Luft. Mein Vater sieht mich an. Nickt mir zu. Ich glaube, er versteht mich. Ich hoffe es. Keiner sagt was. Wir legen uns schweigend hin. Licht aus. Ich treibe in Dunkelheit dahin wie in einem unbekannten Fluss.

Es wird wieder hell. Niemand geht frühstücken.

Unten hupt ein Auto. Papa steht auf, seufzt leise, schultert seinen Rucksack und geht zur Tür.

Rami läuft zu ihm.

Mama gibt keinen Laut von sich. Wenn sie jetzt den Mund aufmacht, kommt nur Geschluchze raus.

Rami reißt die Tür vor Papa auf. »Ich wart auf dich, Papa«, sagt er. »Wenn du wiederkommst, habe ich vielleicht ein Haustier.«

Wir gehen die Treppen runter. Eine kleine elende Prozession, zuerst Papa mit dem Gepäck, danach Rami, dann Mama und schließlich ich.

»Dein Proviant, Eli«, quetscht Mama raus und gibt ihm ein Paket, das so aussieht wie mein Schulbrot. Sie nimmt Rami an der Hand. Papa umarmt sie, kneift Rami in die Wange. Er öffnet die Eingangstür.

Von draußen kommt ein Luftstoß und trägt Blätter hinein. Er umarmt mich. Ich lege meinen Kopf ganz kurz an seine Schulter. Er fährt mir durch die Haare.

»Bis ich wieder da bin, sind sie nachgewachsen«, sagt er.

Ich sage nichts. Ich winke.

Papa winkt zurück.

Dreht sich um und geht raus. Die Tür fällt zu.

Er geht.

Wir bleiben da.

Ich werde dableiben.